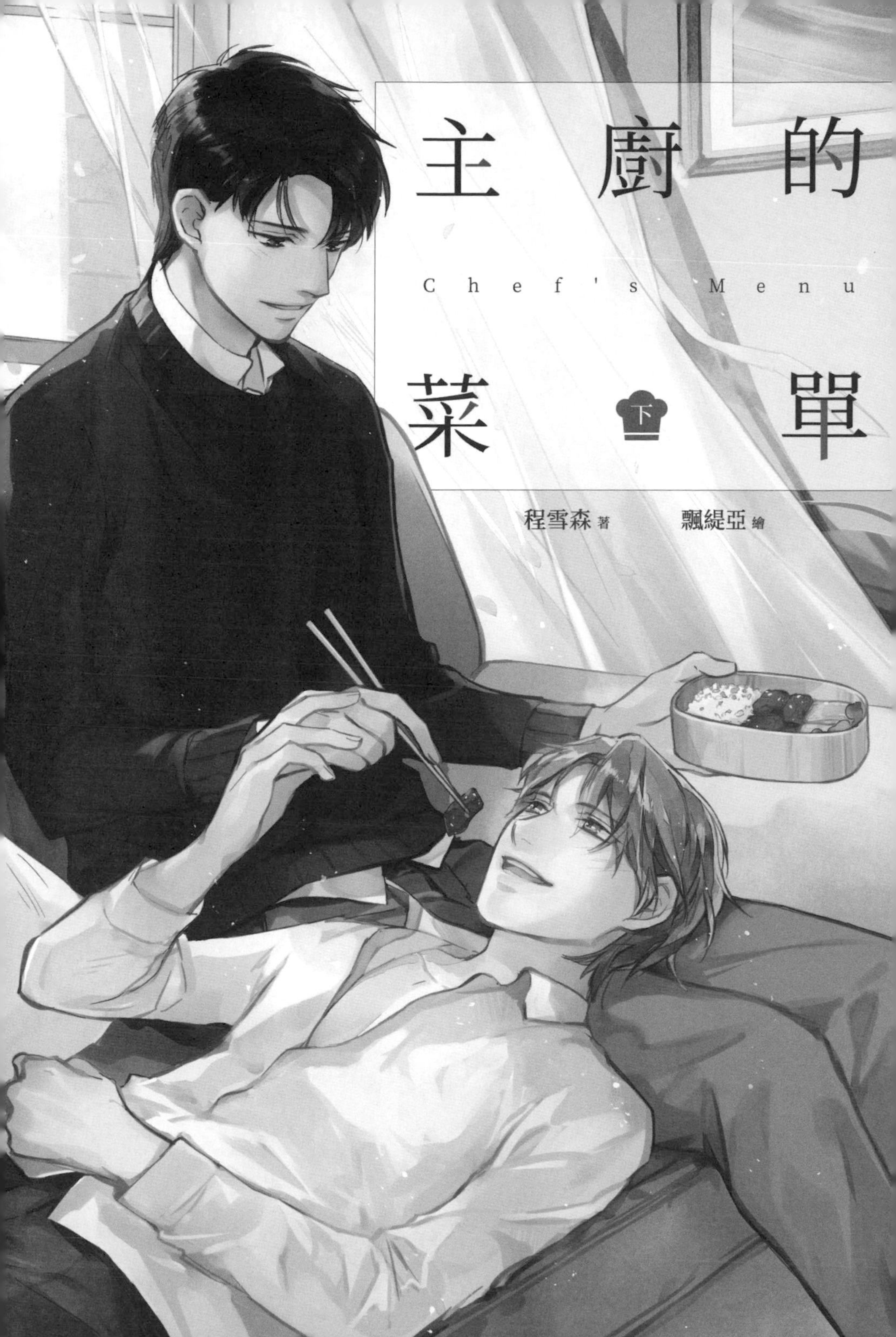
主廚的菜單
Chef's Menu
下
程雪森 著
飄緹亞 繪

Chapter 20

白禮狠狠地把評鑑雜誌往地上一摔，啪的一聲巨響，嚇壞了廚房內所有人。

程瑜雙手環胸，面無表情盯著雜誌的那頁全版報導——

「恩怨情仇」Bachique新菜色抄襲Hiver？李主廚笑言：東施效顰

配圖是李若蘭美豔的身姿，旁邊則是程瑜穿著新制服的半身偷拍照，下方還唯恐天下不亂地寫著「九年師徒情分衍伸抄襲事件！程主廚前途堪憂」。

內容大致就是指控程瑜的新菜色靈感多半源自於李若蘭九年來的教導，而李主廚嘲諷他根本沒學透。

「他媽的李若蘭！」白禮扯著頭髮，氣得滿臉通紅崩潰大吼，「我很少罵女人！但我現在只想罵她王八蛋！頭版還敢放修過的假掰照片，美食記者又不是每個都瞎了眼，這報導一看就知道是她花錢買的！氣死我了！」

劉軍秀的眼淚又在眼眶打轉，她強忍難過吸著鼻子：「程主廚才不可能抄襲她，她、她、她最好是能用豆漿或檳榔做料理！她有勇氣挑戰嗎！」

程瑜與白禮雙雙臉黑。

蔬菜主廚從後方掩住劉軍秀的嘴，把人拖走。

程瑜哼出一口長氣，受不了似的轉身忙自己的工作，白禮立刻上前繞著他打轉：「欸欸，小瑜瑜，你不生氣嗎？這樣你也不生氣？」

「能不能別吵？」程瑜低頭嚐了口蛋黃醬，把用過的小湯匙遞給一旁的助理廚師。

「什麼叫做別吵？」白禮氣呼呼地說，「李若蘭都欺負到咱們頭上了，你現在又不是她的副主廚，那老八婆憑什麼這樣講！」

「氣就有用？」程瑜盯著流程，「有沒有抄襲，久了就會曉得。只要料理美味、待客有道，客人自然上門，沒必要與她爭論。」

白禮像是被噎了一下，臉色青白交加，急急地拽著程瑜的衣襬：「欸欸，瑜瑜，李若蘭這女人真的很壞，她明明就是嫉妒我們生意好，才買報導汙衊我們，難道你真的都不生氣？你的才華有目共睹，老八婆嘴什麼！我真心氣不過！」

「再叫我一次瑜瑜，我就宰了你。」程瑜冷眼瞧著白禮，「李若蘭眼紅干我屁事。」

「程！瑜！」白禮哭喪著臉，揪著程瑜的衣襬扯呀扯，「我就是心裡不舒服嘛！」

程瑜額上的青筋浮出：「沒事就滾出廚房，不要在這裡鬧。」

「噫！好凶！主廚好凶！」白禮嚇得縮手，一旁的劉軍秀橫著身體把白禮撞開，一臉鄙夷瞪著他。

不受廚房歡迎的白禮感受到人間滿滿的惡意，臨走前眼眶泛紅，咬牙對程瑜說：「人家今天生理期！心情不好！超難過！林蒼璿的便當就你去送吧！人家不方便！」

「送便當？」程瑜哼了一聲，冷笑著說，「老子一輩子都沒空。」

敢情白禮就是那個內鬼，他媽的還敢做球？難怪林蒼璿連他何時休假都摸得一清二楚。

吃足了癟的白禮結屎面，在程瑜下手宰人前一溜煙地滾走了，手上乖乖拎著剛剛在廚房裡打包好的便當——四菜一湯一水果，外加精美甜點千層派——媽的，林蒼璿的便當吃得比他這個掛名的行政主廚還要好！

白禮一邊歡欣雀躍小跳步，一邊搖著便當心想，唷呵，看好戲嘍，璿璿大大鐵定是惹毛主廚嘍。

當林蒼璿打開便當時，見到蘑菇咖哩紅扁豆與野生稻米飯混在一起，配菜是櫻桃蘿蔔與放滿紅蘿蔔絲的摩洛哥沙拉，還有雞肉總匯三明治跟一片又一片吃起來跟香菜差不多的巴西里葉。而玻璃罐裝的味噌湯上，漂浮著一片又一片綠油油的……新鮮香菜。

這是什麼？前世恩人大集合嗎？

幸虧辦公室的玻璃開啟了勿擾模式，沒人看見林蒼璿那張俊臉綠了又白、白了又綠。

程瑜好狠的心啊，林蒼璿哀怨地想。

經過腳踏車狂飆俠白禮的摧殘，沙拉跟總匯三明治早就一家親。林蒼璿用叉子一點一點挑出香菜、香菜、香菜、巴西里葉、巴西里葉跟刨成絲狀的前世大恩人，這一餐要是直接吃下去，恐怕真的會出人命。

林蒼璿默默撥著恩人們，此時玻璃門卻被敲響。

這時間除了Selly之外，還會有誰來找他？而且Selly不會打擾他用餐，這是禁忌。

無事不登三寶殿。林蒼璿輕輕地把便當蓋起，盒蓋上的前世恩人全數跌回去，功虧一簣。

他鬆開領口，拉低領帶，應了聲，齊劭推門進來。

齊劭瘦了，從南部出差回來之後便萎靡消沉，多了點弱柳扶風之姿。

林蒼璿笑著，身子往後靠，懶懶地問：「吃飯了嗎？」

齊劭搖頭：「我不餓。」

林蒼璿揉揉脖子：「找我什麼事呢？」

「白先生替您送便當嗎？眞好。」齊劭看著他桌上的便當，笑了起來，苦澀得恰到好處，「該不會是程瑜做的吧？」

「你也曉得程瑜在白禮的餐廳工作，我又阻止不了。」林蒼璿勾起唇角，刻意偏頭露出鎖骨線條，擺出一副曖昧姿態，充滿危險，「你是吃白禮的醋呢？還是懷念程瑜？」

齊劭沉默了，直勾勾地注視著林蒼璿。

這直接的目光讓林蒼璿笑了出聲：「幾天沒找你玩，就想去找其他人了？」他輕敲著桌面上的便當盒，「還是說，你根本不覺得我喜歡你？篤定地認爲我一點也不在乎任何事情？」

「學長……」齊劭蹙起眉頭，「我……」

「我要拿你怎麼辦呢？」林蒼璿望著他，「你又想要我怎麼樣呢？」

微笑的時候，林蒼璿整個人總充滿著虛幻，嘴唇揚成美麗的彎鉤，那雙眼使人怎樣也看不透，彷彿隔著一層又一層的玻璃罩，摸不到他的眞實面貌。

「我知道你不想去南部，這樣吧，以後我還是帶你去周家。」林蒼璿笑著對齊劭說，「但你要乖乖聽話，不准招惹周宜川，不然我會生氣的。」

齊劭離去的時候，便當早涼透了。

林蒼璿打開盒蓋、執起筷子，毫不猶豫地把精緻的食物吃得精光，一點也沒剩下。

十二月二十八號，白禮交代這天餐廳必須空下給他，不能安排任何預約。程瑜想了想，原來是白觀森與妻子的結婚週年紀念日。

白禮之所以開這家餐廳就是爲了他父親，到底是怎樣一個蠢蛋，抑或是怎樣地敬愛父親，才有辦法做出這種傻氣的行爲？

程瑜把球袋放回玄關的儲物間，脫下夾克。下班後他去了趟打擊場，弄得手臂痠軟，連掌心的粗繭都磨破了。

照慣例癱在沙發上，程瑜打開電視，讓新聞播報的聲音掩蓋內心煩亂，緩緩吐出一口長氣。

他不是不在意李若蘭的抨擊。

廚師也是人，當然會有習慣的料理方式，是李若蘭太了解他了。抄襲這種字眼不太適合用在廚藝上，況且即使是同一道菜色，每個人料理出來的風格仍不盡相同。不過程瑜師承李若蘭是不爭的事實，難免受她影響。

程瑜漫無目標地切換頻道，根本無心看電視。

手機震動，他拿起來一瞧，是來自邱泰湘的訊息。

「要不要來喝酒？我聽說消息了，李小姐也太不要臉。」

現在已經是晚上十一點，程瑜在腦中盤算著幾個回絕的理由，最後回覆：「明天要上班，後天晚上可以去找你。」

放下手機後，他在身上摸索好一陣，才想起自己已經戒菸了，於是又抓著遙控器慢慢轉臺。手機再度震動，程瑜看著電視，漫不經心地滑開螢幕，等他低頭一瞧的時候才發現弄錯了人，不小心點開了其他人的聊天頁面。

林蒼璿：「我吃光了。」

下方附贈一張照片，是林蒼璿用空木盒遮住半張臉，只露出一雙漂亮的眼睛，微微皺眉、含淚欲泣的模樣。

程瑜本想以冷暴力應付，來個已讀不回，沒想到不到一秒林蒼璿又傳訊：「我怕這輩子對恩人有陰影，需要主廚獎勵跟安慰:(」

表情符號重出江湖了。程瑜盯著表符好一會，總算懂了，只要想裝可愛撒嬌或是開始不正經，這玩意兒就會出現。

他覺得好笑，哼了聲，隨意敷衍：「乖，坐下，握手。」

林蒼璿：「我聽小白說了。」

程瑜的心情瞬間跌回谷底：「白禮說了什麼？」

林蒼璿：「他說李若蘭四十五歲還穿粉紅色迷你裙。」

程瑜扶額。這是重點嗎？管人家四十五歲穿什麼。

依白禮的劣根性，想必還用了螢光筆把八卦雜誌報導的「重點」畫出來了。程瑜將腦海中李若蘭穿粉紅迷你裙的身影抹去，淡淡回應：「喔。」

接著，他關閉螢幕，往後躺在小沙發上，不再理會。

不到三秒，手機響了，螢幕顯示一串陌生號碼。

程瑜接起，嗓音帶著疲憊：「請問哪位？」

電話那頭有點吵雜，聽不出在什麼地方，而對方輕輕一笑，程瑜就明白是誰了：「你怎麼會有我的電話？」

林蒼璿說：「這還不簡單嗎？」

肯定又是白禮。程瑜蹙起眉，煩悶感湧上：「有什麼事嗎？」

「沒、沒事。」林蒼璿喘著氣，似乎在跑，背景的雜音越來越小，「小白他其實是關心你，程主廚不要生氣。」

程瑜長吁一口氣：「我沒有生氣。」

「通常生氣的人都會這麼講。」林蒼璿笑了幾聲，「我看了雜誌。」

「所以呢？沒什麼好說的。」程瑜只想去洗澡，不想與其他人打哈哈。

「我知道李若蘭是你心裡過不去的坎。」林蒼璿也呼出長息，大概在抽菸。

「沒事的話，我要休息了。」程瑜打斷他。

林蒼璿不肯結束話題：「你也太沒自信了。」

程瑜心中滋長出一點不堪與不悅，琢磨著字眼，卻沒法反駁。

林蒼璿輕輕笑起來：「我有些醉了，你就當聽我的醉話好不好？」

笑聲太近，彷彿對方就附在耳邊說話，程瑜下意識地抗拒：「不好。我明天要上班。」

「你有沒有想過，其實是李若蘭模仿你？」

程瑜愣了下，盯著前方，有如看見黑暗中的一點微光，又迅速消失。

「你在她底下多少年，她又利用你的天賦多少年？現在你離開了，她還拿這件事消費你。」

程瑜反駁：「你不懂。」

「是嗎？」林蒼璿那頭的所有雜音瞬間消失，靜謐無聲，「不要辜負選擇相信你的人，白先生，呃，我是說白觀森，他很喜歡你，不是喜歡李若蘭。」

程瑜皺眉，一股腦地把鬱悶發洩出來：「那是你不懂我跟她之間的差距。」

「程瑜，你已經不是李若蘭的副主廚了，你現在跟李若蘭在同一個位階上。」林蒼璿極爲認眞地一字一句說，「Bachique只能靠你了，程主廚。」

持著手機的程瑜似乎忘記了怎麼呼吸，半晌答不出話。

另一端冷不防傳來巨響，林蒼璿隨即斷了訊。程瑜盯著轉黑的手機螢幕，內心五味雜陳，說不出是什麼滋味。

他擅長忍耐，總能吞下怒氣以沉穩應對，但林蒼璿點醒了他，目前面臨問題的不只有他一個人而已。

這是第一次，程瑜如此渴望地想與某人多說話。

他放下手機，靠在沙發上，思考著自己該如何回應流言蜚語。

隔日傍晚，Bachique依舊高朋滿座，程瑜恪守本分，盡職地待在自己的崗位。爆出抄襲風波的第二天，預約人數沒減少，但未預約就上門的食客變多了，多半是看了雜誌來湊熱鬧的嘗鮮客。

程瑜一如既往地監督料理流程，指揮若定。在Hiver的時候，廚房的員工們稱他爲「地獄獵犬」，因爲任何疏失都逃不過他那靈敏的嗅覺，嚴格得絲毫不容差池。程瑜不太在乎這種玩笑——雖然他的同事們並沒有開玩笑的意思——只認爲這是公事公辦，始終默默執行自己的任務。

不過，即使嚴格得近乎不近人情，卻不曾有誰爲此記恨他。

按照慣例，程瑜在客人們享用完美味佳餚後，一一向他們致謝。少言的他大多只是順著客人的話回應，不過分熱絡，常被評論爲冷淡。可也因此，程瑜不需依靠友誼換取好評，喜歡他的饕客幾乎都是眞心讚賞他的手藝。

而隨著往來的次數增加，客人們也會明瞭，這位主廚表面上冷漠難親近，事實上只是寡言，他的貼心舉動總會不經意地熨燙客人的心。

靠窗的情侶檔今天是來過交往第六年的紀念日，活潑的長髮女子滔滔不絕地稱讚著料理。這對情侶已經第二次造訪了，於是程瑜主動與他們攀談，他還記得女子頭次來時怯生生張望的模樣。

女子說得正開心，旁邊那桌三人組貴婦突然嬌笑出聲，程瑜投去目光，其中一名頭髮有著紫紅色挑染的年輕少婦尖著嗓音說：「沒什麼特色嘛。」

另一名捲髮貴婦啜了一口茶，微笑附和：「是啊，這種貨色能端上桌也是奇蹟，最近的餐廳評鑑眞的很不準，大概是用錢買的吧。」

交談的音量完全蓋過背景音樂，頗有刻意爲之的意味，原本在跟程瑜聊天的女子逐漸放慢語速，音量越來越微弱，臉上充滿了窘迫。

「就是說啊。」第三名戴著粗框眼鏡，一副刻薄相的中年婦女酸溜溜地說，「欸，妳有沒有聽過一句話叫做畫虎類犬？噗哧！」

說完，三名貴婦不約而同嘲諷地呵呵笑，一旁的侍應也察覺了這尷尬的狀況，慘白著臉不知所措。

程瑜向眼前的長髮女子道歉，移動到三人組貴婦那桌。他在桌旁禮貌地彎下腰，輕聲問：「三位今晚用餐還愉快嗎？」

三名貴婦立即垮下臉，不是輕撚髮鬢意興闌珊，就是滑著手機充耳不聞。過了一會，粗框眼鏡中年婦女才用鼻腔不屑地哼了聲，尖聲尖氣地說：「沒什麼，就是聽說這間店跟若蘭……跟Hiver不相上下，所以來嚐嚐看。」

李若蘭有一票貴婦姊妹淘，成天刷卡購物吃美食、出國玩樂兼打卡，程瑜見識過貴婦的消費能力與對李若蘭的支持度，不難猜測這些女人來這裡的目的。程瑜笑著說：「那有哪些地方需要改善的？還請不吝告知，讓Bachique有改進的機會。」

挑染髮少婦放下手機，不耐煩地回應：「要改什麼？你們不就學盡了Hiver，還能怎麼改？程先生，有點臉皮就別再模仿李主廚了，這樣做很令人噁心。」

餐廳內所有人都從這番話裡嗅到了火藥味，個個噤聲屛息，耳朵全朝著程瑜的方向豎起。

程瑜並沒有生氣，依舊維持著該有的風度：「這位女士，我由衷地感到抱歉，因爲我對於料理的認知仍相當淺薄，只建構在自己的經驗之上，恐怕您得提示一下是哪個地方犯了錯。」

挑染髮少婦略略提高嗓音，指著程瑜喊：「我在Hiver用餐這麼多年，還分不清楚你是不是抄襲李若蘭嗎！」

「不好意思，那我必須提醒您這不是抄襲。」程瑜微微一笑，耐心地回答，「只是您以前在Hiver吃到的料理，也都是我處理的而已。」

挑染髮少婦瞬間瞠大眼，一路從脖子紅到了臉上。不知是誰噗哧一聲，更有幾個人竊笑著。

捲髮貴婦見情況不對，丟了張黑卡示意侍應結帳，並拉著說錯話的少婦跟中年婦女，轉身就想離開，然而怒火中燒的中年婦女不甘示弱地撂下一句狠話：「你就是李若蘭教出來的，你就是抄襲她的手法，是男人就承認，不要以爲自己很厲害！」

程瑜坦蕩蕩的，冷靜表示：「我很感激李主廚帶給我的成長，今後我也會繼續努力。」

三人不再回話，只有捲髮貴婦臨走前瞪了他一眼。

程瑜看著落荒而逃的她們，心中絲毫不起波瀾。

侍應很快地從驚慌中回神，趨前收拾桌面，程瑜注意到隔壁桌的男子趴在桌上死命憋笑，全身無法壓抑地顫動。

男子是單獨用餐，在這成雙成對的晚餐時間顯得十分突兀。程瑜不打算與湊熱鬧的客人打交道，錯身而過，卻被男子一把攔住。

男子身形矮小，年約四、五十歲，頂上發亮，僅餘兩三撮薄髮稀稀落落撐場，布滿油光的紅臉令人聯想到喜感十足的豆豆先生。男子擦著眼角的淚，咳了幾聲，壓低嗓音：「程主廚的回答眞是妙哉。」

程瑜皮笑肉不笑地應：「我只是陳述事實。」

男子掏著身旁的公事包，拿出一張名片遞給程瑜，上面寫著頭銜與名字。

〇〇週刊資深記者　戴燦德

「基本上我也認爲您的手法確實承襲自李若蘭，但畢竟是師徒關係，倒也無妨。」戴燦德用餐巾抹嘴，咧出一口健康的牙齒，「只不過……在程主廚心中，是否會不滿李主廚的翻臉無情呢？」

程瑜盯著他好一會，心想，鯊魚果然來了。

他把名片收進口袋，不動聲色：「李若蘭是位具有才華的主廚，我很欣賞她，至於與她有關的謠言，並不在我的談論範疇內。」

戴燦德長長地「哦」了聲，眼珠子像兩隻大蝌蚪一樣轉了轉：「程主廚眞是公私分明的一個人呢，只重視才華，不談論私德。」

「謬讚了。」

「其實我更好奇怎麼會有抄襲的控訴，人人都曉得您之前是Hiver的副主廚呀，除了剛才的笨……噗，抱歉抱歉，我失態了。」戴燦德用手帕擦著嘴角，「難道您沒想過這件事爲什麼會發生嗎？」

「沒想過。」程瑜懶得迂迴，隨口敷衍，「也沒興趣去想。失陪了。」

「欸欸欸！等等等……」戴燦德急忙從公事包掏出一張紙，「主廚主廚，您、您等等等等！先看過這個，拜託別走！」

程瑜心中嘖了聲，按捺住性子，只聽戴燦德說：「哎呀，你也明白現在的新聞業基本上是娛樂業了，唉，我們還肩負替股東老闆宣傳的重任呢！」

戴燦德把紙張攤在桌上，笑嘻嘻地說：「來，請程主廚過目，不知您是否感興趣呢？」

紙上的開頭是斗大的標題——「M.O.N. 實驗研究室Master Chef & Best Restaurants 競賽」。

M.O.N. 實驗研究室隸屬義大利知名跑車品牌旗下，每三年會舉辦一次Best Restaurants競賽，主張區域性深耕，參賽者依地區進行評比。優勝除了可獲得高額獎金，在該賽事中取得的排名通常也會成爲地區性美食評鑑的指標，在獎金與名聲的雙重誘惑之下，各大知名餐廳往往趨之若鶩。

「基本上現階段不考慮參加。」程瑜敲了敲紙張，淡淡回答，「新餐廳必須投注大量心力經營，比賽一事我無力應付。失陪了。」

「欸等！等等！」

程瑜不顧戴燦德的拉扯，逕自離去。他回到廚房，進行後續的收拾工作。

程瑜碰過不少美食記者，他們多半都是對美食充滿熱情的人，喜歡把美好的味覺體驗轉化成文字分享給讀者；而像戴燦德這種偏愛挖八卦的，程瑜也不是沒見過，只是不喜歡跟他們浪費時間。他突然有點後悔沒有好好跟著李若蘭學習如何應付這類人了。

不曉得爲何，程瑜沒來由地想起林蒼璿，覺得那個人或許也會有一套解決之道。

他收拾好一切，拿著外套準備回家，照例點開手機——他以前不是個依賴手機的人，最近卻養成了習慣。除了幾則朋友的訊息，林蒼璿意外地沒來騷擾，聊天室靜悄悄的。

這種感覺就像原本一直有人在你耳邊吵鬧，有一天突然清淨了，你反而感覺不自在，可見習慣有多可怕。程瑜把手機往口袋一放，立即把這一點小小的失落拋諸腦後。

隔日一早，週刊頭版標題聳動地寫著「Bachique青出於藍　複製Hiver成功經驗走出一片天」。

該報導提到Hiver不受崛起的Bachique影響，李若蘭不僅自信滿滿，更表示已參加M.O.N.實驗研究室舉辦的Master Chef & Best Restaurants競賽，並自認Hiver奪勝機率極高，最後煞有介事地以程瑜該如何證明自己已擺脫前東家的陰影作結。

撰文記者正是戴燦德。

報導標題寫得好聽，內容卻暗藏貶抑，原來李若蘭早已報名參加競賽。

程瑜打開水龍頭，讓水流不斷沖刷雙手。有些人就是嗜血，無所不用其極只想引發爭端，製造話題吸引觀眾。

白禮剛才看了報導後發飆甩門離去，吼說「業配人人會寫，錢不是問題」。

程瑜沒有阻止白禮的意氣用事，只是冷靜地擦乾手，轉頭望向廚房那群夥伴。一張張年輕的臉，男的、女的，個個憂心忡忡、哀怒交加。

「不用擔心。」程瑜笑了笑，推翻了先前的決定，「報名M.O.N.競賽以後，我們一起加油。」

不能讓自己被過去所束縛，不能畏懼成長。

Bachique的主廚必須突破框架，締造新的名聲。

這幾日的Bachique完全是煉獄，凶猛的三頭獵犬沒日沒夜地緊盯操勞過度的亡魂們。

程瑜指著牆上的日曆表示，距離競賽只剩一個半月的準備期，希望各位扛得起，隨即展開毫無人性的訓練。連著幾天下來，廚房團隊幾乎都吃不消了，人人期盼早點升天，卻又沒敢說喪氣話，因爲他們沒時間叫苦。

連在酒吧的時候，程瑜也還提著筆，默默寫下腦海中閃過的食譜。秋香把一杯冰水推到他眼前，心疼地說：「寶貝不要太累了，休息一下嘛。」

程瑜僅是應了聲，依舊沉浸在思考中。

「有擊潰敵人的拚勁是好事，人家最喜歡認眞專注的帥哥了。」秋香雙手托腮，裝可愛地說，「不過身體也要注意，別太勞碌，病倒了反而麻煩了。」

一旁的Diana把玻璃杯擦乾擦亮，距離打烊剩十分鐘，有三位年輕的上班族依然在吧檯前滯留不去，大概是打定主意要陪「大姊姊」們玩到天荒地老，星期五的夜晚總讓人捨不得睡覺。

秋香插著腰，決定續攤吃消夜，幾個年輕人一聽樂極了，抬高手大聲歡呼。

消夜會吃路邊攤嗎？當然不會。邱大爺為人豪氣，吃消夜的地點是隔兩條街的高檔包廂餐廳，進去沒萬把塊出不來的那種。

程瑜心想，秋香八成看中了哪個年輕人，心情好成這樣。

他本來打算收拾回家，但秋香百般阻撓，嗔怒說程瑜只要工作不要朋友，抓著他的衣袖強留。程瑜想想也算了，那間餐廳還真不是平常人能去的，乾脆順便跟著去開開眼界。

Diana把酒器清洗晾乾，三個年輕人也開始幫忙整理環境，一個拿掃把掃地，另一個拖地，一心只想縮短打掃時間。只有出錢的闊綽老大與焦頭爛額的主廚不必協助整理，兀自端坐在高腳椅上。

程瑜仍在寫筆記本，之後到了餐廳，他繼續埋頭在文字當中，一心一意思考著菜單。

秋香拿他沒辦法，嘆了口氣，替他把夾克掛好。工作狂就是工作狂，放假還在想工作，腦袋裡到底有沒有裝過其他東西？

包廂隔音相當好，恣意吵鬧也不會被人聽見，牆上掛著一幅藝術畫，中間的U形餐檯有專人服務，侍應替顧客滿上一杯又一杯調酒。Diana跟一名年輕人打得火熱，在那又親又拉，而剩下兩個早就喝茫了，圍著秋香傻呼呼地問東問西，幾乎把他當女神膜拜。

程瑜偶爾抬頭和秋香說話，其餘時間不是想菜單，就是研究眼前的菜色。

金色的細緻手環掛在男人的粗腕上並不搭調，秋香一隻手爬上了程瑜背後，捏著他的肩膀緩解疲勞，濃妝遮去了他充滿男子氣概的樣貌，倒與電視上的邱雪莘有幾分相似。

秋香悄悄在程瑜耳邊低語：「喜歡這裡嗎？下次再帶你來好不好？」

程瑜很習慣秋香黏人的舉動，他笑了笑，喝了口水，含糊地說：「我煮給你吃不是更好？」

這個回答秋香喜歡極了，心滿意足地重回年輕賀爾蒙的環繞。

眾人喝得酒酣耳熱，只有程瑜以茶代酒，清醒得連數學公式都能背出來。秋香有意不讓他喝，大概是跟以往一樣想要有個代駕司機，順便留程瑜住一晚。程瑜回憶了下，自從和齊劭交往後，他好像就沒外宿過朋友家了。

程瑜起身，走出包廂找洗手間，長廊一側是整片的落地玻璃鏡，而洗手間很不人性地在遙遠的廊末。

解決生理需求後，程瑜洗了手，盯著鏡子。他瞇起眼，拽著瀏海，心想是不是該剪個頭髮。

從鏡子裡可以看見洗手間厚重的木門，門上嵌著中世紀情調的彩繪玻璃，藍紫色玻璃另一頭的光線閃了閃，有人在門外。程瑜擦乾雙手打算離開，退了一步讓開門的人先進來。

門一開，撲面濃重的酒氣，彷彿連周遭景物也醉晃起來。程瑜蹙起眉頭，對方一把抓住他的肩，吐出疑問：「程瑜？」

聲音太過熟悉，程瑜定睛一瞧，對上林蒼璿的灼灼目光。

林蒼璿喝多了，眼眶充著血絲，臉頰通紅，豐潤的唇像抹上了一層紅脂，勾著程瑜的肩，腳步略微不穩。林蒼璿顯然有些驚訝，露齒微笑：「你怎麼在這？」

程瑜被往後推回洗手間內，喝了酒的林蒼璿控制不好手勁，一味地把人往裡推，酒氣薰得程瑜脾氣上來了，不悅地說：「放手，你到底喝了多少？」

林蒼璿沒答話，逕自打開工具間的門，把程瑜推了進去。他豎起食指示意噤聲，嘴角仍掛著笑，繼而把門關起。惱火的程瑜這下反而冷靜了，他雙手環胸，等著看林蒼璿想玩什麼花招。

不到兩分鐘，又有人推門而入，伴隨幾名女性的嬌笑。

這裡是男廁，怎麼會有女性？程瑜豎耳傾聽。

「是不是又想尿遁啊？」一名男子開口，接著是女子短促抽氣的尖銳笑聲，「每次都玩這招，怎麼？不陪我玩了嗎？」

聲音十分耳熟，但程瑜一時半刻想不起是在哪聽過。男子旁邊的女子跟著附和，也像喝醉一樣，說話顛三倒四。

「我累了。」林蒼璿回應，而女子喘了起來，哀鳴一聲，接著又吃吃笑，林蒼璿繼續說，「能回家了嗎？」

「幹麼呢？跟著我不好玩嗎？」男子不以爲然，「我爸說我得好好跟你學學呢，蒼璿這麼優秀、這麼乖巧聽話，像狗一樣。你說說，你要怎麼教我？」

「是周先生太抬舉我了。」林蒼璿的嗓音聽不出情緒，如閒話家常般輕鬆，「不過，要是你不希望你家股票一夕之間市值蒸發上億，那我勸你還是讓我回家睡頓好覺，免得你沒零錢揮霍。」

程瑜想起來了，腦海中浮現周宜川那張玩世不恭的面容。他幾乎把耳朵貼在門上，險些踢翻工具間的拖把桶。

「怎麼會呢？你可是林蒼璿，我周氏企業最得力的投資顧問，最棒的操盤手。」周宜川淡淡說，與他同行的女性卻在這一刻尖叫，再轉為淫靡的喘息，「咱們舉杯慶祝天鼎集團投資失利吧，要不要一起玩？」

女人的急喘、笑聲、舔拭聲、水聲，男人的低吟和髒話，令程瑜完全可以模擬出香豔的場景。即使躲在裡面看不見實況，他仍替外頭的發情感到窘迫。

林蒼璿嘆口氣：「明天周先生找我開會，現在我連睡覺的時間都沒了。」

「開會？嘖嘖，開慶功宴還差不多。邱雪莘跟紙老虎一樣一捅就破，我爸挺驚訝事情這麼簡單就解決了，說她中看不中用……嘶——再咬我一口妳就死定了。」女人尖叫，而後討饒，怒罵聲起，周宜川惱火地說，「算了算了，媽的，別舔了，爛技術……林蒼璿，今晚的事別跟我爸說啊，我讓六叔送你回去。」

「六叔是你周三公子的人，我無福消受。」林蒼璿笑了，「放心吧，我不會告訴周先生，不過就算他知道了，也不會懲罰你的。」

周宜川狂妄地大笑，啐了句低級髒話，並說：「是是是，反正你林蒼璿這輩子逃不出周家的手掌心了，乖乖替周家賺錢吧！」

洗手間的門被打開又甩上，張狂的笑聲逐漸遠去，接著是水龍頭轉開、衣服細微的摩擦、烘手機的運轉，似乎還夾雜疲憊的嘆息。程瑜在狹小的工具間內默默傾聽門外的動靜，幸虧工具間還算乾淨，待著不至於太難受。

大約過了半根菸的時間，門被打開，程瑜面無表情，林蒼璿朝他笑了笑，人也跟著擠進狹小的工具間。

程瑜一臉莫名其妙，退後讓出一點空間，工具間內雜亂無章，他想閃身出去又被一把抓牢，一不小心就往拖把木桿撞去，吃痛地抽氣。林蒼璿拉住他往自己這邊帶，手撐著隔板牆，貼著程瑜的耳朵悄聲說：「小聲點，說不定等等他又跑回來。」

林蒼璿的體溫偏高，散發出一身酒味，他的香水依舊是清冷的雪松，此時卻如麝香般濃郁的香調，被體溫蒸騰得熾熱，順著鑽入了程瑜的鼻腔。

林蒼璿低低地笑，用氣音問：「你怎麼在這裡？」

「來吃飯。」程瑜有點侷促，只想奪門而出，「我猜他不會回來了，要不要趁現在出去？」

「噓——小聲點。」林蒼璿豎起食指貼在唇瓣上，「再等等，別怕。」

林蒼璿呼出的氣息撩過耳廓，程瑜稍微躲開，撞上了背後疊得極高的水桶，林蒼璿又及時抓住他的手臂，兩人靠得更近，程瑜再度嗅到屬於林蒼璿的香氣，迷人且充滿誘惑性。

程瑜臉都綠了，扶著額忍無可忍地問：「為什麼我們非得在工具間聊天？」

聞言，林蒼璿笑得肩膀一抖一抖：「我覺得這樣挺有情調的。」

程瑜完全可以判定，這人肯定喝醉了。林蒼璿搖搖晃晃，連站直都有問題，一手勾著程瑜的肩、一手撐著牆，幾乎把全身重量都傾向放在肩上的那隻手，輕而易舉便能靠到程瑜身上。

程瑜不客氣地用前臂推著林蒼璿，擋出一點距離。

「我查過那個週刊記者。」林蒼璿低下身姿，嗓音略顯沙啞，「那人只不過是想用八卦替M.O.N.競賽打廣告，放心吧，那種明褒暗貶的標題，起碼證明他不敢眞的得罪白觀森。」

天外飛來一筆把程瑜拉回現實，被說中目前最在意的事情，他蹙起眉頭深思：「我是不是太衝動了？」

「怎麼會呢。」林蒼璿微笑，「參加競賽是一個很好的宣傳機會，況且……那個叫什麼戴燦德的，事後一定會寫一篇報導替Bachique平反。如果他還想在業界混口飯吃，他就會這麼做。」

「其實我沒什麼把握。」程瑜緩緩吐出憋在胸口已久的一口氣，「但如果輸了，頂多我辭職，至少Bachique還能保留名聲……」

「你要對自己有信心。」林蒼璿舉起食指輕壓在程瑜的唇上，「我對你有信心，程主廚這麼厲害，害我胃口都被養刁了，你要負責。」

「以後叫白禮做菜給你吃。」氣氛破壞機毫不猶豫地展現眞本事，程瑜拍掉林蒼璿的手，冷哼，「本人概不負責。」

「我是吃你的菜，又不是吃你本人，幹麼這麼吝嗇。」林蒼璿一邊笑一邊偷蹭程瑜肩膀，整個人都在搖晃，「M.O.N.競賽就放手去吧，別怕……我認識各種門路的記者，你一定不知道最近美食記者們最想寫的報導是什麼。」

程瑜疑惑地問：「是什麼？」

「李若蘭老狗變不出新把戲，你認爲這標題好嗎？」

程瑜一聽，立刻皺眉：「白禮沒必要這樣引發爭端。」

「小白有這麼聰明嗎？你也太瞧得起他了。」林蒼璿嗅著程瑜身上的氣息，手攬住腰，身子幾乎貼著人，「記者們老早就想寫了，不過礙於李若蘭的人脈……總之，我、嗯，白觀森也不是省油的燈……嗯……只要是我賞識的股號，就絕對不會失利。」

「我說……」程瑜一手推著林蒼璿的下顎、一手抓住伸入衣襬的那隻手，腦門浮現青筋，「你不要趁機吃豆腐。」

此時，洗手間的木門被不速之客打開，兩人瞬間石化，維持半推不推、半黏不黏的狀態。細高跟踩在大理石地板發出清脆的聲音，然而步伐比一般女性略重。

「程瑜？」來人開口，程瑜渾身一僵，只聽對方繼續喊，「你在這裡嗎？」

完蛋，離席太久，秋香來尋人了！兩人一動也不敢動，林蒼璿斜瞅著程瑜。

程瑜心頭一涼。為什麼有種被抓姦的錯覺？

「奇怪？人呢？跑哪去了？」秋香的腳步聲逡巡一圈，邊走邊碎念，「程瑜？在嗎？」

偌大的洗手間裡沒有傳出回應，秋香來回踱步，依舊念個不停。

林蒼璿盯著程瑜，此人作賊心虛大氣也不敢喘，臉色有點白，活像躲老婆的出軌丈夫。他漸漸漾起不懷好意的笑容，雙手輕輕巧巧拉開衣襬，順理成章觸摸緊緻的肉體，用全身力量擁抱程瑜。

被溫熱的掌心與纖長的手指環繞，程瑜感受到林蒼璿的心跳與體溫，酒氣混雜著誘惑的香水味。林蒼璿有如一團火，灼燙了每一處觸摸過的肌膚。

程瑜的臉色瞬間漲紅。能喊能叫能推開嗎？不行。

重點是他怕癢。

他僵著身子，忍得牙疼，外頭傳來斷斷續續的哼歌聲，以及瓶瓶罐罐的撞擊聲、噴灑聲、水流聲，恐怕是秋香正在撲粉抹香水。對於補妝需要多久，程瑜沒什麼概念，只是在心裡狂吼著他媽的也太久了！太久了！

林蒼璿把手伸進衣服裡以後，只是抱著他，像睡著了一樣，唇瓣在頸邊輕輕碰著，溼潤而柔軟，呼出的氣息拂過脖頸，惹人發癢。這種煎熬堪比即將被熱水煮死的青蛙，卡在鍋邊只想跳出去，然而外面是火焰地獄修羅場。

他上輩子到底做了什麼壞事？程瑜冷汗熱汗布滿額際，已經不知道什麼叫做崩潰了。

「嗯哼，完美。」秋香還沒有離去的意思，大概在對鏡搔首弄姿，「嗯……口紅顏色眞漂亮。」

本以爲秋香要走了，結果接著是自拍的快門聲。

有完沒完！

程瑜快死了，他第一次這麼後悔跟女版邱泰湘出來吃飯。

他的手心都出汗了，當秋香拍到第三十幾張時，手機忽然響起，秋香接起來說了幾句，一邊邁步開了門，腳步聲漸行漸遠，程瑜這才如警報解除一樣，硬是把林蒼璿推開一段距離。

結果林蒼璿還眞的睡著了，他皺著眉揉揉眼睛，臉頰一塊紅印，無辜地說：「我睡著了嗎？」

程瑜臉上赤紅，厲聲質問：「你到底喝多少？」

林蒼璿歪著腦袋：「挺多的……」

「挺多是多少？」

林蒼璿「唔」了聲，細思了一會：「大概三杯威士忌。」

程瑜忍不住想翻白眼：「你他媽酒量也太差！」

他心一橫，抓著林蒼璿的手臂把人拽出工具間。高檔餐廳的好處就是洗手間還附帶寬敞休息區，雖然林蒼璿細細瘦瘦，但要搬動一個成年男子也是挺吃力。

程瑜把林蒼璿壓到沙發上，喘了口氣：「我幫你叫計程車，你家地址給我。」

林蒼璿掙扎起身：「我自己回去就行了。」

程瑜抓住他的衣領，強押回沙發：「你喝成這樣怎麼回去？」

「要不你送我。」林蒼璿偏著頭，掏出鑰匙在程瑜眼前晃，微微一笑，「不然我能怎麼回家？」

唐僧入了盤絲洞豈有逃生的機會？程瑜瞇起眼，上下打量他。

林蒼璿不滿地說：「我可不是隨隨便便……」

程瑜一把扯過鑰匙，不耐煩地說：「知道知道，我他媽的還記得這個冷知識。」

他先出了洗手間確認有無危機存在，接著不顧林蒼璿是否醉得頭暈，抓住手臂就將對方往肩上扛。林蒼璿喊了聲痛，接著又嘻嘻地笑：「你力氣真大。」

醉鬼的言行沒有邏輯，程瑜不理他，用力一撈扛著人踏過階梯。林蒼璿用鼻腔脆弱地哼聲、喘息，隨後笑著道歉說那裡是敏感帶，輕點輕點，程瑜總覺得這一幕似曾相識，臉色比鍋底還黑。

林蒼璿的車停在地下三樓，程瑜把他扛上ＳＵＶ，繫好安全帶，順手傳了訊息給邱泰湘，假稱自己身體不舒服先搭車回家了。此時程瑜才突然發現，最近他說謊的次數越來越多，全是因為林蒼璿，眞他媽藍顏禍水。

林蒼璿在副駕駛座上沉沉睡去，程瑜拍拍他的臉頰搖醒他，詢問地址，林蒼璿只嘟囔了「天母」兩字。

WTF？程瑜臉都綠了。

天母離程瑜住的地方十分遙遠，他無奈地哼氣：「我這時候上哪找捷運？搭計程車回家算你的嗎？」

林蒼璿閉著眼睛卻笑了起來，吐著幾分醉意：「我以身相許可不可以？」

「相許什麼，許給計程車司機嗎？」程瑜上了駕駛座，開出氣派的地下停車場。

車過高架，穩穩地行經凌晨的街。

程瑜望了眼再度陷入熟睡的林蒼璿，開口詢問：「喂，林蒼璿，你家在天母哪裡？」對方毫無動靜，只有平穩的呼吸聲。程瑜伸出單手不客氣地拍他臉頰，結果林蒼璿只是皺個眉，翻了身，又繼續沉睡。

程瑜有股衝動，想把林蒼璿棄置在路邊不管。

車子一個急轉彎往反方向行駛，程瑜改變了主意。既然唐僧去盤絲洞太危險，那不如把蜘蛛精抓來跟唐僧一起念清心咒。

其實程瑜家附近不太好停車，巷弄狹小，一個車位簡直跟漲停板股票一樣尊爵不凡。幸虧林蒼璿命帶停車格，程瑜沒晃幾圈就找到車位，且離家不遠。

程瑜把人架進電梯，動作不算溫柔，林蒼璿還迷迷糊糊地說他家在十八樓。

去你媽的十八樓，醉成這副德性，連是不是自己家都不認得。程瑜冷哼一聲，按下四樓。

這算撿屍嗎？進門前，程瑜不知爲何浮現這個想法。

他低頭盯著睡到有如昏迷的林蒼璿，那漂亮的長睫輕顫，紅潤的唇微張，閃著一層薄薄光澤——

是不是要做什麼都可以？

程瑜心頭一驚，趕緊打消這詭異的念頭。

進門之後，程瑜環抱著林蒼璿，騰不出手開燈，於是他憑印象摸索，把林蒼璿丟在客廳的小沙發上，連鞋都沒脫。

程瑜揉了揉脖子，跪在沙發邊稍作休息，扛著一個大男人走這麼久，實在有點累。

窗外那盞路燈灑入一地冰冷的光，從程瑜的角度依稀可以看見林蒼璿的鼻尖、眉頭，及優美的唇瓣。沙發上的人眨了眨眼，挪動腦袋，使了會勁卻抬不起手，蒙上水霧的眼珠子轉了圈，飽含倦意。

林蒼璿低笑，手指輕撫著沙發的縫線，朝程瑜沒頭沒腦地說：「哎，怎麼又是這個地方，只是好像角色調換了？」

Chapter 21

沙發太拘束，林蒼璿稍微掙扎，不舒服地低吟，吐出長長一口氣。

程瑜本想抬頭看時間，但窗外燈光太弱。他隨手抓了個枕頭，替林蒼璿枕上，再扯來毛毯把人裹好。

林蒼璿扭頭問他：「你不會要把我丟在這吧？」

「沒丟路邊已經不錯了。」

「我連躺床的資格都沒有嗎？咳……」

林蒼璿咳了聲，他的嗓子像火燒一樣痛。程瑜怕他著涼，替他挪好抱枕，又順手多蓋了件外套，卻沒有回應林蒼璿的問題，只摸黑倒了杯水，遞到對方眼前：「喝點水。」

他拉起林蒼璿的身軀，空氣中隱約可以嗅到威士忌的餘香，林蒼璿的體溫很高，高得燙人。程瑜蹙起眉頭：「你真的只喝了三杯威士忌？」

林蒼璿笑了，黑暗之中可以看見他的唇形，舌尖舔著水珠：「只有三杯……有印象的。」

程瑜還沒來得及開口責難，林蒼璿手中的水杯突然斜倒，弄溼了衣襟與毛毯。喝醉酒的人反應總慢半拍，林蒼璿尚未回神，程瑜已經奪過剩餘的半杯水，抽了十幾張衛生紙胡亂擦著林蒼璿的襯衫與毛毯。

「搞什麼？」程瑜邊擦邊發牢騷，「你他媽是喝了三瓶吧。」

林蒼璿默不作聲，輕晃著腦袋。

「衣服脫了，我給你拿件新的。」程瑜把溼成一團的衛生紙扔進紙簍。

林蒼璿乖巧地點頭，慢慢解開領帶和扣子。

程瑜進臥室找了套保暖的衣物，出來的時候發現林蒼璿又躺回了沙發，外套掛在沙發椅背，領帶扔地上，襯衫扣子半掉不掉，鞋子倒是乖乖脫了放旁邊。

他睡得很沉，呼吸聲均勻，程瑜走到沙發旁，林蒼璿的襯衫還是溼的。

程瑜只覺麻煩，沒有多想，著手替他解開餘下的扣子。

剝開溼透的襯衫，沿著頸線一路向下，光潔的軀體一覽無遺。林蒼璿的皮膚白皙，彷若夜裡發光的羊脂玉，瑩白而細緻。

程瑜有點難爲情了。

他是不是也醉了，否則怎會干涉別人到這種程度？說是關心也太矯情，林蒼璿是他的誰嗎？

體溫極燙，像塊烙鐵灼燒程瑜的掌心，他輕輕地將衣領順著臂膀拉開，一抹暗香竄入鼻尖，本該是穩定人心的木質調香，這時卻勾住了靈魂深處的慾望與愛憐。

怎不直接把人叫醒？程瑜搜腸刮肚，勉強擠出一點理由說服自己，林蒼璿的嘴老吐不出一句正經話，不如睡了好，安靜些。

程瑜扯著那件單薄的襯衫，小心翼翼地，像怕弄疼對方一樣，抑或是怕弄醒對方。掌心撫摸過柔滑肌膚、結實腰肢，這個男人長得極好看，這樣的人誰能不想觸碰？但這不是冒犯的理由，他心知肚明。

理由是什麼？

程瑜明白自己是不甘示弱的，他寧可活在寂寞之中，也不對旁人表現自己的軟弱。他可靠而備受信賴，對外總是展現出冷靜的一面，即便是面對著心中最大的恐懼，過去程瑜也只會選擇擁抱小黑，向這隻他最疼愛卻不會開口說話的忠實夥伴傾訴。

想到這裡，程瑜恍然大悟，忍不住自嘲地苦笑。

他以為自己不願暴露脆弱，沒想到心中還是渴望能有一道窗，成為自己的痛苦和焦慮的出口。

原來林蒼璿的地位跟小黑差不多。

那件襯衫只剩右袖還套在林蒼璿身上，腕上的錶與袖扣緊緊糾纏。程瑜緩慢地轉開袖扣，林蒼璿的手腕細得連骨節都摸得出來，看起來絲毫不具威脅性。這眞的練過柔道？手指那樣纖長漂亮，倒像是學過鋼琴的公子哥，優雅且充滿氣質。

手腕的皮膚下方透出淡青色靜脈，細細交錯，程瑜忍不住用指尖輕撫，白瓷般無瑕的肌膚宛如一碰就會傷著，細緻的鎖骨處也透著一點血管顏色，沿著線條起伏。光潔的胸肌、掐不出贅肉的緊實下腹，嗯，還眞的有練過，肌肉硬得很。

程瑜動作極輕，林蒼璿卻皺起眉，仰起脖子難耐地喘息。程瑜頓了下，不敢再輕舉妄動。

這番醉態顯得煽情，隱含危險，林蒼璿沒有醒來的跡象，側著臉平緩地呼吸，再度陷入沉睡。

腦海中隱約的記憶被喚醒，那一夜喚著他名字的唇親吻過身上的每一處，滾燙的身軀

與他耳鬢廝磨。分不清楚究竟是自己著了魔，還是因為什麼化學效應，程瑜明顯感受到某種變化。

那是慾念的勃發，逐漸滋長。

彷彿有黑色烏雲籠罩清醒的神智，他想淺嚐這人的唇瓣、啄吻滑膩的肌膚，渴求越來越清晰，一不留神成了使人昏眩的慾望。

男人實在是種低劣的生物，光憑視覺上的刺激就能淪陷。

體溫猶如會透過空氣傳遞，程瑜渾身燥熱。他不明白自己在做什麼，林蒼璿的身子彷彿一團燒不盡的野火，程瑜撥開他額前的髮，探著額溫卻是微涼。他傾下身，額頭碰著額頭，想確認到底是酒精催化造成的熱意，還是有其他問題。

他感受到林蒼璿的心跳，接著，林蒼璿的睫毛顫了顫，疑惑地睜眼注視他。

程瑜一驚，沒來由地心慌，而林蒼璿猝然伸手勾住他，緊緊環抱。身體失衡，沙發彈簧發出抗議的聲音，程瑜整個人往前跌入懷抱裡。

林蒼璿似乎還在夢中，以臉頰輕蹭他的肩，手掌隨即滑入衣內，撫慰著僵硬的肌肉。程瑜想掙脫，又怕傷著對方不敢用力，他清楚地察覺下半身不受控制地硬著，耳根子頓時熱起來。空間太小，他怎麼躲都躲不過，林蒼璿靠著他的胸口不放，像在聆聽心臟拚命跳動。

這一瞬間，他明顯意識到，對方的性器同樣硬挺地貼著他。

程瑜還沒回過神，林蒼璿的唇已經吻上來。

輕輕一觸，林蒼璿很快抽離，眼神迷濛，試探地看著他，再度覆上一吻。第二次帶著侵略性，林蒼璿空出一隻手，輕柔地捏著他的下顎，引導他張嘴。

林蒼璿吸吮他的舌、呑嚥他口中的津液，讓接吻成爲極度鍾情的體現，程瑜的腦袋熱成糨糊，完全無法思考，毫無抵抗能力地任由林蒼璿溫柔品嘗。原來接吻可以這麼煽情，柔軟的舌抵著對方的舌尖，異樣地敏感，他的嘴彷彿是甜的，威士忌的香氣逐漸在口中擴散，令他昏了頭。

男人的氣息侵入口中，讓程瑜有些驚慌無措，但越是不道德的情境，越是容易使人淪陷。

在這個人際關係複雜的社會，朋友或情人的界線往往一不注意便曖昧模糊，但程瑜向來認爲面對什麼人就該有什麼尺度，也以爲自己把持得很精準，卻沒想到栽在了林蒼璿手裡。

這是他第一次越界。

他有如船隻離了岸漂泊在茫茫大海，只能隨波逐流。

親吻、分開，林蒼璿再度迎上，程瑜無法抗拒，貪戀唇的柔軟、舌的交纏，一切都變成了情慾的催化劑。

林蒼璿輕咬程瑜的唇，將衣服拉到脖頸，露出麥色胸膛，愛不釋手地撫摸每一寸肌肉。他讓程瑜跨坐在自己身上，這個姿勢能使兩人更加緊密地貼合下體，隔著布料都能感覺到彼此的溫度，程瑜掙扎了一下，隨即被林蒼璿扣住頸肩，驅使他彎下身子深吻。林蒼璿表現強硬，但親吻人的方式無比溫柔，帶著誘惑、渴求、慾望，與憐愛。

程瑜趁空檔呼吸，不知如何是好，他技巧拙劣，又不懂取悅人的方法。林蒼璿彷彿讀懂了那份迷惘，和他十指交扣進行引導，彼此撫摸對方的肌膚、撩撥敏感的乳尖。程瑜發覺林蒼璿的呼吸越發粗重，好似按捺著即將失控的理智，只爲了體恤他的生澀不成熟。

這場依循獸性本能的貪歡無需言語，只剩喘息與親吻。

林蒼璿再度吻上程瑜的唇，他多半是喜歡接吻的，一次又一次地討要，眷戀唇舌纏綿之餘，也不忘享受對方精實肉體帶來的興奮。褲襠明顯隆起，林蒼璿挪動著胯部，隔著布料去握程瑜的性器，那裡堅硬似鐵，前端溼了一大塊。

程瑜仍是低著頭與他深吻，被唾液潤澤過後的唇特別性感，林蒼璿趁他無暇分心，兩三下就撥下程瑜的褲頭拉鍊，露出早已堅挺的性器，一把圈住了莖柱，迫使程瑜逸出呻吟。

修長的指尖撥弄著軟頭，細細磨蹭淌著淫液的狹口，連帶著那紅彤如果實的飽滿囊袋也被細心照顧，適時揉摸。程瑜渾身發抖、發燙，快感一波波襲來，畢竟對性事少了點經驗，他完全承受不了技巧性的撫弄，只能悶著呻吟，死抓著林蒼璿的肩膀把指甲嵌進肉裡。

林蒼璿褪下自己的褲頭，拽過程瑜的手強迫他握住慾望擼動，程瑜感覺到林蒼璿顫慄著，掌心裡的性器猛然脹大，馬眼噴發。他們靠得極近，飽含情慾的喘氣聲貼在程瑜耳邊，化爲聽覺的刺激，引誘他更加沉淪其中。

林蒼璿的技巧太過豐富，任何程瑜從沒想過的方式他都能用上，逐漸攀升卻無法達到頂峰的快感簡直是種極端折磨，撓得程瑜想吼叫、想撕咬林蒼璿的軀體。快感集中在下腹像電流激出火花，從尾椎竄至腳底、鑽上頭皮，撩得他渾身酥麻發燙，被慾火燒得神智不清。

瀕臨爆發的那一刻，林蒼璿把兩人的性器合握在一塊，淌流的淫液沾溼了雙手，滑得握不住。他一隻手更加賣力地持續擼動，帶著亟欲折服對方的狠勁，同時另隻手撫摸囊袋底下布滿敏感神經的會陰，像嘉許孩子一樣充滿柔情，適時地給予刺激以示鼓勵。

程瑜哪能撐得住這種高階手段的挑逗，一不留神，精液隨著快感攀上頂端，毫無預兆地宣洩出來。

射精的那瞬間，林蒼璿吻住了程瑜，把他高潮時的難耐呻吟悶成了委屈的哼嗚，程瑜的眼角逼出了淚，林蒼璿卻沒打算放過他，不依不饒地捏緊了宣洩口，減緩射精時的暢快，看著懷中的人逐漸軟下身子。

沒多久，林蒼璿也攀上頂端，抖動胯部，滾燙精液射得兩人滿手都是。

黑暗中瀰漫著腥羶氣味，林蒼璿躺在沙發上，仰著脖子喘氣，喉結上下滾動。

程瑜也靠在林蒼璿肩上大口大口喘息，身子仍發燙著，然而理智已逐漸歸位。

他只聽見林蒼璿低聲說了句話：「程瑜，我能喜歡你嗎？」

窗簾透出晨光，樓下的早市人聲鼎沸。

林蒼璿醒來，直直盯著天花板，三秒後才意識到自己身在何方。他翻了個身，雙人床另一側空無一人，只有柔軟的被褥陪伴，林蒼璿抓住棉被往裡埋，情不自禁地嗅著對方的氣息與陽光的香味。

時間是早晨七點，他大概只睡了三個小時，但整個人精神飽滿，神清氣爽。他在床上翻滾了好一會，直到身體發出飢餓抗議才爬起，身上是一套乾淨的衣服，甚至還換了件舒適的棉褲。

一想到昨晚，林蒼璿心裡就喜孜孜的。

他進了浴室盥洗，洗手臺旁是一套嶄新的牙刷、水杯、刮鬍刀與毛巾，程瑜太體貼了，近乎無微不至。他臨時起意想沖個澡，脫下衣服的同時發現連內褲也是新的，頓時不禁嘖嘖兩聲。

昨天晚上，他問程瑜的那句話並沒有得到回應，對方只是愣了一下，回了句：「早點睡吧。」也聽不出是好是壞。不過往好處想，依程瑜直率的個性，沒有立即反駁大概就是開紅盤的前奏。

結果那句「早睡」簡直像魔咒，林蒼璿隨後真的沉沉睡去。糗了，林蒼璿心想，以後不知道有沒有機會再來一場，挽回溫柔體貼好男人的評價。

帶著一身水氣踏出浴室，林蒼璿看到床邊有個紙袋，裡面是他昨晚那套西裝，摺得整整齊齊。他穿回程瑜給他的衣服，拎著紙袋準備離去，這時卻瞥見床頭立著一個相框，於是好奇一探。相框中的照片是穿著高中制服的程瑜，笑得燦爛，頭髮比現在還短，模樣青澀未脫，旁邊跟他合照的是一條黑色大型犬。

林蒼璿找著自己的手機，原來在枕邊，他立即拿起來拍照存檔。

沒想到程瑜的寵物是這種類型的。

步出主臥室，客廳一覽無遺，昨晚犯罪現場的沙發上多出一個大毛繭，長腳掛在扶手外。

把床讓給客人，自己卻跑來沙發睡？

林蒼璿又掏出手機，對著沙發上的人拍了四、五張，再蹲下來琢磨對方的睡顏。程瑜半張臉露在外面，天氣冷，毛毯裹得死緊，他眉頭微微蹙著，顯然睡得不太踏實。林蒼璿伸出手指頭，替程瑜揉開眉心的皺褶，又戳戳臉頰，正好是笑起來會露出酒窩的地方。

哎，怎麼這麼可愛呢。林蒼璿用手機拍下一張自己單手戳酒窩的照片。

「程瑜，醒醒，要不要進房睡？」林蒼璿搖著程瑜的肩，對方絲毫沒有甦醒的跡象，只是再次皺起眉，把毯子拉高了些。

程瑜就是個除了上班日以外，房子失火也不會起床的人，林蒼璿沒把人吵醒，只是仔細地蓋好毯子，然後彎身在額際覆上一吻。

既然事情已發展到這個地步，就要紳士一點，情投意合再來一次比竊玉偷香強太多，忍一時的欲求不滿換一世的幸福快樂，對此他挺有信心的。

林蒼璿拎著程瑜的鑰匙去早市買了份早餐，自己嚐過以後再多買一份，順便去超商買杯咖啡。接著，他回到程瑜的家把早餐與咖啡放在餐桌上，並寫了張紙條：謝謝你，記得吃早餐。

字跡跟上次的留言一樣，也一樣很騷包地畫上愛心。

一切大功告成後，林蒼璿才拿著車鑰匙吹口哨離去。

駕車來到公司，林蒼璿身上還是睡衣棉褲，就多穿了件西裝外套。電梯抵達七十八樓的單人休息間，裡頭有好幾套供更換的衣物，他選了套煙藍色的三件式西裝，十分挑剔地配上黑曜石袖扣。

鏡子裡的人完美標緻，猶如一個品味講究的俊美假人，林蒼璿笑了下，擺脫人間的七情六慾，角色轉換自如——

只要泯滅人性，便能用假面對付妖魔鬼怪。

Selly端著咖啡敲門來報，說周先生已經在樓下辦公室了。

林蒼璿用鼻腔哼了聲，點起菸。

「太太交代我告訴協理，明天周家有筆資料要勞煩你處理乾淨。」Selly將咖啡放在桌面，錄音機般無感情地轉述楊實的話，「另外太太還說，只要是你有興趣的，周三少爺都有興趣，所以姓齊的小朋友和周三少爺睡一起了，可惜你晚了一步沒能吃到肉。」

林蒼璿朝天呼出一口氣，哈哈哈地笑起來。

「老太太怎麼那麼愛聽茶水間八卦，還來酸我沒吃到肉，當我這麼隨便嗎？」林蒼璿又抽了一口菸，朝Selly冷笑，「人有企圖心是好事，我也喜歡這種人，想靠睡覺上位我沒意見。不過……得掂量自己的能耐。」

說完，林蒼璿恢復成和藹可親、禮賢下士的那位溫柔主管：「我是不會去破壞周家人的興致的。」

Selly沒說話，對著林蒼璿輕輕點頭。

果然啊，沒人能猜到她主管的喜好，什麼被捷足先登都是空穴來風。Selly心想，究竟是誰傳的謠言呢？是齊劭嗎？還眞是有企圖心。以爲自己能攀上林蒼璿，卻沒想到周宜川也來勾搭，周家背後勢力如此龐大，有野心的人能不動搖嗎？

休息室的門被不識時務地開啟，林蒼璿放下菸，朝來者笑道：「周先生，好久不見了。」

他露出無害的笑容，眞誠得連自己都騙過。

人生如戲，但現實社會比戲劇更加嚴苛血腥，一不小心就會粉身碎骨。

只有笑著站在舞臺上的人，才是贏家。

程瑜醒來的時候，已經接近中午了。

昨晚的回憶蜂擁而上，程瑜從沙發彈起身，跌跌撞撞衝進主臥，不見任何人影。走出臥房，餐桌上有一張紙條——好險不是寫什麼謝謝招待，否則他肯定心臟病發。

咖啡已涼、早餐已冷，對方顯然離開一段時間了。程瑜撕開外袋嗑著饅頭夾蛋，臉頰一點一點地紅起來。

冷靜啊，要冷靜，程瑜在內心對自己喊，卻還是無法控制腦海裡的畫面浮現，畢竟昨晚喝醉酒的不是他，所有記憶都清晰得很。

炙熱的體溫、難耐的喘息，纖細的手指跟西裝底下那雙漂亮的長腿……等等，打住，打住。

程瑜稀里呼嚕地喝完咖啡、吃完早餐，滑開手機，隨即接收到秋香滿滿的埋怨，字裡行間微帶嬌嗔，幾乎可以模擬出秋香雙手插腰、穿著高跟鞋跺腳的模樣。他發訊息道歉，承諾請秋香吃頓飯消消怒氣，對方沒有回覆，狀態顯示尚未讀取，大概還在睡覺。

把手機丟在一旁，程瑜習慣性地往口袋摸，菸早就戒了，依賴卻改不掉。真他媽頭痛。程瑜洩憤似的揉亂自己的頭髮，重重嘆了口氣，只好收拾房間準備上晚班去。

經過這一夜，程瑜跟林蒼璿之間的訊息熱度又降到冰點。

基本上只有程瑜的手機響個不停，全是林蒼璿單方面地熱絡，程瑜偶爾中的偶爾才會回個嗯嗯喔喔洗澡去。

然而薑是老的辣，撩弟高手不會這麼容易退縮，程瑜完全低估了林蒼璿的臉皮厚度。自從向程瑜告白後，林蒼璿便經常冷不防地發動視覺攻擊。上次傳訊息說自己變胖了，點開以後竟是光裸著上身照鏡子的照片，害程瑜差點在休息室翻倒熱茶；上上次更令人不知所措，明明就是問哪件襯衫比較好看，偏偏襯衫不扣好，露出了半邊若隱若現的乳尖。

每次都是這種必須注意背後的照片！程瑜在心裡怒吼，只能偷偷摸摸地躲在休息室角落，用文字譴責林蒼璿的不要臉，但發出訊息後，往往都有種良家小媳婦被調戲的感覺。

如果要林蒼璿穿好衣服，又或者請他找別人給意見，接下來只會得到幾張更養眼的，再附注一句「我只對你這樣」。

程瑜簡直不堪其擾。

不過收到的訊息也並非都是性騷擾照片，否則程瑜絕對毫不猶豫封鎖變態。說實在的，身為主廚，他相當需要一位客觀的評論者，而在品嘗與分析食材這方面，林蒼璿比白禮可靠好幾倍。幸虧林蒼璿好好說人話的時候還挺正常的，不至於讓程瑜腦充血。

難得的休假日、難得的陽光，程瑜動手把自己的家打掃了一遍。來到臥房床前，他思考了下，突然想到幾天前有誰躺在這裡過，於是果斷地把被子拿去接受陽光的洗禮。

打掃的同時，那天的情景湧現，他頓時越掃越煩躁，拚命將木地板掃得閃閃發亮。慣例的掃除堪比心靈清潔，每當看見一塵不染的房間，程瑜便能體悟到何謂舒暢愉快。然而這回都掃完了，他依然渾身不適，彷彿安定不下來。

於是程瑜拎著球棒與鑰匙，驅車前往打擊場，痛痛快快地舒展筋骨。

假如林蒼璿在場，應該會嚇傻眼，那天在練習場程瑜大概就是打老人球的心態，而今天的他為了宣洩心中的焦躁，一百四十的球速打得跟他爸拿藤條追打他一樣凶猛，幾乎棒棒全壘打。

中場休息，程瑜扭開瓶蓋大口灌水。他的手臂又痛又麻，雖然戴著打擊手套，掌心還是磨得一片紅腫。

抹掉嘴唇與下巴的水珠，他拿出手機，率先看見林蒼璿的留言：「打籃球嗎？」

程瑜忍不住想起他那纖細蒼白的手腕。這樣能打籃球？

程瑜回了一句：「現在？」

「我下午休假，現在在臺大的辛亥籃球場那裡。」不出幾秒，林蒼璿就回覆了，「缺人啊，求程瑜支援:口!」

程瑜心想，自己一定是中邪了。

他拎起鑰匙，向打擊場櫃臺的老闆娘告別，跨上機車、發動引擎，頭也不回直奔臺大。這種心態大抵就像昏眩，等回神過來的時候，已經深陷泥沼。

球場其實不大，只有幾個大學生在打三對三。程瑜停好車，環視一圈，十二月隆冬的下午四點，豔陽依舊不留情，烤得肌膚燙疼，夾帶著冷風，像把亮晃晃的剃刀從身上刮下一層皮。

程瑜攏緊夾克，臺北的冬天就是這麼煩人，天氣好的時候說冷不冷，說熱又太誇張。

他來到看臺上，旁邊幾個可愛小女生英勇地穿著短裙，披了一件oversize厚外套，嬌聲嬌氣地笑鬧。程瑜手撐下巴，默默看著男孩們投籃時的帥氣姿勢，並不急著找人。

除了棒球以外，他以前高中時也挺常打籃球，但他只是個投投三分球偶爾傳助攻的小綠葉，多半是陪朋友打，現在差不多也是陪朋友的心態——可能是假日太無趣，或者是比賽的壓力迫近，需要紓壓罷了。

女孩子們的笑聲提高，程瑜往側邊一瞧，林蒼璿穿著西裝，手拎兩瓶飲料與外套，跟幾個運動服打扮的男子有說有笑走來。熱汗溼透了額髮，看樣子他同那夥人打過球，而且還是穿著西裝。

女孩子們朝林蒼璿吆喝，「大叔大叔」喊個不停，林蒼璿義正詞嚴地反駁：「叫什麼大叔，叫哥哥還差不多。」

小女孩一個個笑得東倒西歪，程瑜也笑出聲。

「遇到系上的學弟，就順便一起打球。」林蒼璿把運動飲料扔過來，自然地坐在程瑜旁邊，「這群小大一學妹眞是的，一個個都不懂敬老尊賢。」

程瑜扭開瓶蓋：「小朋友們起碼差你十歲以上，叫聲大叔也差不多吧。」

「哪能叫大叔呀。」林蒼璿灌下一大口飲料，對程瑜眨眨單眼，「稱呼這東西是要看外表的，我像嗎？」

這記試圖造成暴擊的拋媚眼被程瑜輕易忽略，他喝了口飲料：「走吧，打球。」

小女孩們的加油聲果然是老男人最大的虛榮，球場上一群早已離青春無比遙遠的男人爲了面子，燃燒老命拚死也要贏球。與他們打球的這些人是林蒼璿的學弟，林蒼璿說自己只是路過，沒想到碰見了老朋友，但其實他不常打籃球，頂多就是去柔道教室。

西裝束手綁腳，皮鞋更是礙事，林蒼璿成了最大的累贅，程瑜幾次做球給他，他的投籃準度卻太低，投出去的球只有搞笑的作用，幾場下來兵敗如山倒。女孩子們一會高聲尖叫，一會竊竊私語，最後指著林蒼璿開懷大笑。

對手中一名穿黑色球衣的男子一邊運球，一邊爽朗地說：「學長太久沒打球了吧？變弱了喔！」

「我本來就沒有很會打籃球。」林蒼璿抹著額上的汗，不諱言地笑說，「打籃球只是約朋友的藉口而已，最主要是想見個面。」

一旁的程瑜仰頭灌飲料，靜靜聽著他們對話。林蒼璿的話像一道陷阱題，究竟約的朋友是指學弟還是誰，跟他的個性一樣難以捉摸，雖然只要不去在意就無所謂了。程瑜一口氣喝光整瓶運動飲料，隨手往旁邊的垃圾桶丟，雙手環胸等著看下一步。

林蒼璿悄悄瞥了眼程瑜，發現臉不紅氣不喘的，面無表情，看樣子程主廚又自動升級防撩系統，越來越難攻了。他連忙跟朋友們賠罪，掏出皮夾，招來學弟跑腿買星巴克請大家喝，女孩們也跟著沾光受惠。

夕陽逐漸西沉，天空染成橘紅，路燈成了街道的點綴，車潮如流。

程瑜背起球袋，跟剛認識的學弟們（其實年紀比他大）揮手道別，林蒼璿拉住他的外套，問他：「要不要一起吃晚餐？」

來了來了，晚餐邀約來了。

程瑜眯起眼，思考著該不該說自己有事不克答應，林蒼璿一邊把西裝外套穿起，一邊接著說：「我知道有家火鍋很好吃，嗯……不過火鍋吃起來都大同小異，不曉得你會不會喜歡。」

程瑜低頭瞧著地上的裂縫，裡頭藏著一株小草：「我今天晚上……」

話還沒說完，林蒼璿立即打斷：「沒關係，那就約下次，下次好不好？」

程瑜盯著他，這人把情緒掩飾得很好，卻又嗅得出語調裡的落寞。他嘆了口氣，這種患得患失的態度，彷彿在預告他不答應就沒完沒了，讓人頭疼。他揉著脖子：「我今天晚上有空，火鍋的話自己煮就行了吧？」

林蒼璿一臉問號，程瑜繼續說：「隨便買些食材就差不多了，你要不要先回家洗個澡再過來吃晚餐？」

「一、一起吧。」林蒼璿又驚又喜，白皙的臉龐覆著一層淺紅，「一起去買食材怎麼樣呢？對了，我想順便挑幾支紅酒，送人的，送老太太的禮物，啊，老太太就是楊實，你應該還記得吧？」

程瑜點頭，冷靜地回答：「我騎機車你怎麼一起去？乖乖回家洗好澡等我。」

林蒼璿的臉越發紅了，但程瑜沒察覺自己講了什麼引人疑竇的話。林蒼璿趕緊掏出手機，直接撥電話：「哎，是我，你學長，對，能跟你借頂安全帽嗎？啊，順便借我一件大衣，明天還你，謝謝了。」

程瑜一陣無語，眉毛扯了幾下，忍不住問：「那你的車呢？」

林蒼璿沉默一會，亮著誠實的雙眼：「我搭捷運來的。」

程瑜瞬間懊悔又一次心軟著了道，這傢伙根本是有備而來，搭捷運能順路來打球嗎？

林蒼璿顯得十分雀躍，容光煥發的，一路小跑步去找學弟領安全帽，又像隻咬著飛盤回來的狗狗湊到程瑜身邊邀功。

程瑜扯下掛在背後的球袋，冷言冷語：「少玩些花樣。」

林蒼璿笑著接過球袋，背在身上。

等到抵達黃昏市場，程瑜才意識到自己又莫名其妙讓林蒼璿坐上自己的車了。穿西裝逛菜市場的人不多，背著球袋的更少見，可林蒼璿把球袋背著就不願意放下了，緊緊抓著，彷彿深怕程瑜遺棄他。

燈泡散發著暖黃光芒，令蔬菜水果都像裹上一層蜜糖，小販們收拾著環境，程瑜說來得不是時間，漂亮的菜都沒了，不過可以撿便宜，而林蒼璿認眞點頭，額上一絡髮絲垂晃著，模樣乖巧。

這個黃昏市場不大，程瑜熟門熟路地四處鑽，先挑些當季蔬菜與煮湯頭用的瓜果，再繞到後方向肉販買了幾斤肉片，留著絡腮鬍的老闆大方地多送了老熟客一點，順便問他幾時娶老婆，程瑜只好使出拿手絕技笑笑地逃跑。

肉販旁邊是魚攤，程瑜與老闆論斤秤兩時，林蒼璿的臉色十分難看，低著頭、皺著眉，唇色蒼白得可怕。

程瑜把皮夾收好，發覺異狀，悄悄問他：「怎麼了？不舒服嗎？」

林蒼璿搖搖頭，憋著氣不敢呼吸似的說：「我……不喜歡魚。」

程瑜想起了久遠以前的記憶，他跟林蒼璿還不熟的時候，曾經聽見一句讓他永生難忘的話，那就是林蒼璿說他討厭魚。

林蒼璿背對著魚販、慘白著臉，頭也不回地繞開攤販往外走，直到走出市場他才大大地喘口氣。程瑜沒有多問，只是默默跟著，林蒼璿又嘻嘻哈哈不正經地笑，張嘴想解釋，唇卻在發抖：「不好意思，沒事，我沒事了，想抽根菸而已。」

「討厭魚？」程瑜挑眉，不禁揶揄，「你是討厭哪個魚？程瑜的瑜嗎？」

林蒼璿失去了笑意。

交通紊亂，明亮的車燈盲目亂竄，林蒼璿背對著街，程瑜從他的眼中看見無端的警戒，似乎被觸及了底線。

「老實說，我很害怕魚類。」林蒼璿冷不防笑出聲，嘆了口氣，「小時候我養了一缸金魚，有五條，每隻都又大又肥，像一團一團的火，在水底閃閃發光很漂亮。我最喜歡下課後盯著牠們在水裡游，到現在都還能記得金魚的模樣……」

林蒼璿急著從口袋裡拿出菸盒，叼起一根菸，拿著打火機的手依然抖著：「因爲我太喜歡了，所以我母親就把魚給煮了，逼我吃下去。」

這一瞬間，彷彿有人重敲程瑜的心臟，使他疼痛得喘不過氣。

「哎，祕密被你發現了，拜託你別說出去。」林蒼璿抽了一口菸，吐出，苦笑了下，

「我從來沒有討厭程瑜，我喜歡程瑜。」

Chapter 22

程瑜買了許多食材，花花綠綠一袋又一袋，兩個大男人四隻手也拎不完，所以林蒼璿決定放棄選酒這個只是用來糾纏的藉口。

車過高架，穿越染上暮色的街巷，寒冷的天，晚風卻存著溫柔。林蒼璿單手扣住程瑜的腰，另隻手攬著滿懷提袋，臉貼著程瑜的背，似乎能聽見令人平靜的心跳聲。

大概是先前那番剖白換來的一點憐憫，程瑜一聲不吭，任由林蒼璿去。

他無意追問林蒼璿的幼時創傷，這是出於非禮勿言。他想著林蒼璿在騎樓下抽菸的樣子，纖長的雙指夾著香菸，狠狠地抽，指尖卻止不住顫抖。

於是他對林蒼璿說：「走吧。」

他拉著林蒼璿一攤又一攤地買，似乎想用富足的晚餐填補對方的痛苦與不堪。到了青茶涼水攤的轉角，程瑜叫林蒼璿站在這等，自己又尋入深處，沒多久提著一袋鮮牛肉返回。程瑜的體貼讓林蒼璿笑了一下，喜悅溢於言表，俄傾就拋開了不快。

東西買太多了，連提進門都略顯吃力。

程瑜把提袋擱在中島上，按例開始著手處理食材。他一邊拿出袋內的鮮肉，一邊指揮林蒼璿：「球袋麻煩幫我放櫥櫃，謝謝。那個，要不你先去客廳看電視等我，大約三十分鐘就夠了。」

林蒼璿放好球袋，在玄關旁脫下外套：「有什麼我可以幫忙的？騙吃騙喝又不幫忙不

是我的風格。」

「還眞是有禮貌的騙吃騙喝。」程瑜笑出聲，「不用了，我習慣一個人來，你去看電視也好，我這邊很快。」

廚房就這麼小，擠兩個男人還能好好工作嗎？程瑜切開高麗菜，將菜葉一片一片剝開。

林蒼璿把外套掛在沙發上，視線逡巡一圈，注意到客廳裡的兩個小矮櫃擺滿了食譜，每本書的內頁夾滿同色標籤貼。

他又像劉姥姥逛大觀園似的在室內遊走，最後還是選擇坐在餐桌旁，靜靜欣賞程瑜以出神入化的手法分解每一項食材，起熱鍋、熬煮瓜果蘿蔔，準備湯底。這位主廚對於料理的執著已經達到吹毛求疵的地步，林蒼璿本以爲程瑜說「簡單」，是指隨便買包火鍋湯底應付，沒想到竟是如此盡心盡力。他的心裡頭冒出一點點愧疚，夾雜著說不上的竊喜。

程瑜手上忙著，抬起頭疑惑地問：「嗯？找不到遙控器嗎？」

林蒼璿微笑：「電視沒你做菜好看。」

「你的嗜好挺奇特的。」

「怎麼會呢？都沒人說過你做菜的樣子很帥嗎？」

「別鬧了。」程瑜不爲所動，片肉的動作沒停，「雖然我們認識的時間不算短了，但如果要說密切交集，充其量也就這短短的一、兩個月，在這麼短的時間內你說喜歡……也太沒理由了。倒不如說你是因爲注重吃而在意我，那還說得過去，但這不是我所認知的喜歡，所以注意一下你的用詞。」

程瑜撥開肉片，停頓一會又說：「當朋友可以，只有這樣。」

話說得直白，林蒼璿自然聽得懂。程瑜現階段對他只有憐憫，給了他朋友這條底線。朋友只能是朋友。

林蒼璿毫不在意地笑出聲：「這樣啊，當朋友是嗎？我想……嗯、哈，應該是你技巧太好，第一次的感覺太舒服，讓我念念不忘，才捨不得當朋友。」

程瑜一個不留神，肉便切歪了，他抬頭惡狠狠怒瞪林蒼璿，緋紅的臉頰卻出賣了他的害臊。跟林蒼璿講話總會莫名落入敗陣，程瑜索性不跟他對話。

林蒼璿也明白自己的玩笑有些過了，惹主廚生氣討不著好處，因此他趕緊挽起袖子，殷勤地詢問火鍋爐具擺哪、卡式爐還是電磁爐、延長線接哪，至少出點力氣提升一點點正面形象。

程瑜的手法俐落，中島上各色火鍋料一盤接一盤冒出，小餐桌根本塞不下，只好全數移至客廳。盤子擺滿桌面，一不小心五花牛肉盤半邊被擠出桌緣，爲避免翻船憾事發生，索性改成放到木地板。兩人就這樣屈就於客廳茶几旁，直接坐在地板上，身旁圍繞著花花綠綠好幾盤食物，執起碗筷開戰。

今晚的火鍋大概是林蒼璿有生以來嚐過最美味的。

鮮甜的自熬雞湯加入昆布，涮出恰到好處的牛肉熟度，軟嫩得能化掉舌頭，林蒼璿第一次覺得蔬菜這麼迷人，浸泡過湯頭以後異常爽脆甜美，而火鍋丸子居然同樣是自製，就連沙茶醬都是程瑜之前做好的。林蒼璿心想，在程瑜面前，這輩子都不敢說哪家餐廳很美味了，好吃的定義又被提高一層境界。

程瑜打開電視，女主播正口齒清晰地播報氣象，明晨將有另一波寒流來襲。林蒼璿換了個姿勢，好奇地問：「你以前也會幫忙你母親煮菜嗎？」

火鍋熱氣蒸騰，程瑜避重就輕地答：「會，大部分都是我煮。」

林蒼璿夾了塊沾滿蛋液的嫩牛肉涮進鍋裡：「難道你不好奇我母親嗎？」

程瑜放下筷子，思考著怎麼避談這件事，林蒼璿卻逕自開口：「我母親是個優雅漂亮的女人，我小時候很恐懼她，但長大以後並不恨她，相反的，我還挺愛我母親。」

「是嗎？」

林蒼璿笑了：「你別害怕觸及這話題，其實我不在意。更何況，我能有現在的成就全是拜她所賜。」

程瑜明白林蒼璿的用意，人們坦承自己的創傷時，往往會嚇著聽者，林蒼璿只是在藉此安慰他，告訴他一切都不要緊。

他點點頭，替林蒼璿多挾了塊裹滿蛋液、煮得恰到好處的嫩雞肉。

林蒼璿總是這麼體貼，程瑜心想，就連痛苦的過往都能說得輕描淡寫，但那道陰影分明追隨了林蒼璿大半生，直到現在仍揮之不去。

像是爲了轉換氣氛，林蒼璿開始說起自己兒時的經驗。例如放學回家爲了看蝌蚪，不小心跌落兩公尺深的大排溝，或者某次下雨天去上課，一踏上馬路立刻滅頂，因爲他看不見水溝在哪裡。這些不知該說驚悚還是蠢的事蹟，令人不禁驚歎他能活到現在也是奇蹟。

而這之中沒有任何關於父親的隻字片語。

程瑜又想起了「私生子」這三個字，他盡力了，腦袋裡卻仍自動浮現這個字眼，畢竟林蒼璿的自白正好是一個薄弱的驗證——他小時候與母親同住，童年裡似乎不見父親的存在。

優雅又美麗的母親獨自帶著兒子，家中從沒有父親的蹤影，母親做出了令人髮指的行徑，兒子卻深愛著她。結合這些元素所構成的故事，怎麼想都不會是齣快樂喜劇。

程瑜靜靜當個聽眾，偶爾被逗樂才笑起來，兩人有時看著電視評論球賽，有時則討論何時寒流才會消停，像認識多年的好友，彼此間沒有尷尬或陌生，林蒼璿所說的小祕密就這樣被拋諸腦後。

兩個大男人的食量不容小覷，桌上如狂風掃過，殘羹片葉不留，林蒼璿覺得自己的胃和吃下整頭牛一樣脹得難受。程瑜撐著地板發出舒暢的嘆息，垂著腦袋好像快睡著了，但稍作休息過後，便起身收拾碗筷。

林蒼璿制止程瑜：「我的規矩是煮飯的人不洗碗。」

他把程瑜推到沙發上，自己哼著歌刷鍋子去。

等林蒼璿重新返回客廳穿上外套時，程瑜才驚覺自己差點就睡過去了。他揉著脖子，腦袋還處於半昏沉的狀態，不經意地脫口而出：「你怎麼回家？要不要我送你回去？」

林蒼璿一笑：「是很想讓你送我回去，不過我家真的太遠了，額度留到下次行嗎？」

他穿好西裝，又是一副能騙倒眾生的人模人樣：「我搭計程車回家，今天謝謝你的招待了，改天請你看電影，不然再一起去打球吧……哎，希望司機不要嫌棄我滿身香噴噴的火鍋味，害他肚子餓。」

程瑜笑了一下，伸了個懶腰：「也行，再約吧。」

林蒼璿的視線越過程瑜，落在他背後那個放滿食譜書的矮櫃，在一片食譜書當中，唯有一本文學小說突兀地待在櫃子最下層，好似放錯地方。

林蒼璿說：「原來你也看岩井俊二的書。好看嗎？」

程瑜沒說話，只是聳聳肩，因爲那本是齊劭忘在他家的。

「那本書借我吧，我沒看過。」

「好。」

程瑜以爲林蒼璿借書只不過是想當成下次見面的藉口，但隔天傍晚上班時，白禮拎來林蒼璿那洗淨的便當盒，被借走的書也跟著回到他手上。

程瑜翻開書，前任在這本書上遺留的所有痕跡早已消失，是一本嶄新的《情書》。

究竟是爲了什麼送回一本新書，程瑜不想揣測。

程瑜收拾好隨身物品，神情疲憊的廚房團隊成員們紛紛與他道別。

M.O.N. 競賽分爲兩階段，第一階段是考驗工作團隊的水準，第二階段則是主廚的個人競賽。團隊水準依舊達不到程瑜的要求，眾人從私底下抱怨轉爲檯面上的抗議，直接指控主廚太愛挑三揀四，更何況會參加 M.O.N. 競賽根本就是源於主廚的私人恩怨。

然而程瑜把熟度不均的肉排砸在磁磚上，冷靜地說：「主廚代表著一間餐廳，所謂的私怨其實也關乎餐廳的面子。公司獎金豐厚，利潤各位都沒少拿，贏了你們賺利潤，輸了比賽我自動離開！」

於是，沒人敢說話了。

白禮是個錢多的大少爺，第一個月程瑜打開存摺，眼珠子差點掉出來，連忙打電話向會計確認自己的薪水是不是匯錯金額。電話那頭會計小姐大笑，說老闆們不缺錢，所以

Bachique的利潤每個月全依比例當成獎金給同仁。

既然報酬沒少，那就該拿出專業態度，適應成長帶來的痛苦。

劉軍秀習慣最後一個離開餐廳，程瑜這晚也留下來安慰滿臉淚痕的她。其實劉軍秀並不脆弱，只是愛哭了點，她最厲害的絕招是哭著把人罵得狗血淋頭。程瑜很明白副主廚的辛勞，中階主管並不好當，更何況是在這種緊張的時期。

劉軍秀走後，程瑜才鎖上餐廳後門。

外頭冷得要命，他搓著手，車鑰匙怎麼樣也插不進鎖孔。

「程瑜，你總算下班了。」

聲音太熟悉，程瑜警戒地往後望。

蒼白的路燈光芒下站了一個人，穿著毛呢大衣、圍著黑色圍巾，笑起來的樣子還是像個無憂無慮的大學生。

齊劭說：「好久不見了。」

「你來這裡做什麼?」程瑜平靜地問，轉開車頭鎖。

「沒什麼，我……我只是想看看你好不好。」齊劭抓著大衣，苦笑中略帶尷尬，「因爲一直聯絡不到你，只好來這等。」

「不用了吧。」程瑜有些不耐煩，他抓起安全帽跨上檔車，齊劭卻一個橫身擋在他面前。他不敢冒然抓住程瑜不讓走，依他對程瑜的認識，這人有九成機率會毫不留情地輾過他。

「讓我說幾句話就好，拜託你。」齊劭低姿態地懇求，程瑜放下安全帽，雙手環胸，一副洗耳恭聽的煩躁模樣。

齊劭垂下頭，苦澀地說：「我以前，真的很對不起你。」

程瑜哼了聲：「夠了。」

「等一下！我還沒說完！」齊劭伸出雙手攔阻，「還有，我最近過得很好，你不用擔心。」

程瑜在心裡吐槽，他根本不在乎齊劭過得如何。

齊劭又苦笑起來：「我們當初斷得有些……有些突然，該怎麼說，你也知道我常常一急就說錯話、做錯事，我只是想當著你的面，好好地跟你道別。」

真他媽夠了。

程瑜垂下目光，內心的不悅越發強烈。齊劭很清楚他的個性，就是太過清楚才容易抓住他的弱點，這番話一出口，程瑜連騎車撞他的力氣都沒了。

程瑜難得顯露出厭惡的情緒：「你到底想講什麼，拜託一次說完。」

「我想過我們之間的事，是我不懂事。」齊劭不安地搓著雙手，「對不起，我只想跟你說一句對不起。」

「來不及了。」程瑜手指調整著安全帽的扣帶，萬分不耐，「說完了嗎？」

「我最近管理了一筆生意，還不錯，長期發展非常有前途，至少比起以前有些長進了……如果你不介意，可以考慮一下。」齊劭悽然一笑，猶如痴情被拒的男人，「我想讓你明白，我們在一起的那些日子裡，我真的有努力替我們的未來著想，我對你的感情不是虛假而空泛的。」

程瑜滿腹髒話差點脫口而出。

齊劭話鋒一轉，又輕聲說：「只是我們之間出現了不該出現的人，害我委屈你了。」

程瑜的腦中浮現林蒼璿站在街口抽菸的姿態，那發抖的指尖與沉黑的瞳異常清晰。

程瑜冷眉冷眼地瞧他：「不要把錯怪在別人頭上。」

「我知道我錯了，錯得很徹底。」齊劭的眼神依舊清澈透亮，宛如涉世未深的少年郎，「可是學長他……」

程瑜屏息凝神，無端地惱怒。

「學長他是故意的。」齊劭蹙起眉頭，「我承認我的心裡有過一點點動搖，不過我後來才發現學長是故意的，他故意做出讓我誤會的舉動，我們之間的關係會出現裂痕都是他害的。」

「只要你不動搖，我們之間就不會出問題。」程瑜冷笑，「我走了。」

「程瑜，不要被他騙了。」齊劭在程瑜發動引擎前喊了句，「他喜歡把別人放在手掌心玩弄，等到他得到了、玩膩了，他就不要了。」

「林蒼璿就是這種人。」在路燈之下，齊劭的笑容顯得蒼白無助，「你是不是都和他在一起？」

「輪得到你來質問我嗎？」程瑜發動了引擎，直射的車燈讓齊劭忍不住瞇起眼，舉手遮擋。

程瑜戴上安全帽，把過往遠遠地甩在後頭。離去之前，他的腦海裡全是齊劭脖子與手腕上的血痕，怵目驚心得彷彿遭人無情地笞打過。

這幾天，程瑜的心情都不太愉快，但廚房團隊的人已經習慣他的撲克臉了，所以根本沒人注意到。

沒有日照的午後，風冷颼颼地竄過防火巷，捲起地上的廣告紙。程瑜雖然不抽菸了，但仍是習慣來到後巷偷閒，巷子另一頭是離他遠遠的年輕小夥子們，四個人窩在一起吞雲吐霧，他們是餐廳裡的廚助。

程瑜檢視著成本估算單，一列一列確認原料供應商。沒有菸抽，聞著一點點菸味也好，他覺得自己像中元節的鬼魂，依靠嗅覺享用貢品。

程瑜再度翻了一頁。這年頭主管難當，還要替員工講八卦著想。

方才在休息室裡，切肉師口沫橫飛講得興起，踩著聽眾的high點高喊：「之前我朋友說看過他的無名指有戴戒指，現在不見了，程主廚鐵定是跟女朋友分手了啦！」

不巧程瑜正好一腳踏入休息室，把話全聽了進去。

空氣瞬間凝結，六、七個人圍在一起的小圈圈僵得像被冰凍似的，首席侍酒師連茶都差點打翻了。

程瑜處變不驚地說：「對，不久前分手了。」

其實是男朋友。

這句話他當然沒說出口。

然而他感受到四周有股黑色低壓悄悄蔓延，彷彿講八卦的這幾個人就要被炒魷魚了，在旁邊休息的幾個員工也坐立難安。程瑜心裡有數，只取走自己的手機便旋身離開，關起門之前，不忘若無其事地對大家說：「別緊張，我沒打算隱瞞分手的事實。」

他不想讓人知道的只有性向而已。

報表又翻過一頁，他用紅筆把不合理的金額畫上兩道粗線。

對於齊劭那天的「建議」，程瑜只覺好笑，齊少爺究竟是氣林蒼璿的搖擺不定，還是惱怒他與林蒼璿過從甚密？明明造成這種狀況的主因就是齊劭本人。

腰上的手機一震，程瑜拿出滑開畫面，他以爲是其他人的問候，結果是白禮的訊息。

白禮：「瑜瑜啊，幫個忙，十二月二十八日那天總共五人出席，老白不吃蔥蒜，我老媽對花生過敏，菜單再幫哥想想。」

程瑜：「好。」

白禮：「原來你在呀，太好了，順便幫忙送便當吧，拜託你了唷。」

我去你媽的。

程瑜陰著臉看訊息，白禮根本把他當成跑腿小弟。

老實說經歷前男友那齣活像國中女生搶男友的劇碼以後，程瑜每次想起林蒼璿都有股說不上來的滋味，眞不知該替這樁貴圈眞亂事件的哪位主角難過。若是三人不小心碰頭了，鐵定頗搞笑，對於自己曾與齊劭這種人交往過，他實在覺得羞愧。

大概是程瑜停頓太久沒回覆，不一會兒白禮補充一段語音：「不是占你便宜呀，哥要辯解，剛才出了個小擦撞，現在還在作筆錄，我趕不回餐廳。唉，眞是的，怎麼會這樣呢？總之眞的很抱歉占用你的休息時間。」

聽著白禮的留言，背景還有陌生人的交談聲，口吻嚴肅，不太像開玩笑，程瑜的火滅了大半，打了幾個字關心白禮的狀況，白禮僅回覆沒事。

程瑜無奈地一嘆，回到休息室穿起夾克，拎著木盒離開餐廳。

雖然走路僅需十五分鐘，但來回得花上雙倍時間，因此程瑜毫不猶豫地跨上檔車，直奔CBD最引人注目的那棟經貿大樓。

跟上次不同，少了楊實的光彩，程瑜踏入大樓時並沒有人過來迎接。他搭上電梯，盯著樓層指示燈，心想自己會不會這麼不幸遇見前男友，不過即使遇見了，那也無所謂。

程瑜的心態還是一樣，他光明磊落，誰要氣憤就去吧。

電梯內原本人不少，但抵達七十七樓時已經只剩程瑜一人。他穿過梯廳，推開玻璃門，向櫃臺的接待小姐說明來意。

接待小姐是名年輕女性，散發著初出茅廬特有的朝氣。她微笑點點頭，接著撥打內線電話，程瑜只聽到一句「Selly姊」。

隨後他得到了一張黑色卡片，上頭沒有任何文字。

接待小姐鞠了個躬，說：「林協理在七十八樓等您，感應電梯卡上樓，出去以後梯廳左轉。」

程瑜有意無意地一瞥周遭，什麼也沒看到，然後轉身離去。

七十八樓的裝潢風格特別不同，厚重的木牆漆上深色，鏽鐵紅的地毯鋪滿地面，梯廳牆上高掛著一組鹿頭標本，背後是燙金花體西文，彷彿嗅得出陳舊，程瑜還以爲自己走進了《教父》的電影場景。

這恐怕才是邱泰湘所說的梅菲斯特的巢穴，魔鬼的交易所。

程瑜捧著木盒，思考著該往哪走。出了梯廳向左拐彎，眼前是一道深紅色木門，程瑜壓下金色門把卻打不開，此時夾在指尖的黑色卡片不小心掉了，他彎腰撿起，結果不知感應到何處，木門響起一聲短促的電子音，歪打正著開啟一道小縫。

他推開門，室內空無一人，但嗅得到雪茄的沉厚氣味。幾張褐色牛皮沙發，一路延伸入內的深紅地毯，令程瑜聯想到微醺夜的水晶吊燈散發著璀璨。

在李若蘭底下，侍奉有錢人的晚宴也是常態，只要肯花錢就能請到極富盛名的Hiver團隊。程瑜去過不少私人會所，從正經八百的政商聚會到紙醉金迷的慶生派對都有，他聞得出空氣中潛藏的誘惑，如同爛熟的果實散發著甜膩氣息，這絕不是正經公司會有的布置。

他在門口駐足不前，朝著室內喊：「林蒼璿？」

一陣兵荒馬亂的碰撞聲，似乎有高高堆疊的文件不幸傾覆，還有紙箱被踢翻，過了一會，總算有個人從裡頭的房間連滾帶爬地衝出來。

林蒼璿光腳扶著室內門，顯得十分驚訝與慌張，沒扣的襯衫露出大片胸膛，只能用衣衫不整來形容。程瑜咳了聲，略感不好意思：「呃，白禮出了點意外，所以今天是我來。」

「什麼意外？」

程瑜聳聳肩：「只是開車出了小擦撞。」

有別於平時的光鮮亮麗與游刃有餘，林蒼璿此刻看起來像被調戲過的小姑娘，模樣狼狽，臉上泛著一層薄紅。他自言自語絮叨著：「卡片是楊實給你的？是楊實嗎……」

程瑜滿頭問號，直接說：「我把午餐放桌上，記得吃，我就不打擾你了。」

林蒼璿也不知有沒有聽見這番話，放開門板踉蹌地衝過來：「制服？程瑜，你穿著制服嗎？」

感應危機的天線豎起，程瑜往後退了一步：「穿制服怎麼了？」

「我沒看過你穿制服的樣子。」

程瑜不屑地哼了聲，一副「脫下夾克給你看制服就是我腦子進水」的樣子。林蒼璿神態疲倦：「不要那種表情嘛，人家心情不好，好不容易能有點慰藉……」

「慰藉個頭。」程瑜將便當放在桌上，以命令的語氣說：「吃你的便當吧。」

他看了眼林蒼璿，只見對方白皙的胸肌與腹肌覆著薄薄汗水，像顆瑩白珍珠似的。想到非禮勿視，程瑜若無其事地移開目光：「你怎麼把自己搞成這樣？」

「我在找一份文件。」林蒼璿懊惱地掀起前額瀏海，低頭檢視自己，「哎，沒想到你會來……我可是第一次在別人面前這樣。」

程瑜雙手環胸，不動聲色地又瞟了眼光潔的胸膛：「找東西需要脫成這樣？」

林蒼璿滿腹委屈：「三十個紙箱裡總共有上萬份紙本，要找一份只有薄薄五張紙的文件好比大海撈針，我翻了整整一個早上才解決十箱。」

程瑜疑惑地問：「怎不讓同事來幫忙？」

「我怕同事八字太輕，承受不住。」林蒼璿嘆了口氣，那些文件是周家的東西，不是誰都能碰，「各人造業各人擔，我只能自己來。」

程瑜敷衍地「喔」了聲，敲敲桌上的木盒：「盡快吃午餐吧，我走了。」

「等等，你難得來了就多陪我一下嘛，拜託。」林蒼璿急忙拉住程瑜的手腕，「我今天好累，工作上事情好多好麻煩，搞得我心情好低落。」

但林蒼璿說了什麼，程瑜一個字也沒聽入耳裡。

林蒼璿的掌心很燙，像燒紅的鐵圈箍住他的腕部，他嗅到了古龍水的熟韻，與汗水的氣味混合成誘人訊息。

林蒼璿衣衫不整地敞著胸膛，乳尖要遮不遮，有如一種邀約。對一個GAY來說，這種視覺上的衝擊不亞於目睹自己的朋友想打手槍。

程瑜亟欲掩飾自己的動搖，林蒼璿卻拽得死緊。

「老大不小了，何必要人陪你，自己吃飯不行嗎？」拉開他的手，程瑜亟欲掩飾自己的動搖，林蒼璿卻拽得死緊。

「我需要一點安慰，一點點也好。」林蒼璿用拇指和食指示意就眞的只有那麼一點點，可憐兮兮的。

程瑜來不及想理由，只能不耐煩地撥開林蒼璿的手：「要陪去找別人陪。」

林蒼璿急促地說：「看見你來是我今天最開心的事了，拜託你施捨一點點時間給我，一點點就好。」

程瑜忍不住吼：「沒空！」

「你休息到五點才上工吧？」林蒼璿拚命握住程瑜的雙腕，哀怨地說，「陪我，拜託，你乾脆就在這休息吧，反正回餐廳只要幾分鐘，我等會叫車送你回去。」

又被白禮給賣了。程瑜內心嘖了聲，白禮根本是林蒼璿安插在餐廳的間諜，隨時回報程主廚的最新動態。

「別鬧！」程瑜喝斥，推開林蒼璿，「我還有事情要處理。」

「不然看一下制服也行！」林蒼璿不依不饒，「拜託！」

程瑜的臉色比中華料理店炒了十年的炒鍋鍋底還黑。

提高談判籌碼之後再假裝退讓到底線，但其實底線才是眞正的目的！媽的！原來是爲了看制服！

「你神經病嗎？」程瑜又用手臂推出一點距離，臉上的羞紅卻出賣了他，「主廚制服哪裡好看了？」

「我就想看看，拜託，一下下就好！」林蒼璿軟磨硬泡，「我今天眞的很可憐！」

程瑜吼：「你他媽可憐關制服什麼事！」

林蒼璿大喊：「因爲我想看！」

程瑜此生第一次見識何謂「盧小」，大概是他對人總是不假辭色，所以從小到大沒人敢和他無理取鬧。而林蒼璿的這個盧小是盧了以後發現行不通，還會換個花樣繼續盧的盧小究極體，如此厚顏無恥，究竟怎麼辦到的？

望著林蒼璿殷殷期盼的閃亮眼神，程瑜的眼皮開始跳了。爲什麼林蒼璿吞了口水？是在餓幾點的？

他尷尬無比，不知往哪擺的手卻搭上夾克拉鍊，正在爲脫不脫外套天人交戰。到底是誰說脫外套就腦子進水的！

程瑜臉色微紅，心不甘情不願地說：「看完我就走人。」

林蒼璿一口答應：「好！」

媽的，上輩子一定是欠了林蒼璿！

拉鍊緩緩下滑，程瑜低著腦袋燒紅臉，手在發抖。不過是脫個外套，有什麼好難爲情？可是爲什麼他正在做出違背自己本意的舉動？爲什麼這個場景活像冷面小處男被惡霸強逼跳脫衣舞？爲什麼！

他明顯聽見林蒼璿吞嚥唾沫的聲音。媽的！是在吞什麼口水！程瑜心一橫，硬著頭皮三兩下把外套扒下，恨恨地甩在地毯上。

「可以了吧？」程瑜耳垂紅得像小櫻桃，馬上有點後悔耍帥把外套甩地上了，等等還不是要撿起來穿，「制服不就這樣，到底有什麼好看？」

「果然……」林蒼璿紅著臉，雙眼閃著痴迷的光芒，「跟我想的一樣，很好看，很帥。」

程瑜心臟漏跳一拍，整個人氣勢全消，趕緊把外套從地上撿起。

林蒼璿向前一步，繼續說：「你能讓我抱一下嗎？」

程瑜才剛準備把左手套入外套的袖子內，立刻大吼：「不行！」

「我、我抱一下就好！」林蒼璿嘴上苦苦哀求，腳下步步進逼，程瑜完全能感受到那股由奇怪幻想構成的執念有多麼強大，「不會怎樣的！」

盧小果然是盧小，你以爲達成一項要求他就會放過你嗎？不，他只會繼續盧小。

「眞他媽盧小！你是不是吃盧小長大的！」程瑜毫不保留地大罵，懊惱著方才脫外套時把袖子給翻過來了，搞得現在活像被喪屍追還發不動車一樣可怕，「抱你個頭！不要得寸進尺！」

說完，程瑜連外套都不想穿了，他總算察覺自己成了誤入盤絲洞的白痴唐僧，而且男蜘蛛精正在發情！送什麼便當，他自己就是便當！

程瑜本來想跑，轉身的那一霎卻驀地天旋地轉。

事情究竟怎麼發生的，程瑜搞不清楚，他彷彿飄了起來，莫名其妙躺倒在柔軟的手工波斯地毯上，天花板的金色吊燈映入眼簾。

他瞬間想起林蒼璿學過柔道。

然而來不及了。柔道的精髓就是壓制，原來林蒼璿的功夫貨眞價實。

林蒼璿的掌心枕在他腦後，細細地揉蹭他的耳廓，對方細軟的髮絲貼著他的頸項，古龍水的氣味鑽入鼻尖，東方木質調混合著白麝香，灼熱的肌膚溫度令汗水蒸騰，沁入心脾、滲入腦袋，瓦解理智。

程瑜認爲氣味是最容易迷惑人心的媒介，就像四溢的食物香氣容易誘使人拋開理性順從本能，將眼前佳餚拆吃入腹，藉由品嘗美好滋味得到滿足。

同樣的，香氣和性慾的關聯也是。

這一刻，程瑜明白不妙了。

「你太過分了……」林蒼璿長長地吁出一口氣，「明知道我喜歡你……還穿著制服……」

程瑜不懂喜歡他跟穿制服這兩點到底有什麼共通性，除非是林蒼璿腦子有問題，能令兩者之間連結出無限可能。到底是怎樣的可能，程瑜不敢想，眼下他只想推開壓在他身上的林蒼璿，因爲再這樣下去太危險了。

「拜託，抱一下就好！」林蒼璿把臉埋入程瑜的胸口，而程瑜努力要把這隻趴在自己身上的大型犬推開，可林蒼璿抵死不從，「我不會做什麼，我只是想、想抱一下你，拜託。」

程瑜渾身僵硬，望著天花板讀秒，捏成拳的掌心冒出了汗。媽的，媽的，媽的，他滿腦子都是髒話，用僅存的微薄意志力拚命告誡自己，千萬不能被發現某件事。

「嗯……好硬。」林蒼璿喟嘆著放鬆全身，把程瑜當成柔軟的床墊，開心地躺在上面蹭蹭，「肌肉好結實……啊，真棒。」

察覺到程瑜僵著身子，林蒼璿側眼一瞧，見到程瑜的頸項與耳垂一片殷紅，像秋染的楓。林蒼璿低低笑了聲，附在他耳邊輕聲訴說：「程瑜，我好喜歡你。」

盧小就是喜歡得寸進尺，林蒼璿的掌心宛如蛇一樣爬入程瑜的制服內，沿著緊緻的肌肉一點一點往上推。

「閉嘴！」程瑜觸電似的翻起身，一掌把林蒼璿壓在身下，「你說你不會做什麼的！」

「唔……」

腦袋直接著地，林蒼璿痛苦地發出呻吟，鬆垮的襯衫敞開著展露精實無瑕的肉體。程瑜跨坐在他身上，底下的人像朵被淫賊摧殘過的嬌花，眼神誘惑、頭髮凌亂，微顫地吐著氣息。

這幅風景令程瑜亂了方寸，血液湧上腦袋的速度太快，程瑜扭著身子亟欲起身遠離這塊燙手山芋，卻被一把抓住腰部，身子向下一沉，兩人燙熱的胯部相貼在一塊，林蒼璿的褲襠早已鼓脹出形狀。

程瑜臉色紅得能滴出血，試圖掙扎卻被抓得更加用力，林蒼璿揪著他的領子，往下一扯。

林蒼璿那張漂亮的臉就在眼前，雙唇猶如抹上一層紅脂，輕輕地笑問：「小老虎，這麼兇啊，你喜歡我嗎？」

感受到對方下半身的昂揚，程瑜使勁地想掙脫，卻不幸被扣住領口。他蠻橫地直起身子，剎那間，一股作用力順勢而下，程瑜只覺領口一緊，呼吸受制，緊接著身體一沉，林蒼璿又將他抓回面對面的狀態。

程瑜對柔道一知半解，頂多就是看過奧運比賽。壓制技有多強，趴在林蒼璿身上無法動彈的他如今扎扎實實地體認到了。

依靠柔道技巧輕鬆限制行動，林蒼璿不忘調侃程瑜：「哎，忘了跟你說，我柔道是二段，如果高三沒輸的話，應該就三段了。」

「我管你幾段！」程瑜死命掙扎卻落得呼吸困難，「放開！」

「這招叫片十字絞，抓住對手的領口以後，對手就會無法抵抗。瞧，這樣就能緊、緊、地壓制敵方，是不是連轉動身體都有困難呢？」林蒼璿挪了挪身子，好巧不巧擦過男人最敏感的部位。

程瑜的髒話快飆出口了。他明明就是被動被壓制！柔道有這招嗎！

無奈技不如人，他不斷想推開林蒼璿，卻演變成兩個人在地毯上扭成一團，簡直像彼此貼著身體跳情色森巴舞，對方還樂在其中！敏感地帶被磨來磨去的，幾乎快擊潰程瑜的理智。

「有完沒完！」程瑜扯著林蒼璿的上臂，失控大喊，「你這個混帳！」

林蒼璿昂起腦袋看著身上的人，程瑜滿臉通紅直喘氣，眼角有些溼潤，兩道劍鋒似的眉扭在一塊，顯得既侷促又委屈，黑白分明的眼彷若燃著火一樣耀眼動人。

「林蒼璿，我警告你……嗚！」程瑜威脅的話還沒說完，林蒼璿便吻上他的臉頰。一次不夠，再來一次，雨點般的輕吻落在程瑜的額際、眉梢、眼角與鼻尖。

「你……」程瑜忍不住瞇起眼，「夠了！」

林蒼璿呢喃：「再讓我親一下就好。」說完，又是一吻落在眼皮上。

親也親了，這不只一下了吧？程瑜無言以對。林蒼璿熱衷於用親吻來傳達情感，有如熱情地向主人示好的大型犬。

這傢伙撒嬌起來怎麼這麼磨人？他的脾氣都快給磨光了。

被緊緊抓牢的感覺不好受，程瑜閉起眼，冷靜地接受洗臉攻擊，而後抓準時機，趁林蒼璿陶醉在其中時，用頭錘擊中對方的額頭。

「嗚！」突如其來的疼痛讓林蒼璿屈起身子，發出哀鳴。

程瑜立即反客為主，扭腰起身，一掌重新將林蒼璿壓制在下方：「給我乖一點！」

然而很快，程瑜就後悔了。

林蒼璿衣衫散亂，露出肌肉的線條，活像被欺負了一樣紅著眼眶。一個大男人能展現出如此腥羶色的模樣也是不容易，程瑜的目光完全被抓住。太誘人了，早知道他就不起身了！

「你、你，我、你……」程瑜被這份福利迷得暈頭轉向，連思考是否該逃離現場的能力都沒了，「你穿、穿好衣服！」

他的倉皇無措洩漏了心虛，林蒼璿直接捏住程瑜的下顎，吻了上去。

這一次的吻是在雙方意識都清楚的狀況下進行，他們品嘗著對方的軟舌、唇角流出的唾液，感受到令人窒息的曖昧。

林蒼璿呼出的氣息帶著讓人留戀的菸草香，吻卻和糖霜一樣甜膩，煽動內心深處的慾望。程瑜原本還想抵抗，無奈手腳被緊緊制住，理智在熱度的影響下逐漸消失。

慾望就像暖洋的海水，既溫柔又熱情，把他們捲入深處。

林蒼璿扣住程瑜的後背，輕柔撫慰緊繃的肉體。他的唇十分柔軟，偶爾輕輕地啄吻、囓咬，又或者是抓準時機，在程瑜呼吸不了空氣的那瞬間侵入口腔，巧舌肆意攪動，勾引裡頭最敏感的神經。

程瑜從來沒想過親吻也能如此誘人，不知不覺迷失在其中，逐步踏入危險地帶。

「程瑜……」林蒼璿抬起臉，滿面通紅，手仍扣著程瑜的背，吐著惑人氣息在耳邊低語，「求你……幫幫我。」

林蒼璿的嗓音比平常更加低沉、沙啞，飽含情慾。

緊密貼合的下身持續傳來燙熱，程瑜跨坐在林蒼璿身上，當然知道所謂的幫忙是什麼意思。

林蒼璿不給他考慮的時間，單手解開自己腰間的皮帶，抓住程瑜的手強迫他去握勃發的性器，渴望得到解放。

程瑜一開始還稍微抗拒，然而黏人的吻再度覆上他的唇，在軟舌與似火侵蝕的慾望夾攻下，程瑜徹底棄械投降，理智根本無法再運作。他握著林蒼璿昂揚的性器，黑色毛叢底下的肉莖就像一柄利劍，向上伸展出驚人的尺寸，青色經脈交錯其上，前端泌出晶瑩的液體。

「嗯……」

林蒼璿發出舒服的呻吟，如讚賞一般，讓程瑜更加面紅耳赤。唇與唇之間依然糾纏，將他們扯入追逐快感的漩渦，程瑜不明白自己究竟是怎麼了，居然腆著臉在這種場所替林蒼璿緩解情慾，事情怎麼會發展到這種地步？

林蒼璿撫上程瑜的臉頰，用拇指抵著他的下巴，另一手抓住程瑜握著性器的那隻手，蠻橫地禁止他鬆開。

程瑜一邊替林蒼璿紓解可憐的慾望，一邊用生疏的吻回應對方的愛意，自己的下半身也無可救藥地硬著。在性這方面，程瑜並沒有太多經驗，只能用拙劣的技巧服務林蒼璿，苦惱與愧疚油然而生，好似覺得自己委屈了林蒼璿。

太過緊密的親吻讓程瑜有些缺氧，說穿了他連接吻都不太行。他仰起頭喘了一口氣，林蒼璿本能地跟著湊上需索他的吻，吻而不得，那張染上情慾的俊臉蹙起眉，既懊惱又難過。

「程瑜……吻我，拜託。」當林蒼璿吐出這句乞求，程瑜想也不想就奉上自己的唇，他不知道自己的反應是否正確，只能順從慾望。

大概是程瑜那種小家碧玉式的手法搔不到癢處，林蒼璿直接拽起程瑜的上衣扯到頸下，不顧程瑜的抗拒，死死扣住腰間，一口啃上他的頸肩，咬他的胸膛、舔吻他的乳尖。

「嗚……」程瑜發出難耐的聲音，五指插入細軟的髮間狠狠扯著埋在自己胸口的腦袋，渾身忍不住顫慄。

情色的呻吟鼓舞了林蒼璿，讓他的舉動更加大膽，他抓著程瑜的手臂，利用姿勢上的優勢將人摜倒在地，接著不顧一切壓上去，程瑜喘著氣，一時間心慌地扯著林蒼璿的手臂抵抗。

林蒼璿停下了動作，出乎預料的冷靜，淡淡地問：「想要嗎？」

想要嗎？

程瑜不曉得該怎麼回答，他神情無措，胸口上下起伏粗喘著氣，看起來十分委屈，紅潤的唇欲言又止，喉結在肌膚下滑動，特別性感。

「你想要我嗎？」

林蒼璿再問了一次，只是沒等程瑜回答，他便俯下身，親吻程瑜的唇。

林蒼璿非常執著於親吻，喜歡用親吻來傳達自己的渴慕，更是毫不猶豫地品嘗程瑜的舌頭，吞下對方口中的津液。

對於只見過幾次面或是一夜情的獵物，這人也會如此嗎？承受著林蒼璿綿密而柔軟的吻時，程瑜的腦袋裡不太適時地思考著這種細節。

林蒼璿順著程瑜的臉頰、鎖骨，一路吻下，另隻手輕而易舉地褪下鬆垮的褲頭。他含上乳尖，用舌頭逗引、用牙啃咬，並一把握住程瑜燙熱的性器。

「嗚！」程瑜揪住林蒼璿背後的衣服，指甲陷入肉裡，任由對方在自己身上撒野。唇慢慢地向下吻，等他發覺林蒼璿的意圖時，已經來不及了。

「等、不要！」程瑜慌張地阻止，卻被脫到膝蓋的長褲限制住行動，林蒼璿不顧一切，支著陽莖的底端張嘴吞入。

「嗯——」程瑜仰起脖子長哼一聲，死命咬唇不肯發出更多聲音。他對性事不熱衷，甚至有些冷感，鮮少承受這等恩寵，快感一波波襲來，使他幾乎招架不住。

林蒼璿彷如餓昏的野獸，貪得無厭地糾纏，吞吐著程瑜的陽莖。軟舌磨過蕈頂，舔弄頂端的縫隙，程瑜被折磨得渾身發抖，爽得差點壓抑不住呻吟，而林蒼璿的另一手也沒閒著，自己撫摸著慾望，上下撫慰。

他哪裡替別人幹過這種事情？以前睡過幾個情投意合的大少爺，都是對方伺候他，但現在林蒼璿卻極爲渴求程瑜的一切。

一個長相漂亮衣衫不整的男子伏在雙腿之間替自己舔弄陽具，又淫靡地在眼前自瀆，視覺上的衝擊令程瑜差點就守不住，連腳趾頭都舒服得蜷曲起來。

到底是經驗少，人也年輕，血氣方剛受不了折騰，因此程瑜很快便屆臨高潮。在爆發的那一刻，程瑜扯住林蒼璿的頭髮急急想把人拉開，嘴上也提醒了，沒想到林蒼璿仍舊吞吐著下身，不肯撤手。

「林蒼璿、啊……不……」程瑜難受地呻吟，眼角迸出了淚水，語無倫次地求饒，最後統統射在林蒼璿口中。

腥澀的精液湧入喉部，林蒼璿皺起眉頭，盡數承受。

高潮如溫熱的海水席捲全身，只是餘韻尚未退去，程瑜就嚇醒了。他趕緊爬起身拍撫林蒼璿的背：「對、對不起！你、你、你快吐出來！」

林蒼璿掩著嘴，止不住地咳，嗆得淚眼矇矓，眼角與唇頰紅得像朵豔放的花。內心的愧疚壓得程瑜慌張無比，覺得自己才是強逼民男的淫賊，不敢相信剛剛自己做了什麼好事。

脣角沾著一點白濁，林蒼璿輕輕抹去，一手拉扯襯衫下襬遮掩仍舊勃發的性器，略爲害臊地說：「剛剛不小心……吞下去了。」

程瑜不可置信地瞪大眼。

「吞……那東西能吞嗎？」程瑜崩潰地質問，惱也不是、羞也不是，無法相信竟然有人傻成這樣，「你、你！你笨蛋嗎！怎、怎麼就！」

下面還楚楚可憐地硬著，林蒼璿委屈地低下頭，任由程瑜責罵。

瞧他一副逆來順受小媳婦樣，程瑜就直冒火氣。他瞇起眼，毫不留情地一拽林蒼璿的衣領，開口命令道：「你閉上眼睛。」

林蒼璿困惑地眨眨眼，眼睫纖長得能勾人，程瑜懶得解釋，抬手將那雙明亮的眼睛遮起來，接著深吸一口氣掩飾自己的緊張，因爲他接下來要幹一件很荒唐的事。

「只有今天，沒下次了。」睫毛在手掌底下搧動，林蒼璿嘴唇微張，好似不解，程瑜忍著害羞又嘴上不饒人地碎念，「你這人到底在想什麼……我眞搞不懂你。」

說完，程瑜吻上他的唇。

突如其來的舉動讓林蒼璿嚇了一跳，背部撞上沙發，鼻腔逸出痛哼。程瑜的吻稱不上有技巧，差不多介於啃與咬之間，像頭發牢騷的小老虎張爪壓著人發洩。

視覺受限令其他感官更爲敏銳，原本林蒼璿還有些想笑，想不到陽物冷不防被溫暖的掌心包覆，迫使胸腔中一口氣生生噎回，讓他差點昏厥，男人手勁的刺激完全超越舌頭的火熱交纏。

「啊……」林蒼璿忍不住呻吟，夢寐以求的那個人正握著他的性器，小心翼翼地上下搓揉，生疏的技巧使人欲求不滿，卻仍刺激得他頭皮發麻、極端愉悅。

美食當前，何必拒絕，更何況都已送至嘴邊。林蒼璿主動抱住程瑜，用熱吻回應盛情，整個人沉浸在欲仙欲死的天堂。他透過指縫近距離觀賞對方緊蹙的眉眼，以及因害臊而紅透的臉。程瑜是個認真的好男人，連這方面也執著於負責，可愛得令他的心融化得一塌糊塗。

他因為平白占了個大便宜而暗自竊喜，但同時一絲擔憂也悄悄浮現，他第一次覺得自己真是卑鄙得無以復加，心虛得害怕。

想到這裡，林蒼璿的心底微微抽疼起來。

五點一到，程瑜踏入休息室，壓線回到餐廳。外場服務生早已站上第一線，休息室內剩下的人不多，只有幾名內廚房的夥伴正換上圍裙準備奮戰。

程瑜頭髮散亂、制服發皺，有別於平時的嚴謹自律，顯得有些狼狽。

他打開儲物櫃翻找備用制服，還沒上工的劉軍秀端了碗酒釀甜湯，遞到他面前：「程主廚，要不要喝點熱的暖暖身？這我剛剛煮的……欸，小心燙。」

程瑜接過瓷碗馬上喝了一口，點頭說：「謝謝妳，很不錯。」

劉軍秀不好意思地揉著衣服下襬，身高不足一百六的視線正好可以瞧見程瑜半敞領口內的迷人鎖骨，她自然而然地脫口問：「程主廚是被外面的狂風蹂躪過嗎？」

程瑜瞬間一僵，雖然臉上毫無表情，內心早已跑過千萬隻狂奔小鹿，撞得他冷汗直流。爲什麼劉軍秀的觀察力總是在奇怪的時機超常發揮？

他黑著臉：「妳這用詞……不太恰當。」

劉軍秀搔搔頭：「是嗎？我覺得挺文青的呀，嘿嘿。」

一旁察覺兩人對話有玄機的蔬菜主廚飄了過來，目光如X光射線上下掃描，程瑜感到一陣惡寒從腳趾竄至頭頂，蔬菜主廚拍拍劉軍秀的肩膀，說：「副廚大大，求妳別再亂說話了，狂風怎蹂躪得了程哥呢？」

程瑜臉綠了，連忙放下碗繼續搜尋備用制服，裝沒事地說：「呃，今天臨時去辦事，熱出一身汗……我得換套衣服。」

話一出口，程瑜就後悔了，他不該解釋的，這樣只會越描越黑。蔬菜主廚朝他眨眼，一副「同爲男人我懂你」的樣子，搞得他渾身發毛，而劉軍秀接收不到身高超過一百七十八的男人間的無聲交流，似懂非懂地點頭：「也是，出汗換套衣服會舒服點，只是我很喜歡主廚這套正式制服說，很有一種、一種……」

正在打開後背包的程瑜動作一頓。一種什麼？爲什麼今天有這麼多人對他的制服感興趣？不知道話說一半很令人著急嗎！

蔬菜主廚摳著下巴，跟著點點頭：「我也覺得有一種……」

到底是一種什麼！程瑜簡直快站不穩了。

劉軍秀與蔬菜主廚對望，異口同聲大喊：「禁慾感！」然後互相擊掌，「哈哈哈哈」地大笑。

去你媽的禁慾感，他究竟招誰惹誰了！

老家隔壁的姨婆說他今年犯太歲，容易飛來橫禍，果真所言不假。程瑜臉色青了又白、白了又青，脫力地埋在自己的儲物櫃中虛弱地說：「拜託你們，不要在當事人面前討論禁什麼感的……」

兩個小白目依舊自顧自地調侃，程瑜無比心累，不理他們，默默拿出備用制服並解開自己的扣子。衣服還沒脫下，蔬菜主廚立即蒙住劉軍秀的眼睛，無視了矮小副主廚看不到養眼畫面的失望嚷嚷。

平常程瑜在休息室不會太過顧慮，不過是快速換個衣服，沒必要遮遮掩掩，而且他剛剛沖過澡，早就確定沒有什麼詭異的痕跡在身上。程瑜用疑惑的眼神瞧著神情嬌羞的蔬菜主廚，只見蔬菜主廚一手摀著不斷掙扎的劉軍秀，一手指著他，滿臉通紅：「程哥……」

程瑜被盯得莫名其妙：「怎樣？」

蔬菜主廚抖著嗓音：「你的背……都是……抓痕喔。」

他瞬間想起來了。

他們爽得七葷八素理智全無，一次又一次地需索彼此，最後林蒼璿緊緊抱住他，情不自禁地扒抓，哀求著不讓他離去。

程瑜差點原地爆炸。

於是，隔天休息室有新八卦了，那就是主廚雖然分手了，但又有了新對象，對方是個熱情如火的「女孩」。餐廳內一眾單身女性連連嘆息，這個八卦根本是毀滅上班動力的核子彈，令她們個個死氣沉沉。

難得來上班的白禮嗑著瓜子聽她們窩在休息室怨聲載道，忍不住問了空窗多年的會計小姐，了解一下淫氣撲鼻的八卦，意外得知原來老友出手的速度比他想像中更快。

嘖嘖嘖，果然不能小看林蒼璿，連程瑜這種高嶺之花都能摘下。

白禮靠著二樓休息室的窗，望向在防火巷滑手機的程瑜，主廚頭也不抬，正認真盯著螢幕。

螢幕上是林蒼璿的訊息：「謝謝程主廚大恩大德把紅蘿蔔藏在捲餅裡，一口咬下宛如彩蛋一樣驚奇:D」

程瑜冷冷一笑，對付挑食他向來很有一套。

無論是下午休息時間還是下班回家後，林蒼璿總能抓準時機傳來訊息，不用想也知道對方早已摸清楚他的作息。

林蒼璿：「可是我還是吃了，只要是你的，我統統都會吞下去>////<」

吞下我的三小？摸清這人本性中暗藏的巨大少女心以後，程瑜蹙起眉，深覺最後一句話不太對勁。

不行，要是細想就掉入陷阱了！

正當他想打字回話時，一張照片毫無預警地撞入眼簾。

林蒼璿：「[傳送一張照片]」

咬著銀匙的林蒼璿展示吃光的便當盒，背景卻是輕解的領帶與鬆垮的襯衫，露出玉質般若隱若現的胸肌，程瑜瞪大眼把手機拿近。

爲什麼林蒼璿有辦法把咬湯匙詮釋出奇怪的風韻？而且只是吃個午飯，需要解開領帶像幹了什麼好事一樣嗎？

靠！程瑜捏著鼻梁深呼吸。眞他媽的。

「唷！主廚看啥呢？」白禮冷不防拍了程瑜的肩，嚇得程瑜把手機死死掩在胸前。白禮呵呵一笑，平常不苟言笑的主廚驚慌失措的模樣挺有趣的，「有好東西跟好哥哥分享一下啊。」

「分享你個頭。」程瑜的魂魄差點嚇飛，「找我做什麼？過來也不喊一聲！」

白禮無辜地攤手：「我找你還能幹麼？我只是想問你老白結婚紀念日的菜單好了沒，何必這麼驚訝？」

程瑜白了他一眼，仍舊把手機按在身上。

「瞧瞧，眼神發亮、如沐春風，哥的第六感告訴我，程主廚鐵定有好事發生。」白禮揶揄地用手肘一撞程瑜，「員工們都說程主廚有新、女、朋、友了？」

「干你屁事。」程瑜步步後退，一副大貓炸毛的樣子，「老闆不要這麼八卦好不好？」

「噗，你眞的很有趣。」白禮步步逼近，「跟哥說說好消息嘛，我也想關心老朋友的感情發展啊。」

程瑜煩躁地揮揮手：「不要講這個，我等等跟你討論白先生的菜單。」

程瑜沒興趣和思考模式跟幼稚園生差不多的白禮談論私事，但他和林蒼璿的關係究竟算是如何，其實他自己也感到迷惘。

程瑜無力地想，說好的友情底線呢？

他本想轉身就走，卻聽見白禮嘆了口氣，失望地自言自語：「什麼嘛，難得蒼璿這個萬年老Top使出渾身解數，還裝成零號，結果依然拿不下主廚嗎？」

渾身血液如被冰凍，連呼吸都化為寒氣，程瑜頓下腳步，這句話宛若一道驚雷貫穿他的全身，而白禮還在毫無自覺地喃喃惋惜。

程瑜捏緊拳頭，忍著把人揍得嘔出三斗血的衝動，怒火燒得他止不住發抖。感受到不對勁，白禮看向程瑜，只見程瑜眼底燃著烈火，壓抑著即將爆發的怒意質問：「你這句話，是什麼意思？」

一如往常，程瑜下班途經國道回家，把車停在地下停車場內。鎖好車，他拎起背包，踏上安全梯，往租屋處移動。

林蒼璿早就在一樓的樓梯口等他，笑起來的模樣惹人喜愛。

但程瑜笑不出來。

「今天怎麼這麼晚下班？」林蒼璿瞧著手錶，午夜十二點半，「我打了幾通電話，結果你都沒回我。」

程瑜沉默地繞過他，林蒼璿心跳漏了一拍，明白了什麼，連忙伸手勾住程瑜的手臂：「程瑜，你聽我解釋。」

這瞬間，林蒼璿沒能躲過程瑜突然揮來的一拳，生理性淚水模糊了他的視線，腦袋因震盪衝擊陷入渾沌。口腔中湧出近似鐵鏽味的腥甜，鼻腔滴落大量鮮血，沾染上西裝襯衫，林蒼璿忍住疼痛，順勢揪住程瑜的袖口，不放棄地說：「程瑜，你聽我說。」

屈辱在腦中翻攪，滔天怒火蒙蔽了程瑜的理智，更幾乎擊潰了他。程瑜抓著林蒼璿的領帶，咬牙切齒：「愚弄別人的感情很好玩嗎？」

程瑜扯開袖口，狠狠地推開林蒼璿，逕自離去。

林蒼璿腦中一片空白。

一直以來，他總是反覆地詢問程瑜，你喜歡我嗎？

無論是低姿態討好，還是光明正大示愛，他一逮到機會就問這麼一句，可惜程瑜的心牆牢不可破，從未回應。不過他也從不死心，仍想從程瑜口中得到答案，即便喜歡只有一點點，他都能心滿意足。

只要程瑜喜歡他，即使僅是如微小塵沙那般的程度，他都會開心得不得了，甚至會開心到想流淚。

疼痛從體內深處湧現，疼得差點逼出淚水，林蒼璿跪了下來，掩住不斷淌流的鼻血，血液沾滿了雙手，地上紅斑點點。

可惜，他得到答案的時機，在一個無法挽回錯誤的時間點。

Chapter 24

無論何時，程瑜在工作場合始終表現得很冷靜，縱使內心惶然不安，思緒如墜五里霧，他依舊能插著腰，站在眾人面前沉穩地發言。

十幾個人的面孔，有傷心、有難過、有氣憤，更多的是失望與無助。

「M.O.N. 競賽只是我們的起點，不是終點。」程瑜直視眾人，毫無怨怒之情，「第一階段的 Best Restaurants 評選整個臺北只取十五間餐廳，Bechique 沒上榜，不代表我們沒競爭力。」

內廚房的氣氛低迷得如喪考妣，只能聽見湯鍋裡的熱氣蒸騰聲。程瑜難得笑了下，伸出手像個哥哥一樣拍拍劉軍秀的頭：「還有第二階段，副主廚別太鬆懈了。」

劉軍秀點點頭，抿緊嘴唇沒有掉淚，指揮著其他人開始動作。

第一階段 Best Restaurants 考驗的是餐廳水準，無論是服務、菜色還是整體表現，統統在評選範圍內。M.O.N. 競賽是具有指標性的，因此他們都明白，程瑜的說法不過是爲了安撫人心。第一階段競賽全臺北地區只取十五間又如何?這代表 Bechique 起碼距離 Hiver 十五名之遠。

Hiver 不負眾望得到 Best Restaurants 第一名，像一顆燦星被捧在李若蘭手裡，而慘遭打入凡間的程瑜只能在泥裡打滾，遙望觸手不可及的天邊。

內廚房繁忙起來，沒人注意有誰推門而入，一名穿著制服的年輕侍應怯怯地湊到程瑜

身旁，小聲說：「有人……送了花禮，贈禮人是李若蘭小姐的名字。」

眉一挑，程瑜跟著侍應來到櫃檯，一大盆插滿白色蝴蝶蘭和松枝、富有冬季氣息的花禮突兀地放置在櫃檯前的地面上，賀卡寫著：

祝　程副主廚　再接再厲

李若蘭敬賀

李大小姐火力十足，還稱呼程瑜為副主廚，彷彿怕人不曉得這條狗以前是她養的。好個贈禮，程瑜不怒反笑。上午十點半，餐廳尚未開業，嗅著血腥味的八卦記者還沒來，嘲弄倒先來了，真符合李若蘭的作風。

花禮精緻，丟了可惜，程瑜將之安置在人來人往明顯之處。一旁前場的餐飲總監覺得不妥，低聲問了句，程瑜若無其事地答：「在臺北數以百計的餐廳中，Bachique不是老牌，而第一階段的考核項目大多需要倚賴經驗，我們經驗不足表現得不盡理想，的確該再接再厲。」

餐飲總監垂下頭。那盆花總歸是礙眼，就怕別人愛八卦。

程瑜用紙巾將桌面的水漬擦乾淨，拍拍餐飲總監的肩膀，微微笑了笑：「別這麼喪氣，第二階段的Master Chef競賽還不知誰輸誰贏。」

勸不動程瑜，餐飲總監無助地瞧向玻璃門外駐足不前的老闆，嚇得白禮冒了一身冷汗。察覺視線，程瑜瞟了外頭一眼，隨即把注意力放回眼前的白色蝴蝶蘭，冷笑一聲，反常地在他人面前展露出不快，沒說兩句話就返回內廚房。

不明白主廚爲何突然發怒，餐飲總監無辜地望著程瑜的背影，再看看門外躲躲藏藏的老闆，立刻猜到白吃白喝白拿錢的小白老闆肯定又惹事了。餐飲總監嘆了聲，對白禮搖搖指頭，沮喪地離開。

見程瑜走了，白禮才敢從矮樹叢後鬼鬼祟祟走出來。

事發第三天，幸虧程瑜沒提離職，感謝M.O.N.競賽跟主廚的責任感，否則一切都完了。白禮不安地左右張望，躡手躡腳地進門後拐彎前往自己的辦公室，途中不忘滑手機傳訊息。

他傳了一張照片，並附上文字：「怎辦？」

照片裡是程瑜專注的側臉，模糊得像偷拍，林蒼璿很快被釣出來，接收照片。

白禮：「我覺得我該找個機會跟他解釋。」

另一頭坐在沙發上的林蒼璿直起身，秒回覆：「不要。你已經把我推下山谷，不要再把我推進十八層地獄。」

白禮一個踉蹌，差點從樓梯上摔下。

白禮：「不解釋他不知道，這樣小主廚只會覺得我們兩個設局搞他！」

林蒼璿揉著太陽穴。他們倆的確是設局搞程瑜沒錯，白禮要怎麼解釋？說那三個保險套是林蒼璿的即興演出？還是說林蒼璿就是陰險狡詐的傢伙，完全是扮豬吃老虎的十足混帳，甚至樂在其中？

林蒼璿：「先讓他冷靜。」

白禮一瞧訊息，眼珠子都要掉出來了。

白禮：「說什麼鬼話，都過三天了，再不解釋會影響程瑜比賽的情緒！說不定等M.O.N.競賽結束後，程瑜就會提離職了！」

林蒼璿不耐煩地回覆：「你也冷靜，不要惹事就對了。」

白禮：「你今天看到雜誌了沒？M.O.N.競賽公布第一階段評選結果了，Bachique沒上榜，連Hiver的車尾燈都看不到。」

林蒼璿眉頭跳了一下，心裡有股酸疼蔓延。

林蒼璿：「程瑜還好嗎？」

白禮：「他比我想像中還要沉著，很穩定人心，沒見他嘆過一口氣。」

林蒼璿盯著螢幕，腦子裡面都是程瑜那雙灼灼的眼。冷硬的外表之下，是軟得令人心疼的自卑，面對李若蘭指控抄襲的時候，程瑜只責怪自己能力不足，蹙眉的模樣充滿無助，難得地流露出脆弱。

其實程瑜很好，只是他看不到自己的好。

白禮：「不然再找老白爸爸？」

白禮：「他挺喜歡程瑜的，肯定會幫忙說情。」

林蒼璿：「不要凡事都要爸爸出面，死爸寶。」

白禮：「臭屁孩，你才爸寶。那現在該怎辦？」

林蒼璿：「程瑜脾氣硬，你越解釋越惹火他。」

白禮：「不解釋然後呢？你少裝得游刃有餘。」

林蒼璿：「等老白的結婚紀念日過後再說，你別把這件事也搞砸，算我求你了。」

長吁一口悶氣，林蒼璿關掉與白禮的聊天室，轉頭望著車窗外快速流動的景色。

旁邊的Selly察覺主管的疲倦，放下手上的報表詢問：「需要幫您推掉邀約嗎？」

車窗映出林蒼璿的眼眸，烏黑深沉，失了靈氣。Selly見怪不怪，通常林蒼璿赴周家的約時，都是這副要死不活的模樣，心裡無比抗拒，到了現場卻又能裝得歡欣愉快。

只是眼下那張俊臉半邊貼著白色藥布，還能隱約從邊緣瞧見瘀青褪成嚇人的黃斑，傷了三天仍像個被捏爛的桃子，半張臉不能見人。

收起報表，放入主管的公事包，Selly吩咐司機開慢點，然後靜靜地凝視前方，不再問林蒼璿的意思。反正不管怎麼問，她主管都絕對不會再多說半句。

然而今天她猜錯了，林蒼璿突然扭頭盯著她的側臉，輕輕一問：「今天是誰當家？」

活像青蛙被大蛇盯上，Selly渾身發毛，依然處變不驚地答：「周家的三姨。」

「不愧是我的好助理。」有如被逗樂似的，林蒼璿哼哼地笑，連日以來的陰霾總算出現破口，卻帶著令人膽戰心驚的壓迫感，「今天叫楊實找個藉口推掉，我自己一個人應付就行了。」

車內的空氣再度凝滯，只剩高速行駛的低鳴，Selly猜不透這番話究竟是何意。林蒼璿恢復原本的姿態，再度點開手機螢幕，開啟和程瑜之間的聊天室。

訊息充斥頁面，這三天以來全是他單方面地傳訊，早中晚地刷，卻沒一則已讀，丟出去的訊息彷如投入無底洞。

若程瑜沒動搖，哪會如此氣惱？唇瓣似乎還殘留著幾天前的溫度，他們額抵著額、鼻尖抵著鼻尖，互相親吻，他的手撫過程瑜的背脊狠狠擁抱，嗅著汗水的氣味，埋入頸窩取暖。

程瑜。

林蒼璿把手機按回胸前的西裝口袋，正好在心臟的位置，那個地方宛若被刨出了一個洞，隱隱作痛。

窗外的風景從城市大廈轉爲綠蔭成林，別墅一幢又一幢，隱蔽在山林間，作爲上流社會彰顯地位的工具。

參加周家的酒宴並不輕鬆，政商界有頭有臉的人都在裡頭。Selly端著酒杯，低調站在角落，她望著酒酣耳熱的人們，個個都是穿著華服的野獸，表面上優雅溫文，私底下汙穢不堪，不過待在林蒼璿身旁久了，她對此早就見怪不怪。

群魔亂舞，林蒼璿曾經這麼和她說過，淨白的臉上浮出一點邪氣。

「可惜了這張臉。」周三太太是個風情萬種的女人，坐在貴妃椅上猶如皇后。她撫著林蒼璿的臉，半哀半憐地說：「這樣看，倒越來越像林靜月了。」

林蒼璿淡淡一笑：「三姨，您提我媽做什麼，有您漂亮嗎？」

「有哇，她很美呢，又美又聰明。」周三太太笑了，彎細的眉毛蹙起哀戚，「如果我兒子跟你一樣就好了，可惜事與願違，只好把你當成我兒子，省得難過。」

林蒼璿剪開雪茄的菸頭，嘴角扯動臉頰的傷，似乎能嚐到血腥味：「您這麼說，周先生會生氣的。」

「生什麼氣?」她掩嘴咯咯笑，胸脯跟著抖動，「你媽當年來周氏企業當櫃檯小姐，外表像個千金，事實上卻是隻雞，見了客人就拋媚眼，也不知道睡過多少人。我許珠霞保證，林靜月也睡過周先生，搞不好你要叫周先生一聲爸爸……欸，我算算，時間還眞差不多呢。」

「別提我媽了，都死了十幾年，您也別氣了。」林蒼璿點起雪茄，抽了兩口就往許珠霞的嘴邊送，巧妙地化開那股怨氣，「我能替周氏企業服務還不是沾她的光，三姨您說是不是?」

「可惜你只喜歡男人。」許珠霞被服侍得心頭愉快，一口煙噴在林蒼璿臉上，「連我兒子都被帶壞了。你瞧，最近他身邊那個男的，聽說是你喜歡的小朋友?他成天對我說這事，自以爲抓到你的把柄，蠢得要命，煩都煩死了，有這種兒子眞不幸!」

順著許珠霞指的方向一瞧，林蒼璿遠遠看見一副痞樣的周宜川，他帶著面色紅潤的齊劭，逢人就敬酒，看來滋養得不錯。

「被三少爺搶走了，我還能說什麼呢?」林蒼璿笑了笑，殷勤地揉捏許珠霞的肩膀，傾首在她耳邊說，「三姨，別生氣，我剛好有筆資金可以孝敬您。」

許珠霞瞅了他一眼，推著他的胸口:「小王八蛋，我還是把你當兒子比較愉快。」

在許珠霞沒注意到的時候，林蒼璿的眼神總是幽微而深不可測，聽著自己母親的過往，他彷彿事不關己，和其他人碰杯時也像沒靈魂的軀殼。

唯有將自己的知覺壓抑到近乎泯滅，才有辦法在這世界存活下來。

中途，林蒼璿找了個藉口去洗手間，偌大的華美空間和一棟小公寓的格局差不多，門後有專人伺候擦鞋，服務講究而老派。他在單間廁所裡頭喘了口氣，拿出手機查看訊息，白禮又傳了幾張偷拍的照片，是程瑜在防火巷專注地抽菸，遠遠的，看不清面目。

爲什麼程瑜又開始抽菸，不是戒了嗎？

胸膛中央的血窟窿空洞且隱隱作痛，林蒼璿死去的知覺再度回來了，只是太難受了。

時間來到白觀森的結婚紀念日當天，程瑜還記得去年這時候，白禮像頭橫衝直撞的公牛，也不怕路人的目光，杵在門口一股腦地指責李若蘭的失禮。

隨著煙霧往上升，程瑜望向防火巷上方那片狹窄的天空，路燈照不盡灰暗，細雨飄落而下。

他把剩下半截的菸捻熄，隨手扔往旁邊的垃圾桶，推門回到餐廳。劉軍秀正在清點今日的備餐，她看了他一眼，露齒燦笑，繼續手邊的工作。今晚值班的員工不多，畢竟只招待白禮一家，不需要過多人手，放假的等於賺一天帶薪假，值班的則補貼雙倍日薪，皆大歡喜。

程瑜洗了手，搓上一點檸檬將菸味除去，接著拿了刀，緩緩地切開羊肋排，沿著肌理組織一刀一刀輕劃。料理能使他得到寧靜，什麼都不必想。

他的精湛技藝讓劉軍秀不自覺屏住氣息，看得入迷。

她曾經與同事在休息室揣測過，李若蘭之所以處處針對程瑜，某種程度上應該是見不得別人好。如果程瑜還留在她的餐廳，將會是多大的助力？養了這麼多年，竟然被白禮連皮帶骨撿走了。當初程瑜來的時候也是心不甘情不願，不曉得白禮到底是用什麼手段把程主廚給挖來的。

五人份的餐點準備起來很容易，兩名廚助就能搞定，犯不著主廚親自動手，但程瑜想起白觀森五月暖陽般的笑容，覺得自己還是該親手打點，以示尊敬。劉軍秀依照他的指示把蛋白打發，歪著頭問：「我記得小白老闆一家才四個人，這第五個人是誰？」

不用想也知道是誰，但程瑜沒接話，專注在料理上。

得不到答案，劉軍秀縮著脖子靜靜處理蛋白，白泡尚未挺立，只能再繼續。

自從熱情如火新女友風波後，休息室裡的最新八卦是白禮跟主廚鬧不愉快了。白禮一天到晚鬼混不上班，難得有來就泡在休息室打屁聊八卦，結果別人問了他是不是惹惱主廚，他卻支支吾吾，說不出個鳥毛，一看就有鬼。

肉骨用熱水萃出鮮甜，與北非小米一同捏成粑狀，小米是摩洛哥的主食，當地人通常會搭配燉肉用手抓著食用。程瑜玩了點小技巧，將橄欖油與蜜棗磨成泥，混著小茴香、荳蔻、哈里薩辣醬等非洲香料，裹在羊羔肉肋骨上，以油紙與棉線纏緊，和粑狀的小米送入窯烤。

出爐之後，北非小米粑烤得乾香，散發出肉甜，淋些玫瑰醬、拌上肉桂，適合佐以沙拉享用。而小羊排已烤出蜜汁，香氣四溢、肉質油亮，再添一點點醃檸檬與薄荷，成了爽口的主餐。冷得凍人的摩洛哥之夜，牧人仰望寂靜的星空時，正需要如此豐富的香氣喚醒食慾。

大概是吮著海島的奶水長大，程瑜很擅長處理地中海傳統料理，尤其是香料與海鮮，但他總是保守，只敢低調地一點一點運用在料理中，所以當有些人嚐出來的時候，總會大感意外。程瑜的巧思像魔法似的，令品嘗者的口腔中綻出煙花，心蕩神馳。

地中海料理的特色之一就是鮮魚、燉魚、醃魚，食材總離不開海水。不過程瑜沒這麼壞心眼，他不想讓好端端的人吐了出來，壞了這頓晚餐。

切開洋蔥，他做了最喜歡的愛琴海魚湯，只是把魚改成蔬菜，加入釀酒用的葡萄、羊奶乳酪、無花果、乾番茄、胡椒與希臘茴香酒，並燉煮貝類幾個小時後，用棉布濾出清湯，盛上白色瓷盤，綴以番紅花。

有人推門來提醒，說白老闆一家已經到了。

基本的處理工作正好告一段落，程瑜抹淨手，讓劉軍秀接手，她招來蔬菜主廚：「子豪，你來一下。」她將前菜的那盤溫沙拉灑上現磨海鹽，順便清點盤數，「等等幫我把雅馬邑白蘭地冰淇淋跟香草豆莢拿出來。」

因為人手少，所以蔬菜主廚乖乖當起了跑腿廚助，等江子豪把冰淇淋跟香草豆莢取來時，程瑜已經在前場接待白觀森一家了。

白觀森下車後立即握住程瑜的手，溫言寒暄幾句，並介紹起自己的家人。首先是他深愛的妻子，再來是令他驕傲的一雙兒女——白禮略顯緊張，眼神有點不安，身旁的女子則是他的妹妹白樂。白樂一頭波浪捲長髮，搪瓷般的肌膚、水汪汪的大眼，模樣精緻。她禮貌地對程瑜點點頭，露出可愛的梨窩。

鶼鰈情深、父慈子孝，白觀森一家就像童話故事中才會出現的美好家庭。在侍應的帶領下，他們被安排坐在琴臺旁的包廂，臺上有三人演奏著爵士樂，樂音伴隨著酒香與玫瑰香氣流瀉。

白觀森瞧著空著的第五個位子，輕輕一嘆：「璿璿還是不來嗎？」

白樂噗哧一笑：「蒼璿大哥都幾歲了，爸爸你不要再用疊字稱呼人家了，怪好笑的。」

全身僵硬的白禮覷了眼程瑜，程主廚若無其事地指揮上菜，只有他心中有鬼似的，渾身不對勁：「爸，蒼璿那小子不會來的，你又不是不知道，別強迫他。」

「畢竟從小看他長大，不知不覺就算上他一份了。」白觀森蹙起眉，表情哀怨，「有這麼生疏嗎？」

白樂的眼神中流露出鬼靈精怪，她左瞧右瞧，忍不住說：「一定是哥又惹了什麼事。」

白禮惱怒地瞪她一眼，白樂哼了一聲，轉著腕上的小銀鍊。

這場家宴沒有想像中來得輕鬆，程瑜不停地應白觀森要求解釋料理的細節，一旁的白夫人勸也勸不了。

好爸爸的關懷攻勢不斷，白觀森眼睛閃亮亮的，拉著程瑜的手，從父母親問到兄弟姊妹、從興趣問到吃喝拉撒睡，甚至想讓程瑜直接填補那第五人的位子，熱情得令人難以招架。程瑜滿頭大汗，連首席侍酒師來介紹酒品都救不了他，等到侍應端上主菜，他才找到藉口鑽入廚房，暫時解脫。

副主廚正與蔬菜主廚討論甜品怎麼擺盤，驚魂未定的程瑜不想再走出廚房，乾脆假借指導的名義龜縮在裡面。

來自庇里牛斯山的雅馬邑白蘭地抹上香草籽，與法式酸奶油、蜜棗醬一起攪拌，冷藏四小時，華麗的冰淇淋便誕生了。挖出幾球用銀器盛裝，配上蛋白霜、焦糖片，並以香草莢裝飾，其實不需要太多指導，因此劉軍秀搔著鼻尖，不太懂程瑜為何不去前場接待。程瑜一人能抵十人用，這下子她跟劉子豪都沒事做了。

「程主廚不去接待嗎？」劉軍秀刮著香草莢內剩餘的精華，偏著頭問：「這邊我們來就行了，不會太麻煩的。」

「讓他們一家人好好聊天吧。」程瑜輕輕放下焦糖片，神情認真得彷彿那杯冰淇淋是神聖的藝術品，「我就不去湊熱鬧了。」

「也是，人家結婚紀念日，留在那裡真的有點尷尬。」江子豪收拾桌上的器材，閉上眼睛，神情嚮往，「這是我第一次看見白家的其他人，白小姐長得好可愛，不知道她幾歲？」

劉軍秀把刀尖的香草籽抹入玻璃盒，漫不經心地回應：「是呀，我也是第一次看見他們一家人呢，跟白禮長得好像，果然孩子不能偷生。」

兩個小朋友說起話來沒什麼分寸，開始對相貌品頭論足，程瑜還在專心地擺盤，一道驚雷卻驀地閃過腦海，他立即質問劉軍秀：「第一次見到白觀森？妳之前沒見過他嗎？」

「啊？」劉軍秀滿臉疑惑，「沒啊，我沒見過白觀森。」

程瑜蹙起眉頭：「不是大老闆挖角妳的嗎？」

「我的確是被大老闆挖角來的啊。」劉軍秀摸不著頭緒，縮著肩膀，「我們餐廳的大老闆姓林，主廚你不曉得嗎？」

大老闆姓林？林蒼璿？

程瑜冷下面容，江子豪跟劉軍秀還在狀況外。

江子豪說：「我也是大老闆挖角來的，聽說他是小白哥的老朋友，神龍見首不見尾，我只見過他一次，之後再也沒看過了。」

劉軍秀跟著點頭：「上從股份出資、餐廳室內設計，下至制服款式、人事配置等等，都是大老闆一手包辦，小白老闆只負責管理、經營……還有吃閒飯。」

江子豪朝程瑜一笑：「程哥很少來休息室聊天嘛，難怪不曉得。」

程瑜臉色鐵青，江子豪跟劉軍秀早就習慣了主廚的冷面孔，自顧自地聊。程瑜有一股想要當場把這身制服脫下來的衝動，內心髒話連篇，他媽的好個肥水不落外人田。

「我去抽根菸。」他轉身離開，留下錯愕的兩人。

狹窄的防火巷是他最大的救贖，程瑜拿出一根菸，急急地抽起，隨即不小心嗆了一口，頓時咳嗽不止。他倚著磚牆，望著夾在建築物之間只剩一小片的夜空，煙霧裊裊直上，卻彷彿逃不出困局。

林蒼璿究竟在想什麼？被蒙在鼓裡的感覺一點也不好受，得知實情以後，他只覺得更加難堪。

程瑜再度抽了一口菸。

他捏爛手中的菸盒，憤怒地扔在地上，咬牙啐了聲：「我去你媽的混帳！」

Chapter 25

積水很快浸溼菸盒，程瑜又抽了一口菸，把焦慮呼出。夜晚的防火巷冷清得連隻野貓都不願踏足，四周靜謐，只剩城市的低鳴和他的呼吸聲。

後門悄悄開啟，探出一張心虛的臉，白禮神色憂慮地喊：「程……」

話還沒說完，程瑜先潑了一桶冷水：「做什麼？沒事的話就滾。」

「我只是……」白禮縮起脖子，可憐兮兮地躲在門後悶聲說，「你不要生氣。」

「滾。」

「你怎麼都不聽人說話？」逐客令冷酷無情，白禮心有不甘，探出身子欲解釋，「這件事都是我不好，我沒辦法勸你不生氣，但你至少聽我說話。」

「聽你說話？」白禮的說詞點燃了程瑜心中那把怒火，他把菸捻熄丟到地上，「你知道自己說的是什麼話嗎？」

「你聽過我解釋嗎？你又不聽我說話！」白禮是被寵出來的大少爺，平常別人總看在白家的面子上敬他兩分，當然不曾被吼過，這下少爺脾氣立刻上來了，「那些充其量只是……微不足道的謊言，你現在在這裡工作有少一塊肉嗎？有必要這麼生氣動手打傷蒼璿？」

有沒有吃虧其實是其次，白禮不清楚程瑜和林蒼璿之間眞正的問題，眼裡只瞧得見老友的委屈，一味地想幫忙抱不平。

這瞬間，程瑜想起他們接吻時，林蒼璿唇角的笑，那雙眼裡映著自己，當下即便理智再怎麼清醒，他仍舊無法反抗。

然而如今對他來說，這一切就像恥辱。

「你說夠了沒？」程瑜幾乎失控，揪住白禮的衣領，「如果還想好好過完你爸媽的結婚紀念日，就給我閉嘴！」

「這關我爸媽什麼事？」白禮緊捉程瑜的手腕，試圖掙脫，「你完全不可理喻，我跟你道歉就是，我爸有虧待過你嗎？」

這番話更加激怒程瑜，他直接揪著白禮的領子往磚牆猛力一撞，兩人扭成一團，互相拉扯。但白禮練過柔術，怕自己傷了人，動作稍微猶豫了些，不像程瑜拚著想把人摁倒的狠勁。

「我知道我的態度有問題，不應該當著李若蘭的面讓你難做人、不應該欺騙你！」白禮吼說，「這是我的錯，可是你從來沒聽過別人的辯解！起碼聽過解釋再生氣吧！」

「那你有考慮過別人的感受嗎？」程瑜雙目赤紅，越發捏緊拳頭，怒不可遏，「你有嗎！」

「是我不對！」緊扯的領口令白禮呼吸困難，他勉強擠出幾句話，「如果揍我能消氣，那你就打，是我不該跟蒼璿……」

「哥。」白樂冷不防打開後門，一身雪白洋裝的她脖子上圍著白色貂毛，面無表情看著這一幕。

兩人同時停下動作，兩雙眼睛瞪著白樂。

白樂手扶著門，臉頰浮現可愛的梨窩：「爸爸找你。」

詭譎的氣氛蔓延，白禮趕緊推開程瑜，拉好自己的衣服，心虛地應了一聲，繞過白樂走進門內。

制服皺得不像話，程瑜重新摺好袖口，餘怒未消，手還在抖。他搜索著身上想找根菸抽，這才想起菸盒早已悽慘無比地躺在地上。他甩甩手，搓著臉深呼吸，白樂立在門旁，靜靜看他。

「今天的晚餐很完美。」白樂嫣然一笑，像朵夜裡令人神迷的曇花，「我爸媽都開心得不得了，一直誇讚我哥眞的找對人了，程主廚太厲害了。」

彷彿方才壓根沒目睹紛爭，白樂若無其事地繞過程瑜身旁，撿起地上的菸盒，饒富興味地琢磨。程瑜不曉得該怎麼與她對話，一來不清楚她的個性，二來不明白她的意圖。

白樂將菸盒翻來覆去地把玩，也不怕髒水弄溼纖纖玉手，被貂毛圍繞的臉龐顯得特別小，與兄長相似的眼眸尾端嬌俏地揚起，瞳孔黑白分明，多了點慧黠的光芒，笑咪咪的，猶如童話故事走出來的小公主。

「我聽我爸說，那天你來白氏企業，其實是要表達你不太樂意到餐廳上班，他只好幫我哥一把，拜託你答應。」白樂歪著頭，「爸爸前陣子還擔心你會適應不良，又怕你討厭白家，一直吵著想來看看你。你也知道，他是個老好人，就愛操心，常憂慮這個孩子沒吃飽、那個孩子是不是闖了禍。」

程瑜皺起眉，不大情願地開口：「白先生誤會了。」

「所以我就好奇了，我猜，光憑我哥的腦袋，應該沒能耐把你拐來這。」白樂歪頭一問，「是蒼璿大哥出的主意嗎？」

聽到關鍵字，程瑜眉間的刻痕更深，一副與那人有深仇大恨的樣子。白樂捕捉到這份嫌惡，手背在身後，搖曳著裙襬：「他們兩個眞是一對難兄難弟，從小感情就這麼好，有時我都忍不住嫉妒。女孩子嘛，很多時候沒辦法跟男孩子一樣老混在一塊。」

白樂微笑著說：「我爸喜歡幫助別人，以前常帶著我和我哥一起去做公益，臺北地區的育幼院幾乎都踏足過。我還記得第一次見到蒼璿大哥，是在中和的育幼院。」

程瑜抬起頭，表情錯愕，驚疑不定。

白樂對他的反應並不意外，依舊笑容可掬：「他那時候大概十歲，母親自殺過世，所以被社會局送到育幼院。大概是上天的安排吧，他來的第一天就碰到我爸了。」

想說什麼卻又說不出來，程瑜失去了言語能力，不懂白樂爲何提及這樁往事。

白樂攏緊貂毛，跳舞一樣繞開地上水窪，大衣底下探出的高跟鞋潔白得不染纖塵：「蒼璿大哥當時又瘦又小，全身上下都是傷，被皮帶打得沒一處完好，眼神毫無靈魂，簡直像死了一樣。育幼院裡頭什麼樣的孩子都有，唯獨沒見過這種，急著想死，又死不了，換了一個環境仍然對人世充滿絕望。看到一個年紀跟我差不多的孩子居然被虐待成這樣，你曉得對小女孩來說心靈衝擊有多大嗎？」

程瑜撇過頭，不太想繼續聽下去。

「我爸本來想領養蒼璿大哥，可是他不要，只想待在育幼院。一旦孩子拒絕，社會局就會介入領養程序。」白樂仰望落著霏雨的夜空，語速不疾不徐，「我爸當然了解蒼璿大哥的心情，他已經對家庭失望透頂，根本無法融入新的生活，所以我爸也不勉強他，乾脆變個法子設立一筆白氏企業獎學金，專供育幼院成績優良的孩子申請。幸虧蒼璿大哥好強又聰明，順利一路領到高中畢業。」

冷風陣陣，程瑜覺得頭疼，好似有人不停敲打著腦袋。怎麼沒有菸呢？他亟需香菸，下意識地掃視周圍，躁動不安。

「蒼璿大哥只是用他的方式回報我父親。」白樂朝程瑜一笑，「而他這人彆扭得很，認爲實現我哥心中的願望，就是獻給我爸的最好禮物，於是拐了個大彎來報答。」

冷空氣凍紅了白樂的鼻頭，點綴上一抹紅櫻桃似的俏皮，她小巧的嘴唇彎了起來，眼底閃爍著淡淡晶亮：「我還以爲你會揍我哥呢。」

程瑜垂下頭：「抱歉，剛才是我失態了。」

「你怎麼沒揍下去，我本來很期待的。」白樂一笑，露出整齊的貝齒，「能想出開餐廳來綵衣娛親的，也只有我哥了，沒想到蒼璿大哥還幫了他一把。」

難以化解的苦澀扎根在眉間，程瑜揉了揉太陽穴，怎麼樣也紓解不了。

白樂注視著他，眼神和她父親一樣溫暖：「外面好冷，我們快回去吧，不然他們會擔心的。」

兩人回到餐廳時，白禮正在彈鋼琴，德布西的〈月光〉優美地流瀉，程瑜佇立在外圍，與其他同事在不打擾這家人的情況下，低調地聆賞樂音。

每個人都靜下來，無人開口交談，白觀森拉著自己妻子的手，臉上堆滿了溫柔，他低聲與妻子說話，不時輕笑。白樂洗淨雙手後也加入行列，取出小提琴站在白禮身旁，開始演奏。

鋼琴聲伴隨著悠揚的提琴聲，曲調時而活潑歡快，白禮專注地彈奏著每一顆黑白鍵，白樂同樣認眞地拉著琴弦，不同的是她的臉上掛著喜悅的笑容。

最後一個音符落下，包含白觀森夫婦在內，在場所有人皆報以熱烈掌聲。白禮與白樂攜手從臺上走下，分別抱住他們的母親，一人一邊親吻她的臉頰。

白夫人先是驚慌失措，而後笑了起來，瞇起的眼角拉出兩條歲月的痕跡。她笑著紅了眼眶，擁抱自己的一雙兒女，感動得無以復加，眼淚隨即落下。白觀森適時地拿手帕替她擦淚，同樣在她的額上烙下一吻。

程瑜在一旁斜靠圓柱看著，想的卻是那個在畫面之外的人。他是否也曾用同樣的角度旁觀這幸福的一家人，是否曾默默地羨慕過？

最後，餐廳全體同仁在門口目送白觀森一家離去，白觀森替妻子打開車門後，厚實的雙掌重重握住程瑜的手，與他道別，白樂也在車內笑著對他揮手。

等白家的座車轉出路口，程瑜才回頭去休息室換下制服，劉軍秀與江子豪悶不吭聲地乖乖清掃廚房。廚房與後方防火巷相鄰，方才的爭吵沒掩門，所以他們倆聽了大半。

程瑜換完衣服便離開，劉軍秀與江子豪笑僵了一張臉，生硬地道別，根本不敢跟主廚多說話。

來到秋香的酒吧時，正好是晚間十一點。上次的不告而別讓秋香酸了程瑜幾句，推搡著胸膛硬要他喝下烈性極強的威士忌當懲罰，但秋香替他斟滿的威士忌一杯要價不菲，所以這杯酒表面上是懲罰，實際上是圖利。

程瑜笑著輕啜一口，甘醇在口腔綻放，他仰頭毫不猶豫地乾了一杯。

秋香支著臉頰，嘟著紅唇：「心情不好才會想到我，是不是？」

程瑜抹著唇角，笑說：「秋香姊這麼惹人喜歡，心情不好當然要來看看妳。」

「唷，學會講甜言蜜語了呢。」秋香臉龐微紅，顯然很受用。酒液沾了一點在唇瓣，秋香伸手替程瑜抹去，「M.O.N. 第一階段的成績不代表全部，以你的程度，我很看好，你可以的。」

程瑜搖搖頭，臉上笑容明顯萎了點。

秋香拍拍滿是肌肉的胸脯，大聲說：「小瑜你發生了什麼事？跟姊姊說說！」

程瑜點了根菸，用食指與拇指敲著杯緣：「再給我一杯吧。」

秋香哼了聲，撐起身把空杯斟滿。

杯裡的手鑿冰球滾動，程瑜淺嚐一口，沒再說話。秋香用手點了下程瑜的額頭，嘖嘖兩聲，拎著純棉乾布轉身招呼剛要了杯調酒的眼鏡文青。要聽這男人的心底話比登天還難，秋香曉得程瑜脾氣倔，不可能坦承自己受委屈了、受傷了。

當眼鏡文青捧著調酒與秋香乾杯時，秋香用眼角餘光偷覷程瑜。只見程瑜低眉順目，像個小媳婦，窩在角落一口一口啜飲威士忌，別的男人看他又冷又帥，不怕死地跑來搭訕，卻講沒兩句就落得滿身冰渣，只好不甘不願回到原本的坐位。

冰山僞處男果眞不是浪得虛名，秋香滿意地滾回程瑜身旁，送上一盤酪梨燻鮭魚，銀叉挑起一片就往程瑜的嘴裡餵。

他試探地問：「有對象了？」

這一瞬間，程瑜的腦海浮現林蒼璿的臉，嘴上卻說：「沒有。」

「嗤！沒對象還在那邊糾結個頭，你是要空窗多久？」秋香翻了個華麗的白眼，「工作太累是不是？」

「差不多吧。」程瑜想想，的確也跟工作有關，「其實沒什麼，過了就好。」說沒事就是有事，程瑜老喜歡喝悶酒，自己靜靜盯著玻璃杯上的水珠把杯墊暈溼，再多的關心都只會被他笑著輕輕抹掉。

「怎麼又開始抽菸了。」秋香把他手裡的菸扯下，用豔紅的唇含上，「別鬧了主廚哥哥，M.O.N.的第二階段競賽再過一個月就要開始，你抽個什麼鬼菸？想把自己的味覺抽廢了嗎？」

察覺程瑜盯著那一截菸，秋香性感又曖昧地舔了舔菸頭，程瑜頓時笑了：「沒有抽很凶，只抽一下。」

「少來！」秋香嗔道，挑起眉，「這樣吧，姊姊帶你去找樂子。」

幾分鐘後，他們約在巷口，程瑜站在暖黃的路燈下等候，趨光的蟲子一下一下撞著玻璃罩。約莫過了十五分鐘，邱泰湘來了，他一身休閒西裝，戴了副黑色粗框眼鏡，完全想像不到方才還穿著黑色緊身馬甲洋裝。

「我都說不必這麼大費周章了。」程瑜把邱泰湘從頭到腳打量了一番，「你的馬甲呢？」

「討厭！」邱泰湘害羞地嘟起嘴巴，用廢人武功的方式重重往程瑜背上一拍，差點讓程瑜筋脈盡斷，又蠻橫地把人拉過來，在耳邊小聲說，「人家穿在襯衫裡面，想看晚點再給你看。」

邱泰湘滑著手機，沒多久邱家的司機開著座車來了，與指定的時間一分不差，「送我到東區那間Ｔｓ俱樂部，之後你就在樓下休息室等我，我不確定幾點會結束。」

程瑜坐上後座另一邊，背後還火辣辣地疼。他才和邱泰湘閒聊幾句，車子便抵達所謂的Ｔｓ俱樂部，外觀是棟普通的建築，四周樹木環繞，在臺北能找到這種地方實屬難得。

車子駛過門禁處，門立即打開，無須出示任何證件即可直抵地下停車場。

「兩個男人來俱樂部，你知道要幹麼嗎？」邱泰湘不懷好意地覷了一眼程瑜。

程瑜也用眼角餘光瞥他。

邱泰湘賊兮兮一笑：「當然是來享樂啊。」

地下室設置了電梯，前方有人接待，侍應女郎一身黑色旗袍，胸口開了個別有洞天，火辣身材展露無遺。邱泰湘從皮夾拿出一張卡，上面印著金色花紋，女郎笑了笑，領著他們倆上二十三樓。

奢華獨立包廂，打開門是一望無際的落地窗市景，內部應有盡有，小酒吧、沙發、撞球檯與健身房，甚至用玻璃隔出了一座室內泳池。女郎畢恭畢敬地替邱泰湘脫下西裝外套，悄聲問了幾句就輕盈離開。

「瞧瞧，還拒絕我呢，這裡不錯吧？」邱泰湘摘下眼鏡，揉了揉眼周，隨手鬆開襯衫扣子，「放鬆一下，在這裡想做什麼就做什麼，不要拘束。」

程瑜衝著他燦笑，白亮的牙差點晃瞎邱泰湘的眼，心頭跟著怦怦跳。程瑜毫不猶豫拎著浴袍去沖了個澡，邱泰湘唾沫一吞，跑到另一間浴室匆匆把自己洗刷乾淨。出來的時候，程瑜已經換上俱樂部準備的三角泳褲，麥色的肌膚、挺俏的臀，肉體勻稱有致，邱泰湘盯著勁美的肌肉與漂亮的雙腿，差點流下鼻血。

程瑜笑了笑，跳進泳池，浮上來喘了口氣後，來回游了幾趟。

邱泰湘躺在貴妃椅上，享受女郎柔嫩的手指在臉龐仔細敷上來自死海深處、具有養顏效果的海泥。雖然有養眼小帥哥在眼前游泳，邱泰湘仍是無語問蒼天。

今天若是換成和其他阿貓阿狗來這，兩個人早就滾上床了，在那邊游什麼泳！他第一次來俱樂部做如此健康的活動，還敷臉跟運動呢，等等是不是要打打撞球看看電影？

邱泰湘嘆氣，敷著灰色海泥埋怨地說：「程瑜，你是直男嗎？」

程瑜破水而出，將頭髮往後一撥，水珠沿著全身肌肉流淌而下。他不明就裡地看了邱泰湘一眼，愣愣問：「你不是……」

礙於還有一名女性在場，程瑜不好意思把話說出口。趁女郎把海泥面膜端走，邱泰湘嘆了口氣擺擺手：「沒事，我講講而已。」

邱泰湘在貴妃椅上翻來翻去，喝了一口石榴汁，朝泡在泳池的程瑜說：「欸欸，問你唷，你有沒有喜歡的明星啊？」

問明星是最容易的套話方式，可以藉此得知對方喜歡的是哪種類型。在情場上無往不利、叱吒風雲，號稱GAY圈變色龍的秋香姊可是用這招騙倒了無數小男孩，無論是純情可愛或霸道總裁，他詮釋起來統統毫無障礙。

話題轉得太突然，程瑜頭髮滴著水，慢慢地蹙眉陷入深思。邱泰湘笑嘻嘻地說：「想不出來沒關係，那就說一下你都看什麼電影，或是覺得哪個明星很好看。」

「其實我沒有喜歡的明星。」程瑜支著下巴左思右想，「硬要說的話，大概是周慧敏。」

周你媽個頭！ＧＡＹ圈變色龍秋香姊差點把髒話飆出口。這下沒轍了，眞沒轍了，居然是個媽媽年代的不老女星，難度太高了。邱泰湘臉色鐵青，全身脫力滑下貴妃椅。程瑜果然是程瑜，根本是攻不破的桃花絕緣體，在程瑜眼中他就只是好朋友，而既然是朋友，就絕對不會有更進一步的關係，做什麼小動作都沒用。

程瑜眉一挑，又潛入水中游泳。

即使百般無奈，邱泰湘仍懂得什麼叫適可而止，反正他最初的用意就是帶程瑜來放鬆心情，程瑜開心，他就開心。邱泰湘乾脆脫掉上衣，讓女郎替自己ＳＰＡ油壓，享受身體每處都被精心呵護的時刻。世上有做ＳＰＡ兼看小帥哥游泳照顧眼球這麼好康的活動嗎？現在就有，他當然不會錯過。

程瑜再次從泳池起身時，服務周到的女郎已經準備好一盤點心與調酒。女郎長髮如瀑披散在背後，調酒時輕輕搖晃，像塊烏亮的黑緞子。空氣中的所有遐想旖旎早就煙消雲散，邱泰湘開啟了閨蜜模式，一下子談論男人該怎麼保養肌膚，一下子又解釋什麼叫大數據。

從午夜講到深夜，侍應女郎來回走了好幾趟，原本心情不好的那方卻變成了開導別人的那方——程瑜心平氣和聽著邱泰湘抱怨工作上遇到的裝死股東與爛供應商，偶爾說幾句安慰話。

甫從室外回來的女郎盈盈放下酒水，撩起頭髮在邱泰湘耳邊細語，邱泰湘的臉色頓時變了，擱下酒杯從貴妃椅上起來，敷在臉上的黃瓜跟著掉落一地。

「程瑜抱歉，我有點事。」邱泰湘急忙拿過女郎準備的毛巾擦臉，「有個股東在樓上，我姊竟然也在……」

「那我先離開吧，時間也不早了。」程瑜裹著浴巾，把菸捻熄。

「不急，你可以在這裡等我，好好在這放鬆也不錯，或是睡一下。」邱泰湘穿上襯衫，神情肅然，「假如你想走的話，就去樓下找老陳，讓他送你回去。」

「也行。」程瑜聳聳肩，「去忙你的吧。」

「眞是的……怎麼會知道我在這。」邱泰湘一邊更衣一邊碎念，「眞麻煩，一點也不想跟他們見面，到底哪來的眼線。」

邱泰湘覷了女郎一眼，女郎瞇眼笑說：「別看我，我怎敢？」

事情來得太過突然，邱泰湘有些手忙腳亂，好不容易打理好自己後，他在程瑜頰上香了一吻就揮手離開，留下程瑜與女郎待在這偌大的獨立包廂，相對無言。

不久，女郎畢恭畢敬地逼出幾句話：「十七樓有賭間、十八樓有桑拿室，如果嫌麻煩，二十八樓頂樓能欣賞夜景吹吹風。」

「不用了。」程瑜感謝她溫馨的提醒，對她笑了笑，「我還是先回去吧，麻煩妳等等轉告邱先生，叫他不用太擔心。」

女郎款款點頭。被女性侍候令程瑜渾身不自在，他拒絕了女郎要服侍他穿衣的舉動，自己拿著衣服前往更衣室，還特意避開她的目光，惹來女郎一陣吃吃笑。

著裝完畢，侍應女郎爲他帶路，穿過梯廳，到達一間裝潢華麗的休息室。裡頭燈光幽暗，絳紫色窗簾隔絕一切雜音，角落擺了三張暗紅色沙發，有種不可告人的隱蔽感。

正當程瑜覺得有些怪異時，女郎梳著頭髮，指尖如游魚在髮間穿梭，斜身說：「程先生，您先檢查看看有沒有遺漏物品吧，遺留的物品之後要取回是有難度的。」

程瑜不疑有他，搜索著身上，發現放在口袋的鑰匙不見了，連忙說：「抱歉，東西還眞的不見了，我的鑰匙大概掉在更衣間了。」

女郎勾起唇角：「那您在這稍等，倩倩幫您取回。」

說完，她扭著蠻腰離開，及腰長髮在昏黃燈光下閃爍著光芒。看著她的背影消失在轉角，程瑜坐到沙發上，盯著天花板類似藻井的朱紅裝飾，彎彎繞繞、纏轉曲折，雕出一幅星斗圖。

這瞬間，一股難以抵擋的力量驀地壓上程瑜的背，把他撲倒在地，並順勢將棉布粗暴地塞入他嘴裡。混亂之中，程瑜看見三名男性，一人與撲倒他的人合力將他壓制，趁他無法反擊用束帶及皮繩緊縛住他的手腳。

程瑜用盡力氣抵抗，拚命踢拽，其中一個男人嫌他太難搞，狠狠地將他的手反折到背後，痛得程瑜差點吼出聲，卻又把牙咬得死緊，不讓自己示弱。然而他越是不安分，男人越是蓄意折磨，束帶越勒越緊，幾乎嵌入肉裡。

幾次掙扎後，程瑜終於無法再使力了，臉朝地面動彈不得，痛得視線模糊。一雙高級皮鞋出現在他眼前，藍色雕花前端鑲金，顯然是紈褲的行頭。

「唷，程瑜，沒想到你是來賣的。」那雙鞋的主人嘻嘻地笑，用詞極盡汙衊，聲音程瑜聽過，「聽說邱泰湘有奇怪的嗜好，你是被捅的那個，還是搞他的那個？這麼大個人，你搞得動嗎？」

還弄不清楚來人是誰，程瑜的腦袋便被粗暴地扯起，周宜川那張狎邪的臉龐闖入他的眼底。

周宜川瞇起眼：「早就看你不爽了，總算落到我手裡。」

程瑜怒目瞪著他，又開始奮力掙扎，三個男人很快壓上來將他牢牢制服，其中一人譙了聲髒話，繼續折他的手臂，痛得程瑜逼出冷汗。

周宜川拿起一瓶噴霧劑，猝然朝程瑜臉上一噴，程瑜急忙避開卻仍吸入大半，類似氨氣混雜著異香的氣體充滿危險，令他轉眼跌入無邊無際的暈眩，痠軟滲入骨髓、侵入尾椎，眼前的地板慢慢扭曲。

程瑜整個身子軟了下來，冷汗從額際滴落，氣息逐漸不穩。

「倒是挺有活力的嘛。」周宜川嗤笑一聲，「這次我看你多能喝。」

打開門時，邱雪莘正對著落地窗沉思，玻璃映出她的容顏，她啜了口紅酒，轉身向邱泰湘微笑。

對於這位姊姊，邱泰湘的心態總是複雜的，既敬畏又愛戴。他擠出一個笑容：「姊怎麼有空？這麼晚了，爸沒要妳早點回家嗎？」

窗外道路車水馬龍，玻璃反射著如銀星流竄的燈光，邱雪莘背對著窗，脂粉未施的臉龐顯得清純，只是那雙深沉的眼眸藏著幽暗森然。

氣氛太過沉默，邱泰湘察覺了邱雪莘的情緒，惱怒，且充滿脅迫。他吞了口水，不曉得自己哪裡得罪了姊姊，邱雪莘卻笑了一下：「你怎麼也在這兒？」

邱泰湘蹙起眉，嗅到不對勁：「妳……不是和澳門公司的羅姊在這裡聊天，然後叫我上來陪妳們？」

邱雪莘依舊笑著，彷彿無論何時都能掛著親切的笑容。她歪了歪頭，長髮自肩上垂落：「我是和羅姊在這聊天，但沒叫你上來。」

全身血液好似瞬間被抽乾，寒意自腳底竄上邱泰湘全身。邱雪莘放下紅酒，攬緊身上的羊毛披肩，轉身面對落地窗：「你和誰來這？」

邱泰湘的手正在發抖，一句話噎在喉頭，但他不能無視邱雪莘的提問：「我和朋友一起來的，他叫程瑜……只是朋友。」

邱泰湘想轉身回去原本的房間，他不安到了極點。

邱雪莘「啊」了聲，用手掩嘴，驚訝地說：「就是你說的那個Hiver副廚嗎？」她露出燦爛的笑容，「我去用餐的時候見過他兩次呢。」

「他換工作了……現在是Bachique的主廚。」邱泰湘如鯁在喉，臉上毫無血色，他低頭喃喃自語，「我得回去看一下……看他是不是還在。」

「Bachique？這樣呀，白家投資的餐廳。」窗玻璃再次映出邱雪莘的面容，笑意中隱含冰冷，她若有所思地說，「那麼，你回去的時候替我打聲招呼吧。」

兩人意識到這是一個圈套，是調虎離山之計，目標不是他們倆，也不可能是身分尊貴的羅姊，而是落單的程瑜。

邱泰湘先打了電話給老陳，確定程瑜並沒有搭車回家，接著便幾乎是一路用跑的回到二十三樓。一進貴賓包廂，倩倩正跪在地上整理玻璃酒杯，見到邱泰湘，她「咦」了聲，瞇起眼笑說：「程先生先回去了。」

邱泰湘怒不可遏，跨步到她眼前粗暴扯住衣領，倩倩放聲尖叫，張著十指在空中揮舞掙扎。邱泰湘眼中布滿血絲，在她耳邊狂吼：「你他媽的！程瑜去哪裡了！」

喉嚨被掐住、衣服的扣子也被扯開，倩倩拚命尖叫，邱泰湘毫無憐香惜玉之心，不停搖晃她：「說！給我說！」

「我不知道！我不知道——」長髮糾結如蛛絲亂纏，倩倩胡亂抓了邱泰湘的臉龐一把，血痕瞬間浮現。她哭喊，「程先生要我回包廂找丟失的物品！我找了好久，根本沒看見他的鑰匙！回、回去的時候，他人已經不見了！」

「妳說謊！」邱泰湘緊抓倩倩的臂膀，簡直快折斷她細瘦的肩，「妳騙我說雪萃找我！妳給我說！程瑜到底在哪裡！」

「我、我真的不知道！」倩倩哭得梨花帶雨，口紅暈成可笑的模樣，「是服務邱小姐的方哥說的！他用呼叫器告訴我，說邱小姐找您！我真的不知道！」

尖叫與哭聲快要刺穿邱泰湘的耳膜，被他壓在身下的女人衣衫不整，蜷縮成弱小而無辜的姿態，淚流滿面地求饒。邱泰湘的理智隨著熱血退去逐漸回歸，他頹喪地坐在地上，倩倩渾身發抖趁機爬遠，深怕再受暴行。

透過呼叫器又怎能精準辨識出是誰的聲音？而程瑜有沒有丟失鑰匙也無法證明。邱泰湘雙眼發紅，瞪著瑟縮的倩倩，像面對待宰的雞隻一樣壓著倩倩的脖子，逼她去找俱樂部的老闆。精緻的臉蛋上淚花斑斑，倩倩哭得抽噎，宛若唱戲的苦旦：「邱董、邱董，您放過我吧，我、我實在不清楚發生了什麼事。」

「少廢話！」邱泰湘狠狠地推她一把。

什麼骯髒行徑他沒見過？從爾虞我詐到謀財害命，上流社會的世界遠比想像中更加險惡。邱泰湘推開頂樓ＶＩＰ包廂的門，偌大的華麗空間內，一名男性驚訝地瞧著他，繼而微微一笑。

嬌弱的肩膀再次顫抖，邱泰湘在倩倩身後嘲諷地冷笑。是錢重要還是命重要，這女人現在想必體認到了。

使手段讓人吐露實話這種事，像邱泰湘這樣的紳士是做不到的。他雙手環胸，對於眼前的畫面視若無睹，充耳不聞哀號聲，只是陰著臉不安地摩擦指尖，自虐地把指甲縫摳出血來，期望自己心中的恐懼只是多慮。

此刻，齊劭的心情也和邱泰湘一樣。當他看見周宜川一行人鬧哄哄打開門，把被五花大綁的程瑜架入包廂時，他頓時如墜冰窖，嘴唇忍不住發抖。

周宜川瘋狂的笑聲在他耳邊響起，甚至蓋過震耳欲聾的音樂，這間包廂裡頭充斥各種迷幻藥的味道，像花草薰香，又像惡臭的劣質菸，令人昏眩。同一時間，程瑜也看見他，他立即低下頭躲避目光，緊緊抱住自己。太過難堪的相遇讓齊劭不自覺地惡寒，如果眼前有道懸崖，他肯定會毫不猶豫地跳下去。

包廂內的男男女女有的尖笑，有的一絲不掛在旁邊抽著水菸，眼神空洞，場面恍如耶羅尼米斯．波希描繪的《人間樂園》。地獄裡的人奇形怪狀、醉生夢死，沒了羞恥心，沉溺在肉慾歡愉之中，道德淪喪、迷失自我。

程瑜發出野獸般的低吼，不死心地妄動，左右抓住他的男人朝他的腹部猛揍一拳，人又安分了，只剩胸腔上下起伏不斷咳著。他的嘴被布塊緊緊塞住，連痛都喊不出聲。

「哈哈哈哈哈！」周宜川笑得張狂，恐怕是吃了助興的藥，「寶貝，來來來，看看你前男友。」

頭皮猝然一疼，齊劭的頭髮被周宜川扯住，不得不仰起頭，對上一雙發紅的憤怒眼睛。程瑜像一頭重傷發狂的野獸，額角擦傷處泌出血珠，齊劭從來沒看過程瑜這種眼神，和以往的柔和溫暖截然不同。自責與崩潰幾乎快燒穿齊劭的靈魂，使他渾身發顫，現在的他和小丑一樣，只穿著一條內褲，身上滿是曖昧的痕跡，跟這群酒池肉林中的罪惡之人同流合汙。

「乖啊，看在你這麼聽話的分上，等等第一個讓你爽好不好？」周宜川嘻嘻地笑，摸了齊劭的頭髮一把，大口抽著麻菸，「讓你回味一下以前的滋味，看是他比較好，還是我上次介紹的比較緊。」

話語無比下流，齊劭發現程瑜的臉色不自然地暈紅，氣息粗重，可能被下了某種藥物。這陣子跟在周宜川身邊，他對此早就見怪不怪，噴霧型迷幻劑最適合用來對付這種不聽話的獵物。他綻出一個比哭還難看的笑容，撫著那雙粗暴的手，討好地說：「好哇。」

這一瞬間，程瑜的眼神更加狂躁，隨之激烈掙扎起來，左右兩個大男人幾乎制不住他，周宜川指頭一點，程瑜立即被架上包廂內部的一張大床。

齊劭低著頭，不敢看程瑜。他又能怎樣？挺身對抗周宜川嗎？對方是周家最疼愛的小兒子、背後是周家的勢力……

「你乖，等我準備好，第一個給你玩。」周宜川笑著拍拍齊劭的臉頰，強迫他回神，「好戲還沒開始呢。」

當林蒼璿踏入包廂時，臉上沒有任何笑容。周遭的人並未因此安靜，音樂依舊震耳欲聾，所有人兀自飲酒作樂，酒液染溼地毯，赤條條的男男女女如肉蟲重疊交纏。

空間中充斥著炙熱的氣息，林蒼璿環視一周，酒瓶、藥丸、各色各樣的內衣褲散落一地。一旁勾著齊劭的周宜川趨上前，摟住他的肩：「唷，今天早上約你說沒空，現在才想到要來陪我，會不會太晚了點？」

「剛才有人找我聊公事，一時走不開。」林蒼璿的目光掃過一張張醉生夢死的年輕臉龐，包含抬不起頭的齊劭，那慘狀映入他的眼底，「你也知道我有年紀了，派對什麼的不太適合我……」

「哈哈哈哈哈哈！」周宜川狂肆地笑，拿在手上的紅酒瓶搖搖晃晃，「少騙我了，怎麼不說你上次喝了整整一瓶威士忌啊！他媽的，既然你來了，那老子就擴大慶祝！大肆慶祝！」

「哦，慶祝什麼？」林蒼璿一步步往內走，看也沒看就抬手拒絕侍應替他脫下大衣，

「有什麼好慶祝的？」

他像是隨意漫步，又像在搜尋著什麼，視線游移，踏著穩定的步伐，對腳邊所有骯髒汙穢視若無睹，逕自往前。

「當然是慶祝好事嘍，哈哈哈哈！」周宜川見慣林蒼璿這種愛理不理的態度，自顧自地大笑，「哈哈哈！告訴你個祕密！邱家這下子完蛋了！」

林蒼璿只用鼻音回應，繞過沾滿不明體液的沙發，上頭有個衣衫不整的男模倒臥，香豔地露出雙腿。他緩緩走向內部，那裡有張絲絨大床，輕紗幔幕低垂，隱隱約約，看不出什麼。

「邱泰湘……就是邱家那個操蛋的智障，他今天也來這了，老子在樓下停車場看見他帶了個鴨子，幹，不看還好，一看……你他媽的，總算能給天鼎集團來個醜聞，機不可失啊！」周宜川發出尖銳的笑聲，仰頭狂灌紅酒，胸口被酒液染溼，「去他的邱老屁股，帶鴨子還裝清高！總算被老子逮到把柄，天鼎集團也有今天！」

絲絨床旁邊架了兩臺攝影機，陣仗十足，每踏出一步，林蒼璿越發覺得頭痛。究竟是迷幻藥的影響，還是由於喘不過氣的壓力，他自己也弄不清楚。

「跟你說個好消息，邱泰湘把這鴨子當成寶貝捧在手掌心哄呢，兩個人在房間裡關了好幾個小時，我當然要讓他嚐嚐後悔的滋味。」周宜川卑猥的嘴臉貼在林蒼璿耳邊，「俗話說的好，天道好輪迴，你猜猜看，邱泰湘寶貝的人是誰？」

林蒼璿盯著眼前的垂簾，想抬手掀開，卻發覺自己的手顫抖不已。

周宜川打了酒嗝，抹抹嘴，再度笑起來：「這個人你也認識呢，是你以前的情敵，此仇不報，更待何時呢？」

掀起幔幕的那一刻，林蒼璿的腦子一片空白。

程瑜雙手反剪在後，雙腿被束帶緊緊捆綁，他粗喘著氣，藥力幾乎把他的理智給磨光，嘴裡宛如口枷的布塊使他呼吸不順，唾液沿著嘴角淌流。身體被折成難堪的姿態，下半身的昂揚明顯可見，褲檔溼了一大塊。

那雙炙熱的眼惡狠狠地瞪著前方，充滿憤怒，但見到林蒼璿的瞬間，恨意轉成了錯愕。慢慢地，他發紅的眼眶蓄滿淚水，像看見了絕望而萬念俱灰，眼淚打轉了一會，終究流了下來，沾溼臉龐。

猝然之間，林蒼璿抄起周宜川手中的紅酒瓶，直接往周宜川的頭部狠狠敲下。力道太過猛烈，酒瓶破碎，鮮血噴灑在林蒼璿的西裝與白皙臉龐上。一旁的女模見狀發狂似的尖嚎，連滾帶爬逃離，察覺危機的眾人迅速鳥獸散，尖叫聲此起彼落，場面有如人間煉獄，周宜川連叫喊都來不及便倒臥在地，血液染紅了地毯。

「六叔！救命！」周宜川掩著頭上血流如注的傷，在地面爬行，「快來救我——」

林蒼璿鬆開沾滿血的酒瓶，解下自己的領帶。他像發狂的獅子一樣來回踱步，把領帶纏繞在手上，渾身散發肅殺之氣。

一名粗壯的中年男子如戰車直衝而來，悶不吭聲欲從左側擒抱住林蒼璿，但林蒼璿立刻順勢將領帶纏上對方的脖子，扭腰翻轉，雙手一勒，周燮派來保護周宜川的保鑣就這麼被制服。林蒼璿整個人壓在壯碩如牛的保鑣身上，用領帶緊勒對方的脖子，保鑣雙眼充血，臉部漲成醬紫色，不斷踢著雙腳，卻逃脫不了壓制。大腦缺氧五至十秒就會陷入短暫昏厥，即便是身強力壯的保鑣，身體終究軟了下去。

「學長！住手！」齊劭不知何時靠了過來，可出聲的那刻，他就後悔了。陰冷的臉龐露出殘忍的笑，林蒼璿近乎瘋狂怒視著他：「你再叫我一聲學長，我就勒死你。」

林蒼璿起身，蒼白的臉龐沾著血，輕手輕腳地爬上那張不算乾淨的床。

程瑜的眼淚燙在他心上，林蒼璿拿出程瑜嘴裡的布塊，用玻璃碎片割開雙腕的束帶，不發一語。餘怒未消的程瑜得到了自由，毫不留情地一掌搧在林蒼璿臉上，清脆的聲響伴隨著怒吼：「滾！」

「沒事了。」林蒼璿溫言軟語哄著，眼眶微紅，「沒事，我跟他們不是一夥的，我跟他們不一樣……」

林蒼璿把人抱在懷裡，不顧程瑜奮力抗拒，拳拳發狠地落在他肩上。他嘴裡反覆說著同樣的話，不停輕聲安撫，緊摟的雙臂死也不願放開，程瑜掙脫不了懷抱，只能緊貼著林蒼璿的胸口。心跳聲強而有力，漸漸地，抵抗緩了下來，程瑜十指緊攢林蒼璿的後背，讓所有委屈與眼淚落入林蒼璿懷中。

Chapter 26

急診室內擠滿病患，嚎聲哭聲不絕於耳，凌晨的醫院和夜市一樣紛擾。邱泰湘從沒來過這種地方，充滿血腥味與消毒水氣味的環境令他不適，他不禁用手帕擦臉，試圖把疲憊從臉上抹除。

辦好住院手續，邱泰湘再也忍受不了待在急診室，拎著菸盒就去戶外抽菸。

拇指摩擦著Dupont打火機，卻怎樣也點不著火，邱泰湘有些懊惱，用力甩著打火機，眼角餘光瞥見坐在花圃上的那個人。

林蒼璿大剌剌地把秋海棠坐得七零八落，仰望著夜空，若有所思，扯開的襯衫沾有早已乾涸的血跡。

邱泰湘想起方才林蒼璿把程瑜抱在懷裡的畫面，當時他連大聲斥責的權利都沒有。程瑜緊緊箍著林蒼璿的肩，深埋在對方懷中，他幾時看過程瑜如此脆弱地依賴別人？頓時連話都忘了怎麼出口。

林蒼璿只瞟了他一眼，不帶感情地說：「麻煩，叫救護車。」

當然，周宜川同樣被送進了醫院，周家的人也來了。

邱泰湘猛抽一口菸，遠遠地注視望天發呆的林蒼璿，不禁想，這個人的前途是全毀了。

手機在口袋裡震動，林蒼璿回過神。

「啊，晚安，您還沒睡嗎？」林蒼璿恢復一貫的笑容，優雅有禮地回應電話另一頭的人，「是的……您別擔心，沒問題的。」

邱泰湘訝異地挑眉，繼而冷笑。林蒼璿竟然還能笑得出來？像這種僞君子，只有心思單純的程瑜才會被騙走。

深夜的醫院外除了偶爾鳴笛的救護車，一切都猶如陷入了沉睡，林蒼璿的聲音不經意地傳入邱泰湘耳裡。

「唉，是，眞的很麻煩。」音量並不高，但莫名精神，「不過我已經處理好了，別擔心。」

邱泰湘心想，這種人，像他這種人，程瑜怎麼會？

Marlboro的菸味極嗆，剛好可以醒神，一夜未睡，邱泰湘頭痛得不得了。他想轉身就走，讓一旁的祕書負責開車，林蒼璿的聲音卻又不偏不倚飄入耳裡。

「周先生，您別這麼想。」林蒼璿點了根菸，笑著回話，「怎麼會呢，我是這樣的人嗎？氣歸氣，也只是一時。您不用這麼說，我知道，小孩子愛開玩笑也是正常。」

邱泰湘頓下腳步，一股噁心感油然而生。

「謝謝您這麼關心我，不要緊的。」察覺了邱泰湘的視線，林蒼璿對他冷冷一笑，只有語氣是愉快的。

討厭林蒼璿的原因有很多，不過邱泰湘深覺這個人之所以令人厭惡，還是因爲那份虛僞，他再度體認到林蒼璿毫無感情、毫無道德、毫無是非。

邱泰湘把手中的菸捏爛，轉身離去。

林蒼璿抽了一口菸，朝著他的背影呼出，向電話那頭說：「怎麼會跟小孩子賭氣呢，周先生，我不會往心裡去的。」

晨光灑入辦公室，Selly悠哉地喝咖啡，漫不經心滑手機。今天主管和往常一樣遲到了，她想大概又會等中午收盤才姍姍來遲。

林蒼璿熬夜處理工作已是常態，成績一拿出來，自然沒人會說什麼。在主管來上班之前的這段時間，是她一天中最放鬆的時刻。

想不到，她的助理突然急急忙忙推開玻璃門：「Selly、Selly姊！大事不妙了！怎辦！怎辦！」

秀眉蹙起，此時Selly才驚覺，玻璃隔間外的全體員工正一個個往辦公室中央的巨型螢幕前聚集。她起身，迅速跨出自己的辦公間，推開重重人群來到最前方。

螢幕上是股市動態，只見周家旗下的數支股號接連由紅轉綠，收盤指數一跳一跳下探，K線如斷線一般持續下墜，一頭栽入地獄，萬劫不復。

Selly臉色慘白，她拿起電話撥給楊實，然而鈴響不過三秒就被切斷。

被手機鈴聲吵醒，程瑜眼皮重得要命，連抬手都十分困難。

他在柔軟的床上稍微翻身，空氣中有種獨特的味道，在半夢半醒間，唯一管用的只有嗅覺。消毒水氣味和花香混雜，大概是百合和茉莉，還有淡淡的薄荷味。

睜開眼，映入眼簾的是純白天花板，雙目乾澀得連眨動都痛。程瑜扭頭瞧著旁邊，看得出人影，然而視線模糊，認不出是誰。

「醒了嗎？」女性的聲音響起，似乎在哪聽過，「有沒有哪裡不舒服？」

腦袋鈍重，程瑜處於茫然當中，無法反應。他眨眨眼，眼前仍舊模糊不清。

「哎唷，Selly這時候打來幹麼，吵死了。」另一邊較爲年長的女性說，又把鈴響給掐斷，乾脆關機，「樂樂，妳要不要叫醫生來看看？」

「醫生剛剛才來看過，說醒了就好，不會有大礙。」程瑜感受到一雙綿軟的手輕輕貼在他的額上，「幸虧燒退了，只是醫生說會有一些後遺症，不曉得是什麼。」

這個場景令人疑惑，程瑜忍著身體疼痛，強迫自己清醒。手臂上插著點滴針，意識尚未完全恢復的他伸手就想扯掉惱人的針頭，身旁的女子注意到他的舉動，連忙制止，並把他壓回床上，程瑜這才勉強看出對方的模樣，跟白禮有幾分相似——白樂那張精緻的臉龐掛著憂慮。

「別亂動，不要慌。」白樂緊張地說，「好好休息一下，現在的你需要休息。」

思緒亂成一團，程瑜連話都說不出口，喉嚨痛得如火燒，張嘴也只是徒勞。

「小朋友先別亂動，聽阿姨的話，再躺一下下。」楊實拍拍他的肩膀，「啊，水，想喝點水嗎？」

畢竟臉皮薄，程瑜承受不了他人溫言軟語的呵護照料，硬是撥開阻撓的雙手從病床上坐起，總算稍微看清四周環境。

雪白的被褥、純白的窗簾，正午的燦陽光芒直射而入，照在加大的單人病床上。病房內相當寬敞，甚至還有會客沙發，桌旁擺著一盆花。

程瑜全身上下隱隱作痛，腦袋竄出亂糟糟的畫面，各種影像光怪陸離，卻怎樣也拼湊不出完整劇情。他冷靜下來，不發一語，白樂擔憂地望著他，楊實也一樣，兩人皆未說話。程瑜的目光掃過他們，頓時想起了自己的母親與妹妹，渾身的刺終於緩緩收斂，不再抗拒。

「你現在覺得怎樣？」白樂遞上一杯溫水，憂心忡忡。

溫水浸潤了喉嚨，宛如久旱的土地逢雨，程瑜搖搖頭，太陽穴一跳一跳地疼，啞著嗓子問：「醫院……爲什麼……」

白樂與楊實互望一眼，白樂忐忑地說：「發生了一點意外，所以……」

「意外就是你被下藥了，傻孩子。」楊實唉聲嘆氣，「還記得昨晚發生了什麼事嗎？」

最後的記憶停留在與白禮的衝突與邱泰湘的威士忌，程瑜努力回想，卻想不起之後的情況。楊實忍不住伸手揉開他眉宇間的鬱結，「小孩子不要皺眉頭。總之昨晚發生了意外，是蒼璿送你來醫院的。」

林蒼璿？程瑜一臉茫然，想不透爲何會與這傢伙扯上關係。

「該不會一丁點都想不起來？那些奇怪的藥果眞可怕。」楊實也倒了杯水給自己，喝下兩、三口，「蒼璿說他今天有事，所以找我跟小樂樂來這裡照顧你，一來是我們能讓他安心，二來……就是這小子也沒更多可以信任的人了，唉。」

白樂再度替程瑜添上一杯溫開水，楊實簡單敘述來龍去脈，程瑜聽得發愣。他完全沒有自己被綁架的印象，覺得自己就像在聽口述劇本，任何影像都不存在於他的腦海。楊實

說：「據說迷幻藥物會造成被害者片段性失憶，那些在公子哥兒之間流行的進口藥物，要什麼效果就有什麼效果。」

「爲什麼是我？」程瑜又忍不住皺眉，他想不透自己爲什麼會變成目標。

白樂略顯侷促，好一陣子之前，她曾經從自己兄長的口中得知周宜川與程瑜之間的過節，雖然白禮避重就輕地跳過了一些關鍵，依舊瞞不過心思細膩的白樂。她隱約猜出周宜川與程瑜之間還多了一個林蒼璿，不難推測其中涉及性向方面的隱私，因此若要說明，恐怕會令程瑜不舒坦。

楊實削著蘋果，刀法七零八落，絲毫沒察覺白樂的彆扭：「哎呀，這年頭有人開車按個喇叭就被揍了，哪來這麼多理由。」

白樂暗暗鬆了一口氣，幸虧歷練豐富的楊實輕鬆化解了可能發生的尷尬，楊實叨叨絮絮地批判社會亂象，罵天罵地的，巧妙地把程瑜與他人結怨的原因悄悄抹去。

鋼琴曲的旋律響起，白樂拿出手機，說了聲抱歉後走到角落接聽，但很快便結束通話。她返回楊實身邊，附耳輕聲說了句，只見楊實滿臉疑惑：「咦？Selly找我？」

「哎呀，都忘了，我剛才關機了。」楊實提起包包，對著白樂說：「樂樂，妳讓程小朋友在這裡多待一晚，請醫生好好檢查，可千萬別留下什麼後遺症。阿姨先去上班了，不然Selly又會罵我，先這樣啊。」

楊實旋風似的離去，留下一顆切得奇醜無比的蘋果，靜靜地躺在白瓷盤上。

程瑜盯著水杯的波紋沉思，無論他怎麼努力回想，記憶就是起不了波瀾。白樂乖順地坐在程瑜旁邊，也想切個水果給他，可惜她的刀法同樣好不到哪裡去，想削個兔子蘋果，卻弄得像《聖誕夜驚魂》裡的角色，醜得心酸。白樂訕訕一笑，有些不好意思，乾脆吃起了自己的傑作。

大概是白樂臉上寫滿「彆扭」兩字，程瑜笑了下，用溼毛巾擦過手，拿起水果刀開始消滅不知是誰帶來的一籃富士蘋果。

怕程瑜尷尬，白樂開啟了話題，語帶幽默討人喜歡。可惜程瑜話少，只用耳朵專心聽，白樂說得口乾舌燥，覺得再講下去只是自討沒趣，因此乾脆拿起遙控器打開電視，讓空蕩的單人病房內充斥其他聲音。

正在播出的大多是無聊的娛樂節目，白樂一臺一臺地切換，程瑜也沒什麼興趣，撐起上身想喝點溫開水，新聞臺女主播的聲音卻冷不防鑽入耳裡。

「周氏集團爆發內線交易弊案，旗下子公司包含ＡＥ科技集團及S.M.S.E.技術研發等數間公司股市收盤價大幅下跌，市值蒸發上億。」短髮女主播口齒清晰，神情嚴肅，「根據獨家報導，疑似是周氏集團的投資顧問涉及內線交易，該名員工目前已遭檢調聲押，全案偵辦當中。」

「周氏企業爲正派經營的公司，絕不可能有此事。」周燮出現在螢幕上，鎮定自若，「這一切都是有心人士的操弄，只是爲了打擊周氏，試圖傷害周氏的形象！」

白樂不可置信地掩嘴，程瑜也愣愣盯著眼前的畫面。

周氏集團旗下最得力的投資顧問，正是林蒼璿。

這天下午，臺北地檢署迅雷不及掩耳地對周氏企業展開搜索，母公司及所有子公司的文件一律扣押，周燮的三夫人許珠霞也遭到檢調約談及聲押。

臺北地檢署內有一些是許珠霞認識的熟面孔，可在這種非常時期，沒人敢趨前安慰落水狗。她心不甘情不願地跟在女檢察官身後，像她這種身分的貴客，即使背負惡名來到地檢署，也不忘一身珠光寶氣。她不耐煩地扯下名牌墨鏡，渾身散發焦躁，把腳步踩得重了些。

女檢察官瞟了她一眼，冷笑，許珠霞被帶入一間會議室，裡頭早有一個人在等待。

林蒼璿朝許珠霞笑了笑，舉起手上的咖啡：「地檢署的咖啡喝過嗎？即溶包眞的超難喝的。」

「林蒼璿！」許珠霞捏緊拳頭，修得漂亮的長指甲刺入掌心，她整張臉扭曲，指著他的鼻尖大罵，「你做了什麼骯髒事就自己承擔！不要把周家拖下水！」

林蒼璿往舒適的沙發一靠，背部陷入柔軟的皮革，悠哉地喝咖啡。

許珠霞忍無可忍，掄起拳頭就要往林蒼璿身上招呼，女檢調及時從後面攔住她，兩個人幾乎纏扭在一塊。許珠霞不甘受制，拎起自己的包砸向林蒼璿，破口大罵：「畜生！被操爛屁股的爛東西！你要死就自己去死，不要害了周燮跟我兒子——」

「三姨，小聲一點。」林蒼璿活像是來地檢署觀光而已，怡然自得地說，「您想再背一條毀謗罪嗎？」

肩膀劇烈起伏，許珠霞氣得滿面豬肝紅，喘著氣一字一句地說：「周家待你不薄，資金都在你手頭，讓你呼風喚雨。」

「是喔。」林蒼璿不以爲然，攪動著手上的咖啡，「那又怎樣？」

「你看看這個東西，先看看這個東西！」許珠霞從皮夾中掏出一個信封，用力地拍在桌上，「你是想替你母親報仇嗎？放過彼此吧！」

信封裡頭是一張親子鑑定書，薄薄的，風一吹就飄起的紙張。

林蒼璿看著那個信封，一掃方才的嘻笑作態，眼神冷得猶如寒冰。

「哈、哈哈哈、哈哈……」林蒼璿忍不住掩面大笑，身體控制不住地顫動，「這也太好笑了吧？妳不甘我母親勾搭上周燮，當年找人輪姦她，現在還幫她兒子做親子鑑定？」

許珠霞臉色煞白，雙腿明顯地抖了起來。

林蒼璿童年時飽受虐待，然而優雅美麗的母親總在施虐以後教他彈鋼琴。她害怕黑夜來臨、恐懼男性的惡意，需要藉此假裝自己還活在最美好的泡影。

無論是誰都拯救不了林靜月，只因爲她曾經認識過一個名叫周燮的男人。

那張紙是他母親折磨他的理由，是他從幼時對母親的依戀、愛與憎恨，到成人以後的理解，最終憐憫母親的理由。

她充其量只是個無辜的女人。

「妳以爲我會在乎父親是誰嗎？」林蒼璿抽出那張薄薄的紙，從中間撕開，「其實啊，我挺喜歡看你們在我腳下發抖的樣子。」

林蒼璿微微一笑：「等著瞧，我會送你們全部下地獄。」

當日，檢調在他的指引之下，找到內線交易的證據。

林蒼璿家中客房的書櫃後方有道暗門，機關重重，所有關鍵資料都藏在裡頭。資料整整齊齊按年份排列，彷彿早已預料到會有這一天。

林蒼璿說過，沒人能去他家，正是因爲藏了證物。

不管是周燮在海外的資金流向，還是子公司的投資案，幾乎皆有詳實紀錄，甚至包含許珠霞名下數筆可疑的資金，那些資金與多年前的某股份公司的掏空案有關，因此許珠霞罪證確鑿，完全無法脫罪。

周氏企業引發的風暴席捲政商界，人人自危，股市一瀉千里，低迷不振。遭到聲押的周燮下車進入地檢署的畫面，新聞足足播送了七天，周燮那張臉上再也沒了從容，薄薄的唇往下撇，滄桑得彷彿老了十幾歲。

只有一次，程瑜在重複的畫面中瞥見一名身穿三件式西裝的男子，那人走在人群後方進入地檢署，前額的髮稍長了，唯一不變的是依舊噙著笑。

不知道他在想什麼。

休息室內迴盪著新聞女主播的動聽嗓音，廚房員工們專心盯著電視，一邊扒飯。白禮這些天都沒來上班，據說Bachique的產權已經移轉到白禮名下，媒體熱衷於追殺周燮，對小小的投資顧問並不感興趣，連曝光都僅是匆匆幾秒，在場只有劉軍秀與江子豪曉得大老闆出了事，兩人食不知味地咀嚼著午餐。

一般而言，程瑜不太關心這類消息，無論誰是老闆，都不會影響他工作的心情。

程瑜把制服換下，摺疊整齊，放入儲物櫃。下午的班交由副主廚接手，他自己則揮手與眾人道別，拎著包搭捷運去。

平日午後，捷運上人不多，程瑜找到位子坐下，開始滑手機。白禮傳來訊息，說林蒼璿將轉爲汙點證人，這是白觀森透過層層關係輾轉得知的最新狀況。由於內線交易案牽扯眾多，因此有勇氣與林蒼璿接觸的，大概也只剩白觀森一人。

那天在醫院的時候，白樂痛哭不止，她說白觀森曾經一度經商失敗，差點解散公司，當初能起死回生全是多虧了林蒼璿的協助，他在投資這方面有無人能比的天賦……爲什麼呢？他根本不需要做到這種程度。

法院裁定林蒼璿交保，只是交保金額近乎天價，他不得已只得把Bachique轉移到白禮名下。白禮這幾天數度進出律師事務所，忙得連鬍渣都沒時間刮，據說林蒼璿本來還不肯轉移這間餐廳，是律師奉勸他最好這麼處理。

程於忍不住苦笑。

何必呢？不過是爲了讓自己的恩人展露笑容，有需要如此執著於一間小小的餐廳嗎？找來這麼多令他放心的優秀同事，還在他不知情的狀況下說出「全臺北最好的餐廳」這種豪語，這又是爲什麼？

程瑜想起過往的許多場景，原本不以爲意的，如今看來竟全是別有用心。

包含他們第一次相約，包含林蒼璿的第一次告白，一切都那麼湊巧。他和齊劭第一次約會的地點就是在棒球打擊場，接著，程瑜模糊地想起一年半前，齊劭是在寶藏巖的階梯上跟他告白，而一年半後，林蒼璿在同樣的地點對他說出同樣的話，彷彿心有不甘，想洗刷掉程瑜對齊劭的記憶。

至於書櫃裡的那本《情書》，齊劭喜歡在自己購買的書裡留下簽名與日期，然而林蒼璿借走以後，隔天歸還的是一本嶄新的書，早就沒了別人的痕跡。

要是不曉得林蒼璿的心思，恐怕會以爲林蒼璿是不想讓程瑜再和齊劭有牽連，不過換個角度想，似乎也對。

程瑜突然失笑，這麼說來，居然連一本書都能令林蒼璿吃醋。

線索只是被忽視了，並非無跡可尋。

把時間往回推至更早之前，程瑜越發覺得這人怎麼傻成這樣。有陽光過敏所以選擇加入柔道社，不吃魚、見到魚就害怕，這傢伙卻還跟著大家一起去陽光普照、充滿海洋風情的峇里島度假。

其他人都認為林蒼璿是為了齊劭才答應，結果在峇里島那幾天根本沒見過他下水，成天縮在陽傘下，或是窩在飯店吹冷氣。

太愚蠢了，真傻。

林蒼璿如果真的喜歡齊劭，大不了自己把人約出去就行了，何必跟團當電燈泡？

林蒼璿究竟是用什麼心情面對這一切的？

車廂搖晃，隱約能聞到一股陰溼霉味，程瑜下了車步出車站，外頭的冷冽空氣沁入肺部，他拉緊外衣，也不撐傘，讓霏霏細雨落在身上。

下午三點多，市場只剩小貓兩三隻，蔬果攤的老闆專注地收看熱門新聞，扒開賣相差的橘子一瓣一瓣剝著吃。

程瑜挑了幾顆橘子，買了把青菜，老闆還附贈蔥。白蘿蔔正好當季，熬成湯頭煮粥最適合，以及紅蘿蔔……唉，算了。

這個市場不大，沒幾家攤販，大概有錢人都只逛百貨公司樓下被進口貨填滿的超市。

沒多久，程瑜抵達了華廈林立的高級住宅區，一踏進富麗堂皇的門廳，物業主管笑著迎上來，程瑜取出白禮給他的門卡，對方見狀便替他按下電梯的十八樓。其實這地方程瑜來過一次，心裡想著原來他們是鄰居，感情這麼好。

十八樓只有一位住戶，程瑜在厚重的木製大門前駐足，盯著手上的門卡好一會，才按下門鈴。

無人應門，程瑜又按了兩次，那扇大門依然不動如山。他嘆口氣，拿著門卡準備感應時，門被打開了。

這瞬間，程瑜感覺林蒼璿是措手不及的，看起來略顯呆愣，連打招呼都忘了。他一身鬆垮的居家服，難得不修邊幅，白皙的下顎冒出點點鬍渣，根本不像電視上那個西裝筆挺、神態從容的男子。

「我能進去嗎？」對方愣住太久，程瑜忍不住問。

「啊、啊，好。」林蒼璿回過神，慌張不已，「進、進來吧，請進，哎，我家現在很亂，前幾天檢調來過，搬走很多資料……有點亂，不要介意。」

林蒼璿拿了雙室內拖給程瑜，程瑜往裡頭一瞧，發現亂得可怕。偌大的空間裡只有一張雙人沙發與茶几，客廳散落了一地的文件及衣物，地板布滿雜亂的腳印，彷彿被大軍踐踏過。

林蒼璿赧著臉，到處亂轉撿起地上的雜物：「不好意思，我最近有點忙……所以就忘了整理，哎，怎麼會……我、我這兩天會打掃，眞的。」

「吃過飯了嗎？」程瑜開口，林蒼璿嚇了一跳，一副受寵若驚的模樣，程瑜繼續問，「看過醫生了沒有？」

林蒼璿直勾勾地看著程瑜，先是點頭，接著又搖頭。程瑜哼笑了聲，舉起一袋蔬果：「白禮說你感冒很嚴重，叫你去看醫生也不知道去了沒有。我想你應該沒吃東西，所以擅自買了菜過來。」

林蒼璿抱著一堆衣物，目不轉睛盯著程瑜手上那袋蔬果。他的臉色有些不自然的紅潤，不曉得是刺激太大，還是身體不適所造成的。

「我……」林蒼璿眼神飄忽，搜腸刮肚卻組織不了言語。

「不想要嗎？」程瑜似笑非笑地問，「還是我回去？」

「你願意聽我解釋嗎？」林蒼璿拉住程瑜的衣角，衣物跌落在他腳邊，「好久好久沒和你說到話了。」

從他的表情來判斷，應當是恢復了理智。

程瑜覺得有些好笑，那模樣就和電視上的林蒼璿一樣，用冷靜把自己武裝起來，誰也別想得知他內心在想什麼。

程瑜笑了一下：「解釋什麼？」

「我……」林蒼璿像個乖巧的孩子，跪在程瑜腳邊，又把衣物一件一件往懷裡放，反省似的說，「我沒有想隱瞞你的意思，沒想欺騙你，只是想找個好時機。」

「你餓了嗎？」程瑜由上而下打量著他的舉動，不等林蒼璿說完就打斷，「要不先吃點水果？我買了橘子，應該不錯。」

「程瑜……」林蒼璿再度茫然，輕輕蹙起眉，「程瑜……你不怪我嗎？」

程瑜的嘴角依然是一抹輕輕的笑：「我是來謝謝你的。」

「謝什麼？」林蒼璿愣怔地問，「爲什麼要謝謝我？」

「謝謝你送我去醫院。」眞令人難以狠心。程瑜決定不再直視林蒼璿的眼睛，「聽楊實太太說，是你送我去醫院的，所以我想謝謝你。」

「喔……」林蒼璿說，「這沒什麼……這麼大費周章，其實我……」

「嗯，我是來謝謝你的。」程瑜看著一旁，遙望落地窗外的臺北景色，「以後我們就互不相欠。」

林蒼璿心跳漏了一拍，猛然揪緊程瑜的衣角，吶吶地顫聲問：「這是什麼意思？」．

外頭暮色西沉，空氣彷如凝冰，程瑜重新與林蒼璿對上目光。

他想聽這個人說出實話。

「我的意思是……」在林蒼璿的瞳孔中，程瑜看見自己的身影，「以後就不要往來了。」

這一刻，悲傷如滂沱大雨，逐漸蓄滿林蒼璿那空洞幽暗的眼底，他的眉頭漸漸深鎖，一滴淚水湧出，沿著臉龐滑落。

這是程瑜第一次看見男人落淚。

充滿了難過與不甘，林蒼璿像個不小心毀壞了珍惜之物的孩子，只能用不停滴落的眼淚試圖挽回。他抓住程瑜的手在發抖，斷斷續續地說：「你、你聽我解釋，我求你，可以嗎？」

手被熱淚燙著，程瑜不可置信地注視眼前的男人：「你……」

「程瑜，你不要這樣……不要……」林蒼璿不顧程瑜的意願，一頭扎入程瑜的懷抱，拚命地抱住，不讓離去，「我很喜歡你，我眞的很喜歡你。」

「放開。」程瑜深吸一口氣，推著林蒼璿殘忍地說，「我不懂你爲什麼要糾纏我。」

「程瑜，我眞的很喜歡你，我明白我錯了，可是、可是，我是眞心喜歡你。」淚水滾落，爬滿林蒼璿那張淨白的臉龐，「你還記得夜店的那個遊戲嗎？」

「什麼？」程瑜疑惑地盯著懷中的人。

一幕幕回憶在腦海浮現，脈絡逐漸清晰，林蒼璿指的是他和齊劭第一次見面的地方，在那間喧鬧的夜店，拿到彼此手機號碼的那個晚上。

「是我……」林蒼璿哽咽，閉上眼睛如臨槍決，再度落下眼淚，「拿到你的電話的人，是我。」

林蒼璿永遠忘不了那一晚。

夜店的七夕活動是交換手機號碼，老闆說樓下來了個帥哥，一看就知道是個剛踏入花花世界的小可愛，於是動了手腳，把程瑜的號碼弄到手。

那時林蒼璿抽著菸，雙手把玩著紙卡，在二樓高高盯著樓下一道模糊的身影。對方看起來個子頗高，身材不錯，但在夜店裡，這種人隨便抓一把都是。

他在老闆的起鬨下撥通電話，對方也接了。

可是林蒼璿立即掛斷。

「太愚蠢了，這個月老遊戲。」林蒼璿呼出輕煙，戲謔地望著樓下，「白痴才相信在夜店能找到眞感情，蠢斃了。」

夜店老闆氣憤地搥著林蒼璿的肩膀，林蒼璿一笑，把紙卡遞給身旁的人。

「齊劭，送你，情人節快樂。」

是他自己把程瑜弄丟了，何來的資格再擁抱程瑜。

Chapter 27

構築出上流社會的，無非就是權與錢，林蒼璿已經擁有這兩者。

生活在頂端層級，工作充其量只是場追逐金錢的遊戲，只要動動手指就有源源不絕的熱錢滾入。他們啜著別人的血汗，舉杯向貪婪致敬，日日紙醉金迷，什麼也不缺。

除了荒淫無恥，林蒼璿想不出還有什麼能形容他現在的生活。

他吐出一口煙，看著煙霧裊裊上升，飄散在黑暗中。

八月溽暑的夜裡，喉頭熱得發痛，即便開著空調，空氣也異常炙人。林蒼璿靠在車窗旁，揉著發疼的太陽穴，窗外路燈如川流掠過。

「學長。」齊劭握著方向盤，直視前方，「我生日那天你會來嗎？」

「去呀。」林蒼璿望著霓虹燈，「你生日我當然去。」

其實他才不在乎是誰生日，只是那天恰巧有周家的聚會。那種聚會說穿了，就是找個藉口讓一群低等動物聚在一起淫亂，千篇一律飲酒、作樂、性愛，膩得令人發嘔。

後照鏡裡的齊劭咧出一口白牙，宛如一隻聽話的小狗。齊劭是個投機客，表面上愛慕他，暗地裡卻吃遍四方。林蒼璿笑了笑，曖昧留一線，日後好相姦，齊劭眞是聰明。

「什麼事情讓你笑了？」齊劭透過後照鏡看了林蒼璿一眼。

「沒什麼。」林蒼璿挪了個舒服的姿勢，指間的菸即將燃盡。

「呵。」換齊劭笑出聲，他笑起來時像個學生，帶著無憂的青春氣息，只是天眞無邪的孩子不會汲汲營營於名利。

「你又有什麼好笑的？」林蒼璿問。

「沒什麼。」齊劭順從地垂眸，「只是想起了最近認識的男人。」

「喔。」林蒼璿興致缺缺地捻熄手上的菸，不想再多問。

「學長，你知道嗎？他眞的很有趣，竟然沒用過交友ＡＰＰ……」

開始了，又開始了。林蒼璿瞧著窗外景色，一臉不耐，任由齊劭聒噪地述說。

那晚他把陌生號碼送給齊劭，沒想到兩人竟然就這麼拍拖起來了。林蒼璿有些後悔，因爲齊劭從此開啟了廣播電臺模式，每天滔滔不絕講對方的事，他怎樣、他又怎樣、他竟然怎樣，林蒼璿都快聽到煩死了，只想朝天喊一句「干我屁事」。

沉浸在愛情中散發出來的粉紅光芒，最他媽特別討人厭。

電臺持續放送戀愛泡泡，林蒼璿決定開啟旁若無人模式，拿起手機刷財報，左耳進、右耳出。老實說，林蒼璿連對方的名字都沒記住，更別說是臉了，自然沒什麼興趣聽。

果不其然，齊劭生日當天，他的男友也來了。

參加這個生日派對主要是爲了躲避周家的聚會，所以林蒼璿直到派對接近尾聲才姍姍來遲，打個卡、禮貌地喝幾杯後，就獨自一人坐在包廂滑手機，誰也不理。

美股狂瀉、臺股跟著受牽連，他這時候還能玩得起勁才有鬼。

眾人鬧得不可開交，奶油泡泡和烈酒齊出，只有林蒼璿像遺世絕塵的高人，兀自透過手機不斷對Selly下指令。齊劭的朋友多半是商場上認識的，林蒼璿是誰，他們不會不曉得，那副意興闌珊的表情一擺出來，自然沒人敢招惹。

ＶＩＰ房裡設有ＫＴＶ，一群年輕人喝醉了，鬧哄哄地唱歌，林蒼璿受不了鴨叫般的嗓音，摸入內部的隱蔽空間躲避，但裡頭早有人占據。對方躺在柔軟沙發上，手臂擱在雙眼上方，遮住半張臉。

桌上擺著幾瓶酒，看樣子這人是喝茫了在睡覺。

林蒼璿才不管這傢伙是誰，他替自己斟了杯酒，找了個位子就繼續工作。

沙發上的那人迷茫中被林蒼璿吵醒，轉過目光說了聲「你好」，林蒼璿沒特別注意，只是禮貌性微微一笑，拿起威士忌啜飲。

「林先生不去一起同樂嗎？」

林蒼璿抬起眼，看到一張沒見過的生面孔，他放下手機打量那人，隨意回了句：「那你呢？」

投來的目光略帶訝異，對方失笑。林蒼璿見他那身打扮簡單俐落，稱得上樸素，便猜到不是他們這行的，八成是齊劭的新歡。不過是個八竿子打不著邊的路人，林蒼璿無心多聊，應付了幾句。

對方醉得不輕，沒察覺林蒼璿話中的敷衍，繼續問：「那你怎麼不去玩？」

林蒼璿說：「我跟你一樣。」

「我不是來玩的，跟你不一樣。」喝醉酒的人大概都笑點奇特，對方突然笑逐顏開，露出單邊酒窩，「你來做什麼的？」

林蒼璿再度放下手機，注視著他，挑眉。

這人不笑的時候有股不近人情的冷淡，稱得上帥，但露齒一笑又很親人。林蒼璿瞇起眼，勾起嘴角，那天在夜店二樓看不清楚長什麼樣子，現在倒覺得齊劭平白撿了個大便宜。

林蒼璿戲謔地笑，脫口而出：「我只是來看看你長什麼樣子。」

話一出口，那人似乎有點愣怔，不太懂這句話的意思。他撐起身子，皺著眉，神情肅然：「不，不對，我應該是醉了，不行，我要清醒點。」

突如其來的舉動讓林蒼璿一時間忘記Selly正在回報公事，反射性盯著對方看。只見那人因醉酒而雙頰通紅，抖著唇，在桌上胡亂搜尋玻璃杯，再替自己倒水，一飲而盡。

「怎麼喝了蜂蜜水還是沒有醒酒的感覺？」兩條眉毛揪成結，那人又添了一杯，再飲而盡，「還是好暈，剛才那酒也太烈了……」

來回喝了三、四杯，林蒼璿都沒制止。

「欸，小帥哥。」終於，林蒼璿忍著即將爆發的笑意，憋紅了臉，指著桌上的「水」說，「你喝的是蜂蜜酒，喝再多也沒有解酒的效果。」

「啊？」那人先是一愣，然後扶著額頭，身子癱回沙發上，「難怪……難怪會這麼醉……」

埋怨似的嘟囔越發微弱，眼皮漸漸垂下，對方跌入夢鄉了。

這人也太好笑！林蒼璿差點大笑出聲，憋著笑彎了腰，肩膀忍不住抽動。他仔細地打量對方，端正的眉宇、乾淨的臉蛋，睡著時嘴唇抿成線，眉頭還糾結著，正經八百卻意外可愛。

室內空調溫度低得嚇人，林蒼璿見他穿得單薄，睡著容易著涼，原想替他蓋件外套，此時卻有人無聲地溜進了包廂內。齊劭神色如常，沒有醉態，看到睡著的那人不禁勾起嘴角，躡手躡腳地湊上去。

「他酒量也太差了。」林蒼璿朝熟睡的人抬抬下巴，一臉幸災樂禍。

「程瑜酒量才不差，他酒量很好。」齊劭低聲說，輕輕撫摸程瑜的眉眼，眼神中滿是溫柔，「他是為了替我擋酒，才會喝這麼多。」

齊劭輕喚程瑜的名字，然而熟睡的人完全失去了意識，紋風不動。齊劭笑著抱起他，動作小心，體貼入微。

冷不防被戀愛氣息迎面揍了一拳，林蒼璿嘖了聲，滿臉不悅。

對了，想起來了，這個人叫程瑜。

隔天一早，林蒼璿又把這個名字拋諸腦後了，畢竟沒有什麼事情能比力挽狂瀾的股市更振奮人心。他打了通電話給周燮報喜，又把楊實逗得哈哈大笑，滿身疲勞的他鬆開領帶，打開抽屜卻發現菸盒空蕩蕩的，不由得皺眉。

叫下屬去買菸給人的觀感不太好，於是林蒼璿溜出辦公間，趁著離峰時刻搭上電梯下樓，辦公大樓的地下商場就有一家貴婦超市。

只是很不幸的，他習慣的香菸品牌剛好缺貨。

頂著炙熱陽光在路上行走不是林蒼璿的風格，他決定找救兵幫忙，撥了通電話。電話那頭齊劭說五分鐘後會抵達辦公大樓門口，林蒼璿便在大樓的玻璃大門前漫無目的閒晃，菸癮似榔頭敲打，一下一下撞擊他的太陽穴。

外頭陽光烈得像把火，林蒼璿發現了齊劭的身影，齊劭在發白的水泥地磚上小步奔跑，數度看了錶，接著向遠方招手。

不遠處一名騎士在齊劭身旁停下車，是全黑的重型打檔車。身穿夾克的騎士摘下安全帽、甩甩頭，掀起前額的髮，亂帥一把，冰冷的面孔在見到齊劭的瞬間消融出笑容，左頰的單邊酒窩浮現。

林蒼璿盯著窗外，表情沒什麼變化，內心卻吃驚得差點把臉貼在玻璃上。瀟灑自然，挺帥的一個人，想不到齊劭這小子運氣真不錯，這回大概會收心了。

齊劭拿了東西，揮手跟程瑜道別後，小跑步來到辦公大樓門前，看見自己的主管卻有些心虛似的。林蒼璿笑而不語，收下了那包菸，兩人隨即前往吸菸室吞雲吐霧。

託菸稅上漲的福，乾淨的吸菸室裡只有他和齊劭兩人。齊劭替他點火，又開始興沖沖地說話，而林蒼璿忽然不覺得齊劭聒噪了，知道了對方的名字、知道了長什麼樣子，就有了點探索八卦的興致。

齊劭抽的是淡菸，他笑著說，程瑜昨晚回去以後就睡死了，沒見過喝醉這麼會睡的。程瑜住在三重，真的很遠。對了，程瑜也在這附近工作，所以才能過來。

程瑜。

程瑜。

程瑜。

林蒼璿吐出煙圈，每當齊劭提起這個名字的時候，腦海就會浮現一道隱約的身影。齊劭自顧自地說，他靜靜地聽。

程瑜不喜歡寒冬、喜歡動物、不喜歡高脂肪的肉類、喜歡小酌。程瑜會在夏天時參加社區的棒球比賽，頂著陽光晒出麥色肌膚，冬天卻抵抗不了寒風；程瑜喜歡帶點辛辣刺激的食物，但味覺敏感的他只嚐一點點就會滿頭大汗，得配兩三杯水才能吃完。

「因為工作的關係，程瑜不能用香水。」說到喜悅之處，齊劭的眼睛都發亮了，「但有幾次我用了，他聞了很喜歡。還好我們有一樣的喜好，我很喜歡雪松，他也是，還說那是他最喜歡的味道。」

每次聽到這些細枝末節，林蒼璿的內心總會下意識浮現關於這個人的一切，時間一長，腦海中那道模糊的身影逐漸清晰，彷彿刻在心頭。

「臭小子，夠了。」林蒼璿開玩笑地揉了下齊劭的頭髮，齊劭哈哈一笑，垂下頭，眼神充滿眷戀。

「被人套牢了，就好好把握你的幸運。」

這句話不帶任何言外之意，對林蒼璿來說，那個夜晚、那組號碼，充其量是種上對下的施捨，齊劭都欣然接受了，那就是個完美結果。

然而執念像苗芽竄出了細根，悄悄扎入心臟，連他自己都沒察覺。

Selly敲敲玻璃門，把林蒼璿的思緒拉回。她將咖啡放到桌上，醒腦的香氣鑽入鼻尖，她又端上樓下販賣部買來的輕食套餐：「太太看你沒吃飯，幫你買了，需要再替你買點什麼嗎？」

餐點小小一盒，楊實做事向來大而化之，不太注意食物分量或營養。他向Selly道謝，一手端著咖啡跟餐盒，拎著黑色卡片準備去自己的獨立休息室。公司的茶水間不太歡迎他，光是用個微波爐，助理小妹都會緊張得想哭。

電梯門開，他迎面和齊劭碰上。

「學長去吃午餐嗎？」齊劭開心地說，「要不要一起用餐？」

在這間公司裡，能和林蒼璿這麼閒話家常的向來只有楊實，齊劭大概自認擁有特權，不過林蒼璿也算不上介意。他拍拍齊劭的肩，本想問齊劭吃什麼，卻發覺對方手上提著一個用布巾細心包裹的便當。

他的休息室裡藏有太多祕密，要吃午餐多的是地方，於是齊劭一面提報今天的工作進度，一面跟著林蒼璿來到辦公大樓的中間樓層。咖啡香氣充斥，同棟的上班族通常都會選在這裡用餐，一來安靜舒適，有現成的餐點可買，二來也能互相交流一下其他公司的八卦。

齊劭打開便當盒的瞬間，林蒼璿還以爲是哪個女人嘔心瀝血的傑作，不過想想，這傢伙是同性戀，哪來的女人。

「這也太……」太華麗太驚人了！

林蒼璿盯著那漂亮的便當盒，眼神中的驚愕出賣了他。精緻的焦糖稻荷壽司，夏季的百香果汁淋上炸雞肉，搭配滿滿酪梨與木瓜絲，口感顯然十分清爽，引人食指大動，旁邊還有小番茄串上陳釀梅肉，串叉裝飾著可愛的青鳥。

「媽呀，太誇張了！」齊劭手上拿著盒蓋，人已經笑得東倒西歪，「現在是滿漢全席嗎？」

林蒼璿悶不吭聲打開自己的餐盒，其實楊實買的午餐也沒有多差，不過仍是比放著閃光的愛妻便當弱了那麼一點。齊劭笑個不停，用筷子夾起一個壽司，自然而然地送到林蒼璿面前。

被宛如在發光的壽司給迷惑，林蒼璿從善如流張嘴等待餵食，隨即被自己嚇了一跳，而齊劭似乎也有些不可置信。壽司是高級米，林蒼璿當然吃得出來，飯和香腸、洋蔥一起炒過，像港式煲仔飯，香氣撲鼻，浸過糖酒醋的豆腐皮特別柔軟，多半是費工夫精心製作的。

啊啊啊，眞棒，太好吃了！

「怎麼樣？」齊劭一臉期待，「好吃嗎？」

林蒼璿咀嚼後嚥下，唇齒間滿是鹹甜與餘香：「還可以。」

漠然的反應讓齊劭有點失望，他嘻嘻笑著：「這樣呀，程瑜可是副主廚呢，應該不會多難吃吧？」他不避諱地用同一雙筷子夾起食物大口品嘗，一瞬間眼睛就亮了，但礙於林蒼璿在，又不好意思太張揚，「嗯……不錯，還算不錯啦。」

見林蒼璿興致不高，齊劭以爲他不喜歡菜色，不過自家主管向來難猜透，齊劭只得小心翼翼說話。林蒼璿吃起楊實阿姨的關懷，熱壓吐司早已冷硬乾癟，不知放了多久，本該和熔漿一樣滑順的起司結成片狀，味同嚼蠟，食物沒了靈魂，嚐到的只剩母愛。

他說不出這是什麼心情，複雜得無以名狀。

此後，林蒼璿就天天惦記著某人的便當。

嘴硬如他，當然不會坦率地誇讚料理，更別說是表現出喜愛，畢竟是自己讓出去的東西，他不願表現得太過難捨難分，再怎麼心疼也得打腫臉充胖子，假裝完全不在意。

每當午間飢腸轆轆的時刻一到，林蒼璿便會鬆開領帶，拉開領子讓鎖骨透透氣，接著有意無意晃到齊劭身旁，出賣色相換得幾口誘人的美食，也不介意那雙筷子齊劭是不是剛剛才咬過。

美食當前，林蒼璿覺得這樣的交易很划算。

某天，齊劭的左手無名指出現了一枚低調的銀戒，他輕轉戒指，臉上堆滿了幸福的光輝：「明天來我家參加派對吧。」林蒼璿本想推拒，齊劭又補充，「程瑜會準備好晚餐的。」

「好啊。」林蒼璿微微一笑，「幾點，在哪？」

當晚，林蒼璿照例遲到，無論是停車還是按下門鈴時，他的腦子裡想的都是香噴噴的食物。齊劭的家乾淨、明亮，一塵不染，男主人像隻花蝴蝶迎接每位貴客，而林蒼璿帶了禮物——一瓶昂貴紅酒，與日本老牌新發售的醃漬物禮盒。

賓客不多，就那幾個老面孔，全是男人、全是同行。見林蒼璿來了，幾個諂媚的立刻湊過來，挪位的挪位、倒酒的倒酒。林蒼璿的地位好比天高，他當然曉得這是齊劭邀請他的理由，狐假虎威，不過看在令人目眩神迷的食物分上，他就不計較了。

即便是見過大風大浪的林蒼璿，也沒嚐過這麼美味的料理。桌上的幾道開胃菜擺盤漂亮、味道細膩精緻，而在場所有人的想法大概都跟他相似，對食物的美味讚不絕口。

程瑜˙個人在廚房忙著，偶爾笑起來，側臉看得見親人的笑窩。他的左手無名指戴著和齊劭同款式的銀戒，齊劭過去撫摸他的髮鬢，兩人耳語呢喃，在彼此的臉頰上落下輕輕一吻。

這是林蒼璿第一次見到沒喝醉的程瑜，感覺有點微妙。對他來說，程瑜曾經僅是一組電話號碼、一張紙卡，如今冰冷的數字卻化爲有血有肉的人，舉止穩重、聲線性感，就在眼前微笑。

程瑜話不多，有時和人舉杯對碰，大多時候皆是安靜聆聽，偶爾選在巧妙的時機進廚房處理酒水，令賓主盡歡。

程瑜的指尖劃過齊劭的臉龐，替他梳攏前額的髮。

林蒼璿只是看著他們，將一舉一動納入眼底，像個電影觀眾，沉默地欣賞這齣愛戀。酒喝光了，馬上又被塡滿，多數人選擇在客廳聊天，圍在齊劭身旁哈哈大笑，而林蒼璿卻遠離了核心人物，靠在陽臺窗邊吹風。手上小小的瓷盤堆著山羊起司與檸檬堅果，他抿了一口白酒，相當搭配。

程瑜逕自忙碌，齊劭喊他過來一起喝酒，他笑笑地洗了手，拿著自己的杯子，林蒼璿注意到玻璃杯內是氣泡水，大概是刻意想保持清醒。程瑜喝了幾口，把水杯放在桌上，回頭又端來一盤下酒菜。

林蒼璿坐在單人沙發上，腳邊是一名他不太熟悉的男人，討好似的在那裡待命。程瑜放下瓷盤，執起酒杯，林蒼璿眉一挑，畫面彷彿慢動作播放，程瑜臉上掛著一抹淡然的笑，眼神寵溺地注視齊劭，柔軟的唇貼著玻璃杯緣，仰頭輕啜裡頭的液體。

僅僅是淺嚐滋味，程瑜便瞬間一愣，發現自己拿錯了杯子。酒氣鑽入口中，轉過目光發現林蒼璿正盯著他，老實的程瑜倏地臉紅了，手背貼著唇，不好意思地向林蒼璿道歉。

「不要緊，沒關係。」林蒼璿笑著說，表面上裝作若無其事，心頭卻彷彿遭受勾引，輕微騷動。

不過是拿錯杯子喝錯酒，又不是上錯床，反應別這麼可愛行嗎？見程瑜慌慌張張地去廚房洗杯子，林蒼璿想著，其實他沒這麼介意。喝錯也無所謂，又不是髒了，他還是可以喝，只是他沒把這話說出口。

察覺程瑜的舉動，齊劭跟著去了廚房。

從林蒼璿的角度能隱約看見廚房內的兩人，他們不知道說了什麼，程瑜還是紅著臉、低著頭，齊劭哈哈大笑，勾著程瑜的下顎說了幾句，接著覆上唇，像是想替他抹去什麼。

這瞬間有如當場被人搧了一巴掌，感覺很不好。林蒼璿不經意地哼了聲，說：「他一定很幸福吧。」

話一出口他就後悔了，這話說得酸裡酸氣，不太符合他的風格。只是旁邊的人立刻附和：「程瑜運氣眞的很好呢。」

林蒼璿不著痕跡地瞟了那人一眼。

錯了錯了，林蒼璿心想，他似乎著了齊劭的道，謠言眞討厭。

不過只要有美食，其實林蒼璿也不太介意被誤會，反而覺得有這種謠言更方便。齊劭藉此營造出只屬於他們兩人的時光，每日以程瑜的便當餵食他，吃的都是當季食材，新鮮、美味，且花樣不同。

有時候林蒼璿看著便當盒內的料理，會忍不住想，程瑜能不能不要這麼大費周章了？每天想點子不累嗎？他到底是幾點起床做便當？

但結論依然是，程瑜做的菜怎麼會這麼好吃。

某日，股票漲跌幅度過大，林蒼璿忙了一天，連吃午餐的時間也沒有。等他回公司時都將近午夜了，員工們早已離去，只剩下Selly跟他的辦公間還點著燈。林蒼璿把公事包往桌上一扔，整個人癱在椅子上，累得宛如魂魄抽離了肉體。

桌上放了個小紙盒，林蒼璿打開來，是一個精美的杯子小蛋糕。紙盒旁邊有張紙條，是齊劭留的，寫了一些看似貼心的話語，齊劭猜想他應該整天沒用餐，所以把中午便當附的手工點心留給他。

林蒼璿想也沒想就把紙盒收入公事包，招呼Selly一同離開。

他的家只有睡覺這個功能，稱不上是家，沒有多少私人物品、沒有鍋碗瓢盆、沒有多餘的累贅，只有冰冷的大理石和一張沙發，還有一些資料堆在角落。

林蒼璿鬆開領帶，仰躺在沙發上。過了一會，他打開公事包，取出紙盒，在燈光下打量著小蛋糕。底下的紙盤是圓點圖案，小蛋糕上面覆蓋著一層可口的蛋白霜，以糖霜擠出來的笑臉裝飾。

程瑜也會做蛋糕嗎？林蒼璿一笑。像他那樣的男人，認真地製作蛋糕、畫上笑臉，看起來會是怎樣的場景？他喜歡蛋糕嗎？

林蒼璿並不知道這些問題的答案。

今天粒米未進，他很累，不只是肉體的疲累，也包括精神的勞碌。他拆開杯子蛋糕的塑膠包裝，輕輕地拿出來，彷彿對待易碎的珍寶。

他捏下一小塊，慢慢品嘗。

很甜。

餓了一整天，這是他唯一的犒賞。

程瑜連甜點都做得很好。
眞好吃。

Chapter 28

打開飯盒，有時是香濃的奶油烤青蔬，有時是清爽的法式檸檬豬，可能是職業所致，更可能是興趣使然，程瑜相當用心烹調，每天的便當盒裡總是不同的菜色。

齊劭這陣子滋潤得很，老捏著日漸豐腴的頰邊肉嘆息，但還是挾起梅香糖醋雞往自己嘴裡送，又餵對邊的林蒼璿。大概只有齊劭以爲這是在搞曖昧，其實林蒼璿期待的，始終都是打開便當盒後那精美的料理。

能天天吃到這種美食簡直是祖上積德，口味都被養刁了，該怎麼辦才好？能不能叫程瑜也對他負責？

冬天來臨，雖然臺北不會下雪，高溼度環境下的低溫卻比北國更刺骨。辦公室宛如疫區，Selly感冒了，在家休息，而楊實也休假養病。

禮拜五，整間公司唱空城計，稀稀落落的鍵盤聲更顯悽涼。

林蒼璿嘖嘖兩聲，像老皇帝巡江南一樣公然混水摸魚，角落的齊劭臉色蒼白，戴著口罩遮住半張臉，眉眼勉強擠出笑意，不停咳嗽，連打招呼的聲音都沙啞得令人憐憫。

無人使用的會議室是最佳的用餐地點，中午時刻，林蒼璿照例端著樓下買的現成套餐，悠哉地踱步經過會議室門口，匆匆一瞥沒開燈的內部，往前走了幾步以後又退回來。齊劭在會議室裡面用紙巾擦拭筷子，林蒼璿勾起笑容，故作關心地踏入：「何必勉強來上班？下午就回家休息吧。」

「這次的感冒好嚴重啊，咳……才一天而已，就變成這樣了。」齊劭額上黏著退熱貼，雙眼浮腫，說話帶著濃厚的鼻音，「還不是工作太多……」話裡是埋怨，聽起來卻像撒嬌。

林蒼璿挑眉，齊劭拉下口罩，嘆了口氣：「學長要一起用餐嗎？雖然我有點怕傳染給你……」

說著，齊劭動手打開自己的便當盒，林蒼璿沒有想一起吃的意思，卻沒拒絕也沒答應，腳下生了根似的杵在原地。他只是想知道，程瑜又做了什麼菜。

便當盒裡是再普通不過的什錦蔬菜粥，冒著暖呼呼的熱氣，齊劭重重一嘆。

「楊實找我。」林蒼璿拍拍他的肩膀表達關懷，丟下不斷咳嗽的齊劭，「先走了。」

他找了一個不可能的藉口，落荒而逃，彷彿被狠狠嘲笑他意識到心裡日益劇增的不甘。

等林蒼璿冷靜下來時，辦公室裡的人更少了。他重新回到會議室，齊劭已不見蹤影，他本想向齊劭交代工作，沒想到這小子倒溜得挺快。

乾淨的灰色地毯上有張不起眼的黃色便條紙，林蒼璿拾起，上面一串工整的字跡寫著：記得吃藥。

右下角有個簡單的署名——瑜。

筆跡明顯是一筆一畫用心寫下，淺淺地透出紙背。繼夜店那張紙卡後，他又看到了程瑜的字，認眞的男人寫的字特別漂亮。

才不是職業所致、才不是興趣使然，是滿滿的呵護之情讓程瑜精心烹調出每一道料理，並隨著季節變化、隨著身體狀況進行調整。程瑜將所有的好加諸在情人身上，使對方滿足、使對方愉快，無微不至。

以前看著富有的同學把玩昂貴的物品，林蒼璿總是酸葡萄地想那有什麼好，但現在，他無法用這種方式來掩飾自己的嫉妒了，因爲他深知程瑜的好，甚至透過另一人的眼睛奢望著程瑜的一切。

假象碎裂，林蒼璿再也不能說服自己那只是組號碼，施捨的心態蕩然無存，長久以來的高姿態被徹底擊潰。

「呀！」突然出現在門口的櫃檯助理驚呼，顯然沒料到會議室裡有人，「協理抱歉，等等這間會議室有人要用，需要幫您安排別的會議室嗎？」

林蒼璿笑著搖搖頭，順勢將那張紙條攢在手中。

報應總是來得特別快，林蒼璿隔天也開始發燒，全身痠痛，喉嚨痛得如火灼燒。

手機不斷地響，他從床上爬起，腦袋渾沌，連自己做了什麼都有點不清楚。他按掉噪音源，去廚房喝了杯水，結果手機又響了，他只得接起。電話那頭的人說了些什麼，他漫不經心回應，胡亂翻著櫥櫃找尋不知放了多久的感冒藥。

「你有在聽嗎？」

「有，別擔心，這件事情我已經處理好了。」鼻音很重，話音帶著哭腔似的，他總算找到感冒藥，卻已經過期了兩個月，「不用擔心，我休息一下就好。」

「唉，你這孩子，該不會還要阿姨押著你去看醫生？都幾歲的人了，別像個小朋友一樣。」

林蒼璿懊惱地把感冒藥丟在桌上，草草咬碎幾顆維他命C權當完成任務。他用肩膀與側臉夾著手機與楊實說話，踏入書房在滿桌散亂的文件裡翻找。

「咳……找到了，在我這。」林蒼璿抽出一張薄薄的紙，堆積如山的卷宗、文件、法典立刻崩了，直接砸在腳邊，「啊，都是妳害的。」他踢了踢隨之掉落的公事包，皮夾和筆記本跟著跌出，「東西都亂七八糟的了，真是。」

「少遷怒我，明明就是你自己懶得整理房間。」即使大病初癒，楊實罵起人仍然中氣十足，「等會我叫人去你家拿文件，你這兩天就好好休息，別讓我操心。」

「不用，我明天會去上班。」林蒼璿把悲慘的公事包拾起，逐一拾回內容物，「反正這件案子已經準備……」他停下動作，一張黃色紙條映入眼底。

「蒼璿？怎麼了？」

「沒事，我說這件案子我已經準備好了。」他換了一邊聽手機，把程瑜的字跡夾在掌心，「別擔心了，楊阿姨上班不要講電話摸魚，明天我會去公司的。」

掛斷電話，林蒼璿推開雜物空出一塊空間，盤腿坐在地毯上，細細琢磨那張紙條。這張小小的紙條，竟然不小心跟著他回家了。

記得吃藥

瑜

林蒼璿輕輕笑了一下。

如果能有一個人這麼愛你，那麼愛他一輩子也值得。

好幾次他遇見程瑜，都是在吵吵鬧鬧的聚會上，或是充滿狐群狗黨的場合。程瑜總是安安靜靜，在旁人口沫橫飛說到開心處時悄悄地笑，啜一口酒，不做任何表態，與哄堂大笑的眾人格格不入，又安然存在。

他不喜歡在眾人的注視下調情，不像那些總愛炫耀男友的傢伙，連眼神都顯得收斂。偶爾才會在原以爲無人的空間窺見他們，彼此撫摸著背脊，輕觸指頭、親暱低語，程瑜那雙眼除卻防備後只有柔情，笑起來的樣子特別勾人。

齊劭喝醉了，程瑜就載他回去，累了，程瑜便替他分憂解勞。那是他表達愛的方式，無論何時回頭，他永遠在那裡等待。

林蒼璿的心就像火柴擦過粗礫岩石，卻點不著星火，僅在表面上留下一道道未燃的痕跡。彷彿咀嚼著爆米花看午夜場電影，被銀幕上的愛戀及一、兩句臺詞牽動心弦，但不會有更多了。

他以爲自己只是空窗太久了，想念別人的懷抱，不見得眞的需要誰。

除去工作，剩下的就是夜夜笙歌，放縱追逐金錢與權力、虛情或假意。有時候喝光了一瓶威士忌，就躺在沙發上仰頭盯著天花板，流連著身旁人的體溫，讓他們安撫逐漸麻痺的肉體。這不是愛情，只能勉強填補孤獨。

林蒼璿輾轉上過許多人的床，沒有去想自己追逐的究竟是誰的影子。

自從齊劭感冒痊癒後，林蒼璿再也沒找他一起吃飯過，說穿了只是自尊心作祟。他想怎樣就怎樣，誰也無法指揮，而齊劭不敢得罪脾氣陰晴不定的主管，只好另闢新天地。

齊劭愛笑，人緣頗佳，同期的同事都喜歡和他一起用餐，櫃檯小妹也跟著打成一片。

他很幸運，林蒼璿總是這樣想，卻不明白自己爲何這麼認爲。

這天Selly出差，回程替他買了一份簡餐。林蒼璿是出了名的三餐不正常，如果沒有楊實跟Selly，偶爾是齊劭，哪天他可能眞的會餓死在辦公室。今天的午餐是奇怪的蓋飯，林蒼璿實在挺想吐槽Selly挑食物的品味。

用完餐，林蒼璿清洗著筷子與餐盒，洗完再做垃圾分類。他拎著果皮，打開廚餘桶蓋，裡面散著俄羅斯白菜捲，以及夾著香料烤肉的北非式口袋餅，被人棄若敝屣。會這麼精心製作料理的，除了程瑜根本不作他人想，齊劭今天跟朋友去吃飯了，大概是沒吃便當回去不好交代，便乾脆扔了。

有人很幸運，卻身在福中不知福。

如果不珍惜，是不是可以把他還給我？

念頭一起，旋即被掐滅，林蒼璿覺得好笑，只是笑不出來。無以名狀的騷動再度湧現，寫著號碼的紙卡又變成那個人的臉龐。

林蒼璿依然死要面子地認爲，後悔就成了笑話。

有時候工作累了，或者一旦無聊，就會無端思考起瑣事。看著在大辦公室開懷大笑、模樣稚嫩像個大學生的齊劭，林蒼璿內心忍不住分析，程瑜那個身高、那種氣場，舉止有時可愛，笑起來雖然好看，可不笑的時候帥氣逼人，這種類型十之八九是個Top，性生活不合就是出局。

他哼了聲，打開筆電。

他跟程瑜無緣。

然而大概是上天的惡作劇，抑或是懲罰。

每日下午的工作進度匯報本該由Selly一手包辦，這天齊劭卻假借討教的名義，搶在Selly之前偷偷跑進來。他倒也聰明，懂得帶上一盒手工蛋糕討好。

林蒼璿十分清楚，這陣子他不理會齊劭，肯定讓這小子緊張了，雖然齊劭掩飾得很好。所謂吃人嘴軟，更何況是程瑜做的蛋糕，林蒼璿自然沒拒絕送上門的好事。

齊劭點開手機畫面，K線照片一張一張播放，逐步解釋。林蒼璿聽得心不在焉，一匙一匙嚐著蘭姆巴巴，這是法國傳統的蛋糕點心，無比可口香甜。

如果沒有這些簡報充場面，林蒼璿會以爲齊劭真的只是來送蛋糕。蛋糕吃到一半，齊劭突然抬手看錶喊了聲「糟糕」，跟林蒼璿說聲抱歉便匆匆忙忙跑出辦公室，說他忘記給客戶打電話了。

蛋糕還剩半塊，林蒼璿思考著要不要留待晚上再繼續享用，可是又怕放太久破壞了美好滋味。這時，他注意到齊劭的手機遺落在辦公桌上，也不知是有意或是無心。他本來就沒什麼道德感，順手便拿起來把玩，照片一張一張往下滑，幾乎都是K線圖。

滑著滑著，下一張卻是程瑜。

林蒼璿完全愣住，不敢相信自己所看到的。

那張照片的角度不太湊巧，只拍到光裸的上身和膝蓋，麥色腹肌淌著白濁，手臂擋住半邊臉龐，臉色潮紅，性感的唇像塗了一層蜜，誘人吸吮，充滿情慾的眼角微溼，彷彿能感受到程瑜呼吸間的熱度。

要命。

林蒼璿立即拿出手機，另一手操作著齊劭的手機，冷靜地把照片傳送到自己的手機裡。除了那張以外，剩下的全是日常居家場景，有些是程瑜做菜的樣子，有些是程瑜笑著的樣子，數量不多。全部盡速傳完以後，他還不忘把齊劭手機內的照片徹底刪除，連個底都不留。

要命，真要命。

他渾渾噩噩地逃出令人窒息的辦公間，喉嚨緊縮得不舒服，林蒼璿扯開自己的領帶，全身發熱。

執行長室旁的洗手間通常沒人敢用，林蒼璿毫不猶豫霸占男廁，鎖起門，一腳不客氣地踩在馬桶上，也不管是否揉皺西裝，急躁地解開皮帶。

身軀像點著了火，心臟隨之瘋狂跳動，他拿著手機點開方才那張照片，一手握住硬得發疼的下半身，粗暴地上下擼動，性慾燒得他頭皮發麻，急欲獲得解脫。

程瑜、程瑜、程瑜。

心裡面想的是他，全都是他。

背靠著冰冷的門板，也絲毫無法緩解燥熱。程瑜喜歡的事物、程瑜說過的話，統統在腦海裡糾結交錯。

他打棒球的樣子一定很帥，唉，之前聚會的時候怎麼不搭訕他，爲什麼不多跟他聊聊，聊最近上映的電影也行。好想知道，好想知道，好想知道這個人的事，好想擁有這個人，好想要。

好想要程瑜的一切，包含他的料理、他的笑容、他的愛。

「嗚……」林蒼璿繃緊渾身肌肉，白濁一波波射在手心。

烈火般的性慾逐漸消退，他靠著門板喘氣。

完了，他完蛋了。

沒辦法自欺欺人了。

他不斷追尋的，就是程瑜的身影。

Chapter 29

他很清楚齊劭的心態，像孩子爭寵，以爲自己能獨占目光，被忽略時就做些出格的舉動，希望換得短暫回眸，只可惜林蒼璿牽掛的人並不是他。

齊劭用拇指撥弄著手機，眼神曖昧又似愧疚。林蒼璿說：「在一堆K線圖中混進那種照片，打算給我欣賞?」齊劭欲言又止，林蒼璿又說，「還好是我，如果是被其他人看見，不就糗了?」

他不該在意程瑜。

林蒼璿獨自離開辦公室，拿出菸，心中有一個黑色的空洞，正懊悔地呼嘯叫囂。爲什麼程瑜當初要踏入那間夜店?如果沒有踏進去，林蒼璿就不會知道所謂的愛戀是怎麼一回事。

他抽完了一盒菸，仍想不出答案，他曾經最討厭「如果」這個字眼，此時卻期盼著能有如果。

如果當初是他自己走下樓，穿過人群迎向程瑜，那會是怎樣的未來?

手機螢幕亮起，照片一張一張滑過。無論是程瑜的側臉，還是程瑜的身影，那對著鏡頭笑的模樣彷彿是在對著他笑，短暫的慰藉令人無法自拔。

他不該在意程瑜，然而偏偏捨不去。越是了解這個人，越是像毒癮纏身，越陷越深。

齊劭善於把握機會，想盡所有方法拉近距離，而林蒼璿也不拒絕，讓齊劭產生了攻勢奏效的錯覺。無論是狐群狗黨的聚會，還是突如其來的飯局，林蒼璿都絕對赴約，因爲十次裡大概有一次能見到程瑜。他曾試圖與程瑜攀談，對方卻只是淡淡地笑，禮貌而疏離。過於熱絡反而顯得虛情，林蒼璿也不願強迫程瑜，只是內心有點苦澀。

每次的聚會，只要程瑜出現，林蒼璿總是不著痕跡地注視著，一顆心全繫在對方身上。程瑜笑起來的時候，他也會被那份喜悅所感染，隨之開懷；而當程瑜獨自一人喝酒時，他又會想，是不是不開心了？

雖然程瑜每每觸碰的人不是他，這讓林蒼璿難過又無比豔羨，但他只能把自己的感情隱藏起來，裝作一點也不在乎。他只求有時能夢見程瑜，夢見程瑜在餐桌的另一端陪他，如此單純的美夢就可以讓他的心情好上一整天。

之後，程瑜開始抽菸、開始不忌諱地飲酒，出入較爲複雜的場合，林蒼璿爲此感到相當不捨。愛一個人不是勉強自己追隨，他曉得程瑜保守內斂，只懂得柴米油鹽，想要的愛情只是兩個人牽手一起走到家門前。

燠熱的溽暑即將遠去，爲了抓住夏天的尾巴，齊劭找了幾個圈內人辦了場自助旅行。齊劭邀請林蒼璿，說是臨時起意，但這根本是一個再明顯不過的陷阱，林蒼璿卻答應了。他毫不猶豫地落入旁人揣測的目光，彷彿被誰給套牢。

五個小時的飛行時間，一下飛機，林蒼璿便後悔了。湛藍的大海看起來有如一座巨型金魚缸，活力十足的驕陽幾乎烤焦他的肌膚，他躲在陰影處，汗水溼透了背，不斷後悔自己一時衝動招來了劫難。

這股煩躁一直持續到進入飯店，冷氣一吹，他的心情才得以稍稍平復。飯店臨海，外頭是無垠的私人沙灘，林蒼璿在大廳吸著飲料，遲遲不肯踏入比墾丁還熱的戶外。他們這一行人總共就六位，男孩們見到陽光沙灘海洋開心得手舞足蹈，尤其住宿費還是林大爺出資，挑的自然是最頂級的飯店。

程瑜乾脆地把上衣脫了，精實的身材一覽無遺，他只穿著一條短褲，拎著借來的衝浪板在岸邊踩著水。

林蒼璿不只腦充血，連下體都快充血了。

他和櫃檯再要了杯莫希托，遊魂似的拐出大廳，找了一把插在沙灘上的白色遮陽傘，雙足貼著溫熱的沙，屈膝縮在底下。

程瑜彎著腰進行衝浪前的暖身運動，身材捏不出一絲贅肉，肩膀至腰的肌肉線條無論前後都十分完美，還有修長的小腿與精巧的乳尖……幸虧有墨鏡掩蓋如狼似虎的目光，林蒼璿一口氣喝乾飲料，頓時覺得這趟旅行太值了，死而無憾。

不知是氣溫太高，還是心跳太快，林蒼璿總感覺渾身燥熱、頭昏腦脹。他假裝滑手機，事實上偷拍了無數張照片。

程瑜專心得旁若無人，他兀自追著浪，一波又一波，有時露出懊惱的表情，蹙著眉游回水邊喘氣。當程瑜返回岸上，經過林蒼璿身邊時，林蒼璿眼尖地發現程瑜光滑的肩胛上有顆小小的黑痣，十分可愛。

程瑜拿了杯水，毫不客氣地狂飲，水滴沿著下巴一路滑下，沒入褲頭。喝到剩半杯時，他直接往頭上一淋，再抬首將頭髮往後一撥，露出額際與迷人的喉結，各種舉動把林蒼璿撩得渾身酥麻，只差沒流鼻血。

兩個白得像肉雞的孩子和穿著鬆垮背心露出肌肉的男孩正在岸邊飲酒，時不時補擦防晒乳，互相搓揉身軀，但林蒼璿連看都懶得看。齊劭端了兩杯雞尾酒來到他身邊，討好地問：「學長要不要一起聊天？」

「好呀。」林蒼璿笑了笑，戴著墨鏡的他只有嘴角彎出弧度。雖然千百個不願意，可是他沒有拒絕的理由。

聊沒幾句，齊劭自然而然把話題扯到程瑜身上，語氣淡然卻又帶著一絲哀怨。

「你是在跟我討安慰嗎？」林蒼璿心不在焉，目光偶爾落向再次踏進海中逐浪的那個人。夕陽在海面灑下炫金光芒，朦朧之間，程瑜跟著浪濤沒入了海的泡沫裡。

「也不算是啦。」齊劭啜了一口酒，垂眸搓著腳邊的白沙，「他說，在我之前，他只暗戀過一個男人，從高中開始大概暗戀了十年。我後來才知道他暗戀的對象竟然是個異男，還直到人家結婚了他才放棄。」林蒼璿不著痕跡地瞟了齊劭一眼，齊劭繼續說，「程瑜這人就是有點死腦筋，有時候不解風情，我也很難形容……嗯，大概就像別人說的，不太懂得察言觀色。」

「這樣呀。」林蒼璿言不由衷，「可真難爲你了。」

晚風帶來一絲涼意，程瑜略顯疲累地拖著衝浪板上岸，一步一步朝齊劭而來。他把衝浪板插在沙灘上，肩上有陽光吻過的痕跡：「我想先回房了，你呢？」

齊劭露齒一笑：「你先回去，我再和學長聊聊天。」

「嗯。」程瑜轉身，頭也不回離開。

林蒼璿感受到了程瑜的落寞和失望，齊劭卻聳聳肩，等程瑜走遠後，說了一句：「你看吧，就像這樣，他沒辦法融入我的生活。」

林蒼璿笑了笑，心微微地疼。

人本來就是互相的，他想著。不要可以還給我。

大概是人生地不熟，當晚林蒼璿嚴重失眠，將近清晨四點才入睡。

他做了一個夢，夢裡只有他和程瑜，程瑜露齒一笑，問他晚餐要吃什麼，而他毫不猶豫地吻上程瑜的唇，一寸一寸侵略對方的肌膚。從後面來時，他咬著程瑜肩胛的那顆小痣，又吻又舔，讓程瑜發出令人瘋狂的喘息。

早上林蒼璿是驚醒的，他的心跳得太快，遲遲無法平復。八成是那張香豔照片害的，畢竟這幾個月以來他的性幻想對象只剩那張照片，昨晚眞不應該點開來複習。

一早精神就好不到哪去，林蒼璿什麼活動都懶得參加。陸上的不用說，水上的更不必講，他乾脆直接睡到中午才起床，叼著一根未燃的菸，打開陽臺門讓海風吹入室內。

日正當中，待在陽臺也能感受到陽光的灼熱。難得來到小海島，林蒼璿拎著手機，獨自四處走走享受悠閒時光。

飯店中央是座雨林泳池，休息區的闊葉植物阻隔了視線，隱蔽性高，只能聽見其他男男女女的笑聲，低低騷動。林蒼璿找了張躺椅想放鬆，可惜Selly像個暴怒的女鬼瘋狂糾纏，逼得他不得不拿起手機乖乖工作。

溼冷的水霧瀰漫，溫度舒適，旁人的低語不偏不倚傳進林蒼璿耳裡，笑聲輕快，是兩名男人在對話，參雜著甜膩。

兩個聲音都相當熟悉，且其中一個他在夢中聽過無數次。林蒼璿稍微躺低，透過林葉間隙隱約窺見旁邊的場景，程瑜對著別人微笑，手掌心的溫度撫過別人的肌膚，夢裡的畫面在眼前重現，他們互相親吻，呼吸著彼此的愛意。

這些溫柔並不屬於他。

嫉妒在黑暗的空洞中逐漸滋長，林蒼璿拿起手機撥給Selly，一葉之隔的兩人聽見他的說話聲，立即降低音量，熱情歸於平靜。

沒多久，齊劭就拿著一瓶啤酒與防晒乳過來，靠近的時候神態親暱，然而林蒼璿的腦海裡全是程瑜的影子，笑不太出來。

醜態百出，林蒼璿覺得自己實在可笑，大口灌著啤酒，卻控制不了心底的空洞時不時叫囂。那一夜的回憶浮現，他曾不屑地說在夜店裡找什麼眞感情，如今卻被自己這番話狠狠打了臉。

可是程瑜，你又爲什麼踏入那裡？龍蛇雜處之地不適合你。

他明白，在齊劭身邊雖然能接近程瑜，但勢必難熬。他夜夜難以安眠，妒恨總是使人發狂。

這天午後，齊劭同其他旅伴還有幾個酒吧泡來的漂亮男孩，在林蒼璿包下的套房裡肆意妄爲，弄得一地香檳酒液，甚至裸露著青春的肉體，在泳池玩泡泡浴。程瑜並不在其中，齊劭說是獨自去游泳了。林蒼璿說不出自己是失望，還是鬆了口氣。

這趟旅程就像讓眾人換個地方求偶，花樣不出那幾招，林蒼璿嫌乏味，乾脆滑手機刷股票，無視養眼的男孩在面前搔首弄姿。室內太吵，他抽著菸，走到陽臺給Selly打了通電話。

溼熱的風陣陣吹拂，海潮聲不斷。掛掉電話後，林蒼璿繼續在陽臺抽菸，從四樓能夠俯瞰三層無邊際泳池，池水猶如連接著藍色海面，充斥雞蛋花的芬芳。他眼尖地瞧見一個熟悉的身影，程瑜正在躺在柔軟的襯墊上乘涼看書，神情認眞，輕輕一翻身露出了腰窩，泳褲被拉低了一點，太陽晒出的痕跡與下方隱密的肌膚明顯區隔出一道界線。

林蒼璿掛在欄杆上支著下顎，愉快地欣賞美麗的風景。

但很快，齊劭就端著酒杯來干擾了，林蒼璿心中不快，齊劭又殷勤地拿了傳統烤沙嗲與剝好的蛇皮果，孝敬大老爺。

「他在看什麼？」林蒼璿抬了抬下巴，朝程瑜的方向示意，程瑜又翻了一頁，全心專注在書籍上，絲毫沒有察覺視線。

「他自己帶了一本食譜。」齊劭聳聳肩，「早上跟他去市集，市集超無聊的，就一些菜啦肉啦，程瑜說什麼都要去逛逛。」

林蒼璿忍不住噗哧一笑：「眞的嗎？這也太……」

齊劭一臉無奈，又轉回喧鬧的房內，讓似貓的男孩餵酒喝。

林蒼璿扶著欄杆，啜了口酒，止不住地想笑，目光全在那個看書的人身上。程瑜怎麼這麼可愛？也太認眞了，竟然是食譜，有這麼喜歡料理嗎？

如果有那一天，或許，假設，即使他明白不可能，不過想想也好——萬一眞有那一天，他會帶著程瑜去任何程瑜想去的地方，兩個人一起乘涼看程瑜最喜歡的書，只有他們兩個人。

室內的喧囂與戶外的寧靜宛如兩個不同的世界，林蒼璿抽著菸喝著酒，默默注視程瑜，直到程瑜翻身穿起外套，拎著書本走出視線範圍。

林蒼璿拿著早已空蕩蕩的酒杯，走回室內替自己斟滿威士忌。

「他就這種個性嘛，叫他來只是掃興而已。」齊劭與兩、三個男孩圍在桌旁聊天，幾個喝茫的直接躺在他的腿上，他抿了一口酒，接著說，「長得帥只能看，交往最重要的是相處起來合不合，懂不懂？」

其中一名長相柔美的男子是齊劭找來的旅伴，這幾天都黏在他身旁，頗有伺機而動的意味。他勾著齊劭的手臂，吃吃地笑：「你男朋友大概是人家說的木頭，但開竅了就很會玩了。再勸勸他來玩嘛。」

「怎麼？你想來3P嗎？」齊劭大概是醉了，捏著男子的下顎，說話與舉止失去了分寸，「哈哈，別想了，他不會玩的。」

男子嬌嗔著推了他一把：「討厭，人家才沒這麼低級。」

「他什麼都不會好嗎？」齊劭哈哈大笑，「連接吻都不會，還是初吻。告訴你，程瑜做愛時也只會悶著，第一次居然掃興地喊痛，連假叫都做不到……」

匡啷——響亮的玻璃碎裂聲傳遍室內，喧囂立即停止，所有人噤若寒蟬，是林蒼璿將手上的酒杯摔破在地了。

「別老是提他好嗎？」林蒼璿一笑，「換個話題行不行？」

齊劭大氣都不敢喘，眼睛睜得渾圓。林蒼璿用紙巾擦手，一派自然，旁邊他們的另一名旅伴趕緊跳出來緩頰，替林蒼璿再添上一杯酒，招呼其他人繼續談笑。

林蒼璿丟下一句累了，轉身就走。

因爲他後悔了，後悔莫及。

恨或嫉妒或痛苦，抑或是難受，使他無法待在那個房間內。

爲什麼要把這種事情說給別人聽？懂不懂得珍惜？爲什麼要這樣？那是程瑜，不是其他人，程瑜是個認眞的男人，對待愛情全心全意，爲什麼要這樣對他？

「白痴才相信在夜店能找到眞感情，蠢斃了。」

蠢斃的是他自己。林蒼璿的心有多渴望程瑜，就有多恨自己。

日已西斜，晚風帶著絲絲涼意拂過耳鬢，林蒼璿找了張空的沙灘躺椅，獨自望著海面的波光粼粼。海浪打在沙岸上，憤怒卻在腦袋中咆哮，如棺釘咚咚地敲在他的太陽穴。

「林蒼璿？你還好嗎？」

林蒼璿抬起頭，程瑜逆著光，從礁岩上跳下來，右脅下夾著那本叫《Classic recipes of Indonesia》的食譜書。一時間，林蒼璿忘記自己該做出什麼反應，只是愣愣瞧著程瑜。

「你的臉色不太好。」程瑜左右張望，目光再度回到他身上，「怎麼自己在這裡？」

「我逃出來了。」林蒼璿不經意地把心底話說出口，他低下頭，不敢看程瑜，「嗯，就不太舒服，所以出來吹吹海風。」

程瑜沒吭聲，林蒼璿以爲對方是沒什麼興趣和他多聊，沒想到只聽程瑜說了句「失禮了」，掌心隨即順勢貼上他的額，突如其來的舉動讓林蒼璿立刻紅了臉。

程瑜的掌心冰涼，有股淡淡的緬梔香氣：「還好，不燙，」他收回手，貼上自己的額頭對比體溫，一本正經地表示，「只是臉有點紅，大概是天氣太熱，中暑了。」

掌心的觸感還在，林蒼璿的頭垂得更低，第一次感受到何謂心跳如擂鼓，連手背都悄悄紅透。

「在這裡等我。」

不等林蒼璿回應，程瑜逕自小跑步離開，林蒼璿望著他的背影，有點小小的失落，只是落寞沒多久，程瑜又回來了，手上多了一小瓶運動飲料與包著冰塊的毛巾。

「喝吧，會舒服一點。」程瑜替他扭開瓶蓋，遞了過去，接著說，「毛巾墊在頸後，待在陰影下休息一會，別亂動，就會好些。」

林蒼璿從善如流，即便他曉得自己的身體沒什麼大礙，仍裝出一副柔弱可憐的模樣，享受程瑜的關懷，並爲此暗暗開心。他用吸管慢慢啜著運動飲料，程瑜拿了飯店的藤編扇在一旁替他搧涼，偶爾用手背貼著他的臉龐，感受體溫。

無微不至的照顧驅散了林蒼璿心中的那股怨怒，令他短暫忘了世俗之事，甚至希望這段時光能永遠持續下去。

「程瑜……」林蒼璿將溼毛巾枕在額上，注視著海面，藤扇的涼風吹著他的臉頰，「我問你一件事。」

「嗯？」程瑜回過神，「請說。」

「你當初爲什麼會踏入那間夜店？」

這個問題太過突兀，程瑜挑眉，又輕輕地蹙起，似乎打算避而不談。靜默了半晌，他察覺了林蒼璿的目光，裡頭是從未見過的脆弱和渴望。

「大概是因爲寂寞。」程瑜避開視線，遙望海面，「應該是我太寂寞了。」

霎時，林蒼璿懂了。

自高中起，程瑜始終暗戀著一個人，歷經十年，最後依舊只能黯然離開，結果就踏入了那間夜店。

是他錯失了占據程瑜內心的機會，錯失了在程瑜最脆弱的時候安撫他的時機。

「你……你想在那種地方找什麼眞感情……」林蒼璿低著頭，不敢讓程瑜發現自己的失態，連手指都在顫抖，「那種地方……怎麼會……怎麼會有……」

齊劭來了，遠遠地喊著程瑜的名字。

他們同時回頭看去，程瑜勾起嘴角，朝齊劭露出笑容，那瞬間整張臉彷彿亮了起來，是眞心的喜悅。

此刻林蒼璿才明白，原來程瑜從沒對他眞正笑過。

他只不過是透過齊劭偷竊這個人的美好，無論是充滿關懷的便當、叮嚀的紙條，還是那些對著鏡頭笑的照片，全都不屬於他。

「你怎麼在這？」齊劭拍了拍程瑜的肩，隨即轉頭問，「學長，你還好嗎？」

「沒事，你們去玩吧。」林蒼璿敷著溼毛巾，不願破壞程瑜的愛情，「不要管我。」

他一直都是個倔強好勝的人，咬著牙從底層一步一步往上爬，積極爭取自己的未來，從不認輸。

這是他第一次嚐到挫折，沒想到滋味如此苦澀。

皎月自海平面升起，林蒼璿獨自一人待在房中，用休息的名義禁止其他人打擾。他在陽臺上抽菸，燈也不開，只有海上波光隱隱閃爍。

凝視著手機裡一張張的照片，林蒼璿幻想著不可能的未來，齊劭說過的每一句話都變成劇本，只是男主角換了個人，第一次約會、第一次牽手的地方、他對他的告白，交換戒指……

程瑜的美好如黑暗裡的一道光，柔軟地打在林蒼璿的心頭，林蒼璿從沒見過像程瑜這麼好的人。

林蒼璿感受得到齊劭的蠢蠢欲動，但他不忍心見程瑜難過。

於是他把照片刪了，一張不留。

從今以後，不再懷抱期望，只要程瑜能展露笑顏，對他而言便足夠了。

凌晨的海邊仍有幾名男女踏著海水，在月光下嬉戲，飯店外用來增添氣氛的篝火滅了，大部分的人早已安眠。菸抽過一包，又拆了一包，陽臺滿地的菸蒂，林蒼璿把手機扔在地上，也不管訊息聲是不是吵個不停。

門鈴冷不防響起，林蒼璿不打算理會，可隨後換成手機響了，不過三秒便被掐斷，是齊劭的來電。林蒼璿被擾得受不了，萬般不願意地開了門。

「大半夜不睡覺，來煩我做什麼？」林蒼璿冷言冷語，「回去。」

「學長，你生氣了嗎？」齊劭的眼眶紅得像隻小兔子，顯然喝了不少，雙頰通紅、酒氣逼人，「你能跟我聊聊嗎？」

「大半夜的，你找我聊天？」

「學長，你是不是生氣了？」齊劭眼眶蓄滿了淚，「是不是？」

「你覺得呢？」林蒼璿泛起冷笑，「這種時候你找我聊這個？」

林蒼璿門一搧，就要逐客，齊劭卻闖了進來，直接撲在林蒼璿胸前，死也不撒手：「學長，我喜歡你。」

這一刻，林蒼璿是愣怔的，而後怒氣立即湧上。齊劭不死心地繼續說：「我不是故意要那樣做，不是故意三番兩次刺激你，可是、可是你……你總是……不願意說清楚你的態度。」

林蒼璿淡淡地問：「怎麼？我的態度讓你三心二意嗎？」

酒精讓齊劭失去了判斷力，他絲毫沒察覺林蒼璿語氣中的敵意。

「學長，我喜歡你，雖然我已經有男朋友了，可是我一直在等你，所以我才故意刺激你……」齊劭抱著他撒嬌，「如果你願意的話……如果你願意……」

「哈、哈哈哈、哈哈！」林蒼璿摀住雙眼，忍不住縱聲大笑，「哈哈哈！原來如此！」

程瑜，對不起。

我知道你會很難過，可是我太喜歡你。

「你呀……你曉得我差點就放棄了嗎？」齊劭露出迷茫的眼神，林蒼璿瞇眼對著他笑，露出一口白牙，「謝謝你，齊劭，我之後不會再這麼絕望了。」

把我的程瑜，還給我。

Chapter 30

「他配不上你。」林蒼璿喃喃道。

「那你呢？」程瑜輕聲說。

林蒼璿全身都在發抖，他曾經是個自信滿滿的人，高傲且目中無人，卻被這句話輕易擊潰。

「對不起。」林蒼璿用力蹭著程瑜，苦鹹的淚水滑入嘴裡，「我只是、眞的……」

漂亮的人連淚流滿面的模樣都惹人心生憐惜，程瑜揉著林蒼璿的髮絲，細軟冰涼。他當然明白自己和齊劭就是不適合，就這麼簡單。

「所以呢？」程瑜輕撚柔軟的髮梢，「你就去找了白禮，實行你的計畫？」

林蒼璿環著程瑜的腰，貪戀這份可能丟失的溫暖：「因爲我把手機裡的照片刪了……我捨不得，所以才找上小白，他可以幫我這個忙……小白一看到其中幾張照片就認出是你，他告訴我，你曾經爲了取消訂位的事向他道歉。」

程瑜覺得好笑：「你說的照片是什麼照片？」

林蒼璿眼眶與鼻頭都是紅的，他突然一笑，旋即難過地閉上眼：「你的照片……一些是從齊劭那裡來的。」

程瑜大概懂了，他從鼻腔中哼出莫可奈何的長息，按著太陽穴：「把照片刪了。」

大概是語調太過冷淡，林蒼璿不安地仰望程瑜，張嘴想乞求原諒，卻又因滿身無法洗刷的罪孽而羞愧，像個臨刑罪人一樣低下頭，加深了擁抱的力度。

「留著那種照片你會比較開心嗎？」程瑜反問，「還是會讓你充滿成就感？」

林蒼璿沒有回答這個尖銳的問題，僅是輕輕搖頭。他蹙著眉，長睫沾著淚珠，像掛在樹梢上的晶瑩晨露，搖搖欲墜。

「刪了吧，存著幹麼。」程瑜嘆口氣，扯住緊抱不放的那雙手，「你該放開我了。」

林蒼璿眨眼又掉了一滴淚。酸楚不停滋長，一旦放手，大概就沒機會了。

「放手。」程瑜似笑非笑地說，「你不放手，我怎麼煮飯？」林蒼璿還來不及消化這句話，程瑜便一掌拍在他額頭上，力道不大，但足以把昏眩的人拍醒，「去整理環境，看看你住的地方，多久沒有打掃了？」

林蒼璿臉一紅，雙臂卻依然沒有鬆開的意思，程瑜失笑：「你再不放手，就沒晚餐吃了。」

晚餐的魅力太過誘人，林蒼璿抬起頭用期盼的眼神看程瑜，淚水未乾的雙眼變得明亮。他立即拾起腳邊的衣服，勤奮地一件一件往懷裡塞，猶如一個被懲罰的孩子，流著淚收拾屋子。

這一幕極爲滑稽，程瑜忍不住勾起嘴角，自己也拎起那袋新鮮的菜，準備下廚。

走進廚房時，他在心底嘆了一口氣。眞不知該說林蒼璿心思細膩，還是太過執著，這間屋子裡唯一像樣的地方，恐怕就是這個價值不菲的廚房了。說好的替楊實挑的廚房設備呢？一個不下廚的男人，家中配置功能性高的廚房做什麼？

程瑜的手指撫過眼前嶄新的檯面，也不想揶揄林蒼璿了，想得越多，越發意識到這男人傻得可以。

他洗淨雙手，專注在自己的任務上，偶爾抬頭瞧瞧林蒼璿，那小子正在客廳忙進忙出，一下子收衣服，一下子把散落在地的文件拾起。

切開新鮮蕃茄，雞蛋打散，與白米、洋蔥高湯熬成糊狀，配上瘦肉、蔥花及煮到熟透的甜軟高麗菜。這道料理類似改良版的親子雜炊，營養又好吸收，適合病人食用。

昨晚楊實來找他，一身樸素的套裝透出嚴肅。周家的醜聞如核爆般震垮商界，她的公司是周家的魁儡，理應被烈火焚身，可是林蒼璿一肩扛下了內線交易的重罪，令她得以規避法律責任。

楊實輕輕地笑，苦澀而憂愁，像個關心孩子的無助母親。她說，她與林蒼璿的母親是高中同學，但彼此沒怎麼來往，出社會以後，才因緣際會得知這位同學的一些小道消息。

當年林靜月自殺過世，楊實只覺得憐憫，於是不假思索順手捐了十萬元喪葬費。這十萬元不多不少，對他們這個階層的人來說，不過是點零花錢，拿來做些功德罷了。直到周家垮臺、許珠霞崩潰，楊實才恍然大悟，明白了林靜月的兒子是誰。

這是林蒼璿報答楊實與白觀森的方式，不著痕跡。楊實說，多半是受母親影響，林蒼璿認爲自己不該得到關愛，於是把心埋藏起來，害怕被別人看透，佯裝對一切無動於衷。

周家突然被擊潰在她預料之外，林蒼璿明明能有其他更好的手段。

楊實輕撚髮鬢，未施胭脂的唇緩緩對程瑜說：「除了因爲他母親的死以及他母親受過的苦楚，也是因爲他最想保護的人受到了踐踏。」

爐具上的煲鍋滾著浮泡，程瑜把蛋打散和入熱粥，加了點開胃的香油與微量胡椒增添香氣。林蒼璿正在用抹布把地上的鞋印擦去，這個家連支拖把都沒有。程瑜攪著粥，讓米湯收乾一些，而後盯著鍋內說：「整理好就去洗個手。」

一聽要放飯了，林蒼璿略顯侷促不安，手背擦著滿頭汗，聽話地跑去洗手，而後擺好碗筷乖乖就坐。程瑜添了一碗蔬菜雜炊蛋粥推到他面前，香氣撲鼻、熱氣四溢，林蒼璿只是注視著，好似粥裡藏了寶物一樣，捨不得動筷子。

程瑜自己也添了一碗，在狹小的餐桌邊與林蒼璿面對面坐下。他拿起湯匙，疑惑地問：「不吃嗎？」

林蒼璿一動也不動，靜靜盯著那碗粥，斂下目光：「我以爲……再也吃不到你做的料理了。」

程瑜失笑：「Bachique是你的心血，要吃還不簡單。」

「那不一樣。」林蒼璿搖搖頭，呢喃似的說，「不一樣。」

「怎麼不一樣？」

「關鍵是你在不在乎我……就算只有一點點也好。」

程瑜拿他沒辦法，又在心底嘆口氣。

對林蒼璿來說，白觀森的家庭不屬於他，而楊實的善意只是對他母親的憐憫，因此他拒人於千里之外，選擇暗地回報好意。

可是，誰不希望能得到一份眞誠？

家庭的悲劇像道枷鎖，詛咒林蒼璿這輩子得不到愛。難得出現了渴望已久的對象，竟被自己拱手讓給了別人，他只能旁觀著原本屬於自己的愛情，羨慕得心底生疼。無論再怎麼恨自己的愚蠢、再怎麼爲此後悔，他又怎可能說得出口？怎可能奢望誰回頭？

那個夜店用以拉攏客人的小遊戲，林蒼璿當初甚至還瞧不起，沒想到如今卻比誰都在意。

程瑜舀了一匙熱粥吹了吹，低聲說：「吃吧，吃完了要是不夠，我再煮。」

這頓飯林蒼璿吃得極爲緩慢，小口小口品嘗，刻意想延長用餐的時間。程瑜淺嚐幾口，抬眼瞧著這個男人將熱粥珍惜地送入口中。

程瑜也不催促，自己吃完飯以後，便支著下巴端詳林蒼璿低順的眉眼。

林蒼璿慢慢地吞嚥，吸著鼻子，突然間發笑，彷彿在嘲笑自己。

「怎麼了？」

「我幻想過好多情節，跟你一起去打球、跟你一起去逛超市、跟你一起吃飯……眞的好多。」

「是嗎？」程瑜說，「那還差了什麼？」

「我……」林蒼璿低聲說，「還沒跟你一起看過電影……也沒跟你一起看過夜景。」

程瑜笑了下，隨手拿起水杯解渴。

「你好點了嗎？」林蒼璿輕聲問。

程瑜思索三秒才懂他的意思：「沒事，沒什麼大礙。」放下水杯後，他又不放心似的補了句，「我什麼都忘記了。」

「這樣呀。」林蒼璿盯著自己的碗，用湯匙舀著碗底剩餘的幾粒米，駝著身軀降低自己的存在感，「你都忘了。」

碗空了，煲鍋中也連湯汁都不剩，林蒼璿依舊像個小媳婦一樣縮著。程瑜迅速收拾桌面，起身把兩只空碗疊起，輕描淡寫地問：「看過醫生了嗎？」

林蒼璿悶不吭聲，搖搖頭。

「白禮眞的很了解你。」程瑜一笑，把爐上的煲鍋放入水槽，「先去洗個澡，洗完澡再吃藥。」

「你……」

「我會等你吃完藥。」程瑜明白他想說什麼，逕自開始洗碗，「放心，你可以慢慢來。」

爲什麼程瑜總是這麼善解人意？林蒼璿苦澀地笑，八成是自己已經被他看穿了。

在林蒼璿洗澡的時候，程瑜慢慢洗著碗，順便將整套廚具都清潔過一遍。

就像邱泰湘曾經用詢問喜歡哪個偶像來試探他的喜好，林蒼璿也幹了類似的事，只是換了個方向。程瑜擦著檯面，越想越好笑，他原以爲自己表現冷淡，沒想到還是不知不覺掉入林蒼璿的陷阱，連刀具也挑他喜歡的牌子，根本握住了廚師的命脈。

他大概是第一個使用這個廚房的，清潔起來毫不費力。根據上次的經驗，林蒼璿洗澡的時間跟他妹妹差不多長，於是他準備好一杯熱開水，配上一盒感冒藥放在桌旁。

這間房子坪數極大，光是那面落地窗的風景就值得努力一輩子，不過說不定努力一輩子都不見得買得起。原本散落在地的文件被疊放到桌面上，仍有些雜亂，程瑜彎腰撿起遺落的紙張，發現沙發底層塞著一件襯衫。

他想，林蒼璿多半是太忙了，畢竟出了這麼大的事，光是應付檢調就焦頭爛額，連號稱有外貌潔癖的白禮都長出了鬍渣，更何況是林蒼璿。

拎著發皺的襯衫，程瑜晃了一圈，主臥室的門沒關，可以覷見一堆可憐的衣物陳屍在地上。他推門而入，讓手上那件襯衫成爲其中一員，一個疑問隨著踏入房內冒出——這堆跟山一樣高的衣服是不是先摺好再送洗，會比較有禮貌？

程瑜摸著下巴琢磨許久，但擅自整理別人穿過的衣物儼然像個變態，於是他放棄了這個想法，準備轉身離開，卻突然瞥到那張寬大的床上有件衣服夾在棉被中，他想也沒想就把那件漏網之魚拎起。

這件衣服好眼熟，非常眼熟，因爲就是他的外套，許久以前林蒼璿說「出了點意外」的那件外套。

程瑜的手在發抖，林蒼璿打開浴室門，一身水氣，正好看見這一幕。

「等、等等！」林蒼璿差點下跪，慌忙抓住程瑜手上那件外套，「你聽我解釋！」

「解、解釋什麼！」程瑜臉色一陣白一陣紅，震驚得語無倫次，「我、我到底，你、你到底、到底拿這件外套做了什麼！」

「聽我說！」林蒼璿活像被父母發現黃色書刊，結巴地說，「我什麼都沒做！就只是、就只是……」聲音越來越小，臉龐慢慢漲紅，「我只是讓外套陪我睡覺……」

「不，你不要告訴我你對我的外套做了什麼！」程瑜崩潰大喊，「我不想聽！」

「沒有！我眞的什麼都沒做！」腦袋搖得像波浪鼓，林蒼璿把臉頰貼在程瑜的手腕上，可憐兮兮地說，「是、是你說要送我的！我只是每天抱著而已，眞的，就只有陪我睡……」

髮梢的水珠沾溼程瑜的袖口，林蒼璿光裸著上身，只穿了條長褲，渾身冒著熱氣，水珠順著腹肌下滑，白皙的皮膚宛若抹了層熱油般滑膩。清新的氣息混合微甜的皂香，鑽入鼻尖，撩動心弦。

程瑜的臉激動得臊紅，笑也不是、罵也不是，最後無可奈何地說了句：「你眞、你眞的、眞的太誇張了！」

抱著外套睡覺是哪招？程瑜不顧林蒼璿的哀求，沒收了那件外套，林蒼璿不敢惹怒他，只能可憐兮兮地垂死辯解：「只是每天抱著睡覺，我沒有做其他的事。」

程瑜懶得理會，他的臉還紅著，正眼也不瞧林蒼璿。他命令林蒼璿把頭髮吹乾，自己則去廚房重新倒了杯溫開水，拿著藥返回主臥室。

短髮其實不太需要整理，林蒼璿擦乾頭髮，再吹，又停下，再用浴巾擦一次。程瑜看得出來他是刻意拖延時間，端著水靠在門旁看了一會，不禁想笑，故意詢問：「需要幫忙嗎？」

林蒼璿停住動作，垂下眼，要乾不乾的溼髮遮住了前額，耳尖微紅：「……今天能陪我嗎？」

經過這段時間以來說長不長說短不短的相處後，程瑜早已明白這人不是普通的執著。他換了個姿勢，雙手環胸，故意不正面回答：「你先把藥吃了。」

林蒼璿望著程瑜，再瞧著手上的吹風機，小聲地說：「我想我需要幫忙……」

眞是討價還價的高手。程瑜揚起嘴角：「好，你多穿件長袖，不要著涼。」

他把水杯與感冒藥放在床頭櫃，拿起吹風機，不算溫柔地吹整林蒼璿的髮絲，據說頭髮細的人心思細膩而多疑，這點倒挺符合林蒼璿的性格。林蒼璿坐在床沿任由他擺布，指尖穿過髮間，細軟滑順，讓程瑜想起以前養的那條大狗，說牠笨，卻又聰明得很。

沒多久任務就完成了，程瑜捕捉到林蒼璿那絲稍縱即逝的不滿足，這人嘴角下彎，手指暗地扣著他的衣襬，輕輕撫弄。

「好了。」程瑜搓揉林蒼璿的腦袋，輕輕一拍，「乖乖吃藥。」

幾番掙扎，林蒼璿終究按捺不住：「你還沒回答我。」

程瑜端起旁邊的水杯與感冒藥：「吃完藥我再考慮。」

白色藥片躺在程瑜的手心，林蒼璿捻起藥往嘴裡放，毫不猶豫喝乾整杯水。剛被熱水滋潤過的肌膚略顯紅潤，他抿著唇，用袖口抹乾蜿蜒滑落至鎖骨的水滴。

「很好。」程瑜又不自覺揉著他的腦後，「這樣才乖。」

「你要走了嗎？」林蒼璿垂著頭，低沉的嗓音帶著沙啞，頗有楚楚可憐的味道，「我不想一個人。」

怕他一去不回頭、怕這一切只是短暫的好意，就像程瑜曾經拒絕過他一樣，只容許他們回歸最低限度的友誼。這不是林蒼璿想要的，雖然或許是自作多情，不過既然還能得到這麼一點溫柔，是不是代表他仍有一線生機？

程瑜忍住笑意，裝模作樣地說：「先上床睡覺。」

林蒼璿二話不說，立即躺床拉起被子，手卻不依不饒地扯住程瑜的衣襬。他用棉被蓋住半張臉，悶著聲音問：「然後呢？」

程瑜坐到床沿，替他拉好被子，察覺對方想離去的意圖，林蒼璿神態緊張，欲言又止。

程瑜輕輕地在林蒼璿的額上落下一吻。

意中人的反應與預料中不同，林蒼璿有些愣怔，睜大的眼中染著晶瑩光芒，眨了眨眼看著程瑜。下一秒，林蒼璿的臉像煮熟的蟹，滾燙無比，一雙手順勢攀上程瑜的背，緊緊摟住。

「早點休息，把身體養好。」程瑜拍著他的背，「不把感冒治好，傳染給我怎麼辦？」

「你太奸詐，太犯規了。」林蒼璿把臉埋在程瑜懷裡，左磨右蹭，戀戀不捨，「你這樣我怎麼辦，我怎麼可能讓你走……真是奸詐。」

「論奸詐我應該沒你厲害。」程瑜拉開一點距離，欣賞林蒼璿那張臊紅的臉，「等你感冒好了，我再來找你。」

林蒼璿更加緊抱，捨不得放人走。有了一絲希望，只會使人更想抓住不放。

林蒼璿呼出的氣息帶著熱度，噴在肌膚上惹得程瑜發癢。程瑜稍稍把他推開，他又像纏人的小狗般黏上來，細嗅脖頸間的香甜，程瑜甚至能感受到林蒼璿如擂鼓的心跳。

「程瑜……」林蒼璿喊著他的名字。

「不行，你乖點。」這小子信手拈來就是一連串弱點攻擊，程瑜有些受不了，推著林蒼璿的身軀，「這幾天都要上班，欸、欸欸，給我住手，我感冒的話會很麻煩。」

林蒼璿貼著他的胸膛傾聽，啞聲問：「等我身體好了……可以跟你一起吃晚餐嗎？」

程瑜嘆了口氣，這傢伙實在讓人放不下心。

「好，我答應你。」程瑜摸摸林蒼璿的腦袋，「不，不行，你先讓我起來。」

「那你再親一下。」林蒼璿悶著聲音說，「額頭就好。」

「眞他媽會討價還價。」程瑜無奈地笑，狠狠一拍林蒼璿的額頭，半眞半假地說，「要聽話才有糖吃，懂嗎？」

好不容易擺脫八爪章魚的糾纏，跨出大門時，林蒼璿的眼神令程瑜聯想到被拋棄的小狗，可憐兮兮。

他總是忍不住對小動物心軟。

隔日一早，程瑜準時上工，清晨的市集喧鬧無比，劉軍秀吸著鼻子，揉揉通紅的雙眼。她抱著筆記本記錄程瑜與供應商的對話重點，歸納出一個結論，眼淚又撲簌簌掉下來。

程瑜在心裡嘆氣，但仍絲毫不表露怯懦：「Hiver的確是一流的餐廳，可是不能保你們一輩子。張大哥，你都見過多少餐廳了，有哪家能長久？」

「程主廚，我跟你說啦。」漁獲供應商張大哥抽著菸，操著一口臺灣國語，滿臉無奈，「你們我都一視同仁啦，說句老實話，你以前的老東家眞的比較缺德沒錯啦，不過在我看來吼，大家都是公平競爭，沒有誰對誰錯。歹勢啦程老弟，李小姐就老客戶了，我也沒辦法。」

「沒關係。」程瑜笑了笑，拍拍張大哥的肩，「我懂你的難處，也不會害你難做人。下次吧，還是會有合作的機會，感謝你了。」

程瑜帶著劉軍秀離開，餐廳之間的搶貨競爭早已不是新聞，但李若蘭除了對供應商開出了更高的報酬確保自己的貨源，甚至還禁止與她合作的所有供應商提供食材給Bachique。

哪方更占上風，商人早已看得透徹，程瑜也莫可奈何。一線供應商不能指望，二線供應商需要時間培養，眼下該不會是要他們自己出海捕魚吧？

劉軍秀拚命掉眼淚，雖然有少數幾家脾氣硬的商家不甩李若蘭那套，可其餘的不是倒戈，就是拒絕往來。

程瑜把劉軍秀暫放在早餐攤的紅色塑膠椅上，自己走到一旁的屋簷下打電話。劉軍秀啃著燒餅，心想，起碼主廚沒有再抽菸了，不曉得是爲什麼。

她暗暗推測，大概是M.O.N.第一階段評比出爐以後，令程瑜不得不卯足全力對付李若蘭，所以才終於戒菸。第二階段的賽事比照往年，採現場競賽，十分考驗主廚的臨場反應及應變能力，而比賽中運用的所有食材都必須由參賽者親自提送，因此李若蘭這招簡直陰險。

當然，劉軍秀也會跟著上場，她不斷地祈禱自己不會變成程瑜的拖油瓶。

程瑜回來時，手中多了一盒水果塔：「軍秀，吃點甜的，」他拆開外盒，遞出塑膠叉，「這是我學長他老婆開的店賣的，水果新鮮，用料也實在，重點是很好吃。」

劉軍秀破涕爲笑，這個男人總是在無意間撩人，不愧是職場女性票選最想嫁的對象第一名。

她擦乾眼淚，直接用手拿起水果塔，毫無形象地一口咬下半個：「好吃，怎麼這麼好吃！」劉軍秀給了程瑜一個滿足的笑容，「太好吃了！」

「我會透過白禮的關係去聯絡其他供應商。」程瑜自己也叫了一份燒餅與豆漿，「雖然這時候要他端出白先生的名號不是很好，但能讓白禮發揮一點點作用也不錯。」

劉軍秀噗哧一笑，抹掉嘴邊的卡士達醬：「會不會讓白禮幫忙後，反而更難找供應商呀？」

程瑜的神色瞬間凝重：「軍秀，吃東西，吃完我帶妳去找另一個廠商。」

劉軍秀差點又哭出來了。

沉藍的天逐漸甦醒成透亮，劉軍秀的食量驚人，程瑜沉默地看著她吞下第三個燒餅，滿足地拍拍肚皮，而後他便開著公務車，帶劉軍秀到了基隆港。一路上兩人都在討論菜單，偶爾的偶爾才會聊起私事。

劉軍秀說她打算明年結婚，正式從新竹搬到臺北定居，而程瑜樂見其成，畢竟培養一名副主廚並不容易。接著話題轉到程瑜身上，劉軍秀身負重任，替辦公室諸位美女打探程主廚的那位熱情小女友是否還在線上。

「小女友嗎？」程瑜的腦海中浮現林蒼璿淚眼汪汪的模樣，這種類型可不能叫小女友，「目前就那樣。」

「哎唷，程哥。」劉軍秀竊笑，模仿江子豪微痞的口氣，「什麼時候給人家個名分啊？我已經準備好吃你的喜酒了呢！」

「想太多了，我跟他八字都還沒一撇。」程瑜打方向燈下交流道。

劉軍秀瞪大眼睛：「什麼？難不成是炮友？」

程瑜差點就撞上分隔島。有時候，他不得不佩服劉軍秀總是能在不經意間道出事實，說炮友的確挺像，畢竟兩人肉體關係的發展速度遠比心靈還快，程瑜還真不知該做何反應。

「也不是……就曖昧吧。」程瑜咳了聲，仔細想了一下，「說是寵物還差不多。」

「原來是這樣。」劉軍秀露出羨慕的眼神，口水差點流下來，「我也好想當主廚的寵物喔，每天一定都吃很好。」

程瑜額上的冷汗快流滿整地。難道林蒼璿也是這種心態？

停好車、打開門，帶鹹的海風立即鑽入鼻腔。兩人沿著港口步行，這時節捕魚的人少，小船就幾艘。漁獲通常供給大盤商，也有小漁戶是自行銷售，然而多半獲利有限，很快就撐不下去消失了。

其實程瑜還得感謝李若蘭，當年Hiver曾與幾個小漁戶交涉過，只是考量到供貨的穩定度以及時間成本，才放棄了這個想法。

小漁戶的二代幾乎都轉往供應大盤商，唯有日盛丸的二代例外，日盛丸班底強悍，專門捕撈昂貴魚種，自營自銷。在Hiver時，程瑜和對方有點交情，於是他和日盛丸少東達成協議，一旦捕撈到他想要的漁獲便立即通知，只是運輸就得靠程瑜自己想辦法了。成本是高了點，供貨穩定度也不盡理想，但起碼可以確保食材的高水準。

同樣的，山產、肉品及新鮮蔬果等，程瑜皆以類似的方式取得供應，這麼一來也算是產地直送了，只是增加的成本必須由餐廳自行吸收，而且司機還得配合廠商的出貨時間，基本上與建立一套全新的生鮮物流系統差不多。

而成本提高，員工的紅利自然也會減少，程瑜壓力倍增，劉軍秀也不好受。

這幾天忙著拓展人脈、尋找新的供應商，努力再降低成本，程瑜忙得昏天暗地，回家時往往已是凌晨。

走入大樓的樓梯間，昏黃的廉價燈泡亮著，照在陳舊的紅色扶手上。踏上階梯的腳步沉重，供應商的問題尚未完全解決，比賽又即將來臨，程瑜覺得自己簡直是蠟燭兩頭燒。

他拾級而上，一邊撈著口袋裡的家門鑰匙。

抵達四樓時，本該空蕩蕩的走道突兀地出現一只銀色大型行李箱，擋住了去路。旁邊有個人縮著四肢坐在他家門口，披著一條大圍巾，臉頰和鼻子都凍紅了，整個人止不住地瑟瑟發抖。

見程瑜回來，林蒼璿露齒一笑：「你回來了。」

「……我回來了。」程瑜拎著鑰匙，當場石化，不可置信地瞧著林蒼璿，「你在……幹麼？」

「我破產了。」林蒼璿吸吸鼻子，拉緊圍巾，「名下所有財產都被查封了，沒地方可去。」

此刻，程瑜的腦海浮現臉書好友轉發的一則關心訊息：

天災來襲，請讓浪浪們有個遮風避雨的地方。

下面還配著流浪狗可憐兮兮的照片。

「程瑜，我好冷喔。」林蒼璿搓著手中的暖暖包，張著水汪汪的大眼哀求，「能讓我進去嗎？」

Chapter 31

程瑜可沒忘記林蒼璿的鄰居是白禮，更聽說過他老闆楊實身價百億，名下有好幾棟房產。但據說流浪動物會自己選主人，死纏爛打跟到底，所以眼下這情況似乎挺合理的。

程瑜手裡的鑰匙翻來覆去，突然笑了一下。他繞過林蒼璿身旁，二話不說打開門：「我住的地方比較小，如果你不介意的話。」

他踏入玄關脫了鞋，轉過身發現林蒼璿的茫然，看樣子是幸福來得太快，腦子還沒轉過來。程瑜把鑰匙掛在牆上的掛鉤，笑著問：「不冷嗎？」

「啊，當然，很冷。」當機中的林蒼璿跳起來，迷迷糊糊扛著行李進門。

事情進行得太過順利，反倒讓林蒼璿忘了接下來該怎麼做，他鮮少如此手足無措。

「吃過飯了嗎？」程瑜返家的第一件事便是脫外套，只是這個舉動看在林蒼璿眼裡根本引人遐想。

等程瑜將外套掛好，挑眉看他，林蒼璿才回過神，漲紅臉說：「還、還沒。」

有得吃、有得住，還有帥哥貼心照顧，林蒼璿有點後悔了，後悔太高估自己的忍耐力。活色生香相伴的日子充滿粉紅旖旎，自己能裝模作樣多久？他習慣把事態估算到最壞，卻沒想到一開盤就是漲停板。

林蒼璿明白自己在程瑜眼裡只有可憐，本來推測依程瑜的個性，恐怕只會留他住個幾天，結果現在被天降大禮砸得昏頭轉向，整個人喜孜孜地冒著小愛心。

程瑜的步調不變，先洗好手，開冰箱挑了幾顆雞蛋與蔥蒜，絲毫沒察覺林蒼璿起伏不定的情緒，自顧自地問：「吃簡單的湯麵，行嗎？」

林蒼璿杵在客廳，想著自己下一步該做什麼。

「行李就先放客廳吧。」程瑜開始著手準備遲來的晚餐，「對了，我家沒有客房，不如你就……」

「沒關係。」林蒼璿急急搶話，眞心誠意地說，「我睡客廳就好。」

挑著眉，程瑜順著他的話說「好」。

把蔥切段，以滾水下麵，煮麵水倒掉後，換成蔬菜熬製的高湯，再打入蛋花。只要食材新鮮、湯頭美味，基本上就成功了百分之八十，接著控制火侯，重點是麵條的勁道。

不到十五分鐘，熱騰騰的湯麵完成了，上面鋪滿青蔥，浮著一層香油與肉燥，混合了胡椒與蔬菜的香氣。林蒼璿老早就坐在餐桌旁等待，像個乖巧的小學生。

湯碗來到眼前，一人一份，林蒼璿說聲謝謝便迫不及待地開動。打從午後結束審訊到現在，他還沒吃過東西，地檢署的人員雖然禮貌，但個個戒愼恐懼，連供個午餐都怕落得收了賄賂的質疑。

「我從楊實那離職了。」林蒼璿專注吸著麵條，「內線交易案牽扯的層面太廣，所以我不得不離開她。」

「以後還會回去嗎？」程瑜抽了張紙巾擦嘴。

「我回去對她沒好處。」林蒼璿眉頭也不皺，平靜地說，「哎，想弄死我的人可多了。雖然我幫助過很多人賺大錢，但大難臨頭大家都只顧自保，誰還管平時的情面。」

程瑜略顯擔憂地皺眉。

「放心放心，檢調不會這麼簡單就讓我失蹤。」林蒼璿朝他笑了一下，「過年快到了，他們很需要績效的。」

安靜的小公寓裡飄散著食物香氣，因爲太餓，兩人聊得有一搭沒一搭。程瑜聽過白禮轉述林蒼璿的處境，沒有公司敢用一個背負案底的投資顧問，林蒼璿的職業生涯恐怕是毀了。白觀森曾釋出善意，希望林蒼璿去他的公司上班，但毫不意外的，林蒼璿果斷拒絕。

「不過，其實我也不太覺得可惜。」林蒼璿喝了一口湯，「投資顧問並不是一個好職業，作息日夜顛倒，不是交際就是應酬，這行很多人年紀輕輕就出一堆狀況，不是腎虧就是家破人亡……啊哈哈，腎虧是我自己說的。」

「總之，我沒考慮回到從前了。」林蒼璿吹散湯匙內的熱氣，「只是……可能會辛苦一陣子。」

「沒關係。」程瑜放下碗筷，「你想在這裡住多久就多久，我不介意。」

林蒼璿先是一愣，繼而露齒一笑，「放心，起碼我還能玩玩股票賺點小錢。」他朝程瑜眨眨眼，不正經地補了句，「貼補家用。」

程瑜勾起嘴角，沒有對林蒼璿嘴上占便宜的行爲表示不滿。

享受過美食的滋潤，兩人滿足地閉上眼喟嘆，渾身發軟地待在餐桌旁稍作休息。不久，林蒼璿堅持去洗碗筷，於是程瑜進了自己的房間搬出一套枕被，乾脆地放在客廳沙發上。

他拍拍柔軟的被褥：「冬天客廳會比較冷，給你兩條被子。」

滿手泡沫的林蒼璿有點難過，雖然程瑜很貼心，但居然還眞的讓他睡客廳。

冬天比較冷，難道不可以兩個人抱著一起睡嗎？顯然飽暖並沒有思淫慾，程瑜永遠是個能夠隻手掐熄所有曖昧的男人。

人都是犯賤的，一開始還怕自己行爲太超過，結果嚐到甜頭就不禁想往更甜的地方蠶食鯨吞。林蒼璿發覺自己想得太美好了，說好的曖昧火花呢？露出人魚線的盛情邀約呢？都只是謎片才會出現的騙人劇情！

今天已經忙碌一整天，明天還要上班，程瑜疲憊得直揉眼睛，於是跟林蒼璿道了晚安，準備洗澡然後睡覺。

林蒼璿又難過了。

說好的使用主浴呢？他上次明明就能光明正大踏入單身男子的小浴室，爲什麼這次得用客浴？

「欸，這樣好嗎？」林蒼璿瞪著手上嶄新的牙刷、洗髮精及沐浴乳，「給我新的沐浴乳會不會太浪費？其實我……」

「因爲你洗澡太慢了。」程瑜把新毛巾放在沙發的棉被上，「缺什麼再跟我說。」

林蒼璿不太好意思說，其實他洗澡挺快的。

一頓飯折騰完也將近凌晨了，客廳只剩一盞黃光小夜燈陪林蒼璿滑手機。小公寓的隔音不太好，隱約能聽見隔壁的嬰兒哭聲，以及新手父母的哀嘆。

已經換上睡衣的林蒼璿屈在不算舒適的沙發上，無聊地刷著財報與新聞，他改不了這個壞習慣。

周燮被判刑七年，不服地向法院聲請再開庭辯論，而他的三夫人許珠霞罪證確鑿，背負背信、洗錢、內線交易等多項罪名，判處二十五年有期徒刑，併科十二億的天價罰金。

如果周燮最後脫罪了，他也不意外，不過無妨。

大部分的人都是勢利的，周燮樹立的敵人不比他少，如今一朝失勢，誰都想瓜分周家的版圖，後面等著踹周燮的人能從臺北排到屏東。這件事說明了人脈等於錢脈，平常為人處事最好圓融點，只是他自己也好不到哪裡去就是。

林蒼璿翻了個身，脖子有點痠，精神也累了。正當他想關燈睡覺時，主臥室的門開了，程瑜頂著一頭溼髮，毛巾披在頭上，明顯剛從浴室出來。他裸著上身，只穿了一條寬鬆的運動長褲，能看見溼淋淋的腹肌和一小截內褲褲頭。

「忘了提醒你，我明天早上四點就會起床。」程瑜用毛巾擦著下巴的水滴，「這幾天比較忙，所以就不做早餐了。有想吃什麼早餐嗎？我可以幫你買。」

「吃、吃什麼都好。」林蒼璿吞了下口水。早餐吃你行嗎？

「好，明天如果吵到你的話，希望你不要介意。那晚安了。」程瑜說完便返回自己的臥室，從門縫透出的光旋即一暗。

林蒼璿盯著門縫瞧，他現在精神很好了，想做個運動來消耗，他懷疑程瑜是故意吊他胃口，但也可能根本沒那樣的意思。這種搞不清楚是不是撩的撩，他媽的有點讓人承受不了。

怎麼會這樣就結束這個晚上？不是該……

林蒼璿頭昏腦脹，開始胡思亂想，甚至懷疑前幾天得到的額上一吻只是自己做的美夢。同居第一天的夜晚平安度過，雖然可喜可賀，但心情不斷地起起伏伏，實在令他擔憂往後的日子該怎麼熬。

大概是睡沙發的關係，林蒼璿這一覺睡得不太踏實，直到將近天亮才真正熟睡，連程瑜出了門都不曉得。等他醒來的時候已是近午，桌上的美式咖啡與起司蛋餅失去了溫度。

他毫不在乎地嗑起蛋餅，著手處理公事，先給律師發了封信，再與土地代書核對資產相關的問題。

不到午後三點，林蒼璿換了休閒服裝，穿上保暖的外套，掛上圍巾，一身有別以往的普通打扮，對著鏡子審視了兩、三次確定沒問題以後，才磨磨蹭蹭地出門。

暖陽當空，有股悠閒的氣息，林蒼璿搭著捷運坐了好幾站來到商業中心。沒了名車、沒了豪宅，漫步在樹蔭下反而一身輕，心情也跟著雀躍。

沒多久，Bachique的小招牌出現在眼前。

手腕上的機械錶是僅存的財產之一，林蒼璿一瞧，剛剛好準時三點。門前侍應當然不認識這位前老闆，更何況這人白T恤加牛仔褲的打扮一點也不像是來用餐的。林蒼璿不疾不徐拿起手機撥給白禮，白大老闆很快紆尊降貴地來接人。

「來幹麼？」一見林蒼璿，白禮立即皺眉，上下打量，「嘖嘖，來討飯吃嗎你？」口氣不甚友善，門前的侍應慌張地望著他們倆。

「來看看你還活著沒有。」林蒼璿笑著說，「一點小事情就哭爹喊娘地說自己多忙，真不耐操。」

白禮哼了聲：「也不想想到底是誰害我這麼忙。」

目前是休息時間，餐廳內並沒有用餐的客人，偌大的空間裡只有幾個年輕侍應在清潔環境。林蒼璿四下張望：「程瑜呢？」

白禮突然拽住他的肩膀，低聲詢問：「欸，你跟他現在是什麼關係？」

林蒼璿往後一縮，眼神充滿了不信任。

「拜託，老子超怕的好嗎！我都不敢問他什麼！」白禮左右看了看，又悄聲說，「上次說溜嘴把他惹毛以後，我就不敢跟他講什麼了，頂多透露一下你過得很不好，希望能讓程瑜覺得你很慘。」

「也不用吧，我也沒到很慘……」林蒼璿滿臉黑線，白禮的很慘應該是指趴在地上喊賣身葬父的那種慘。

「不是，嘖，你聽我說。」白禮面露擔憂，「我每次說起你，程瑜都面無表情，靠，我覺得你完蛋了，今天還敢來蹭飯，你想吃什麼直接跟我說就好了嘛！」

林蒼璿悠悠地說：「我想吃什麼……你沒辦法幫忙。」

白禮憑著待了三年男校的直覺，狐疑地表示：「你這句話並不單純對吧。」

掃完地的侍應們準備去吃午餐，內廚房的員工也一個個出來，端著午飯上樓去休息室看新聞配飯。劉軍秀也在其中，看見林蒼璿便抬手打招呼：「唷呼，大老闆好久不見。」

沒見過大老闆的其他餐廳員工紛紛回頭，劉軍秀旋即拉著甜點主廚，朝內廚房裡頭大喊：「程哥，吃飯嘍！」

林蒼璿的心臟漏跳一拍，掌心冒汗，有種即將跟偶像見面的緊張感。

程瑜從內廚房推門而出，見了林蒼璿後挑眉，轉頭和身旁的江子豪交代幾句話後，就朝白禮與林蒼璿的所在處走來。

「來一起用餐嗎？」程瑜用純棉布巾擦著手。

「剛好經過，就想說來看看。」林蒼璿整個人侷促無比，像害臊又像慌亂，「其實我沒正式踏入過Bachique，今天算是第一次。」

「是嗎？」程瑜微微一笑，迷人地揚起嘴角，「剛好今天的午餐是我負責，要一起吃嗎？」

「當然要。」林蒼璿露齒笑說，「太幸運了。」

白禮左看看林蒼璿，右看看程瑜，眼珠子轉過一圈又翻了一次，等到程瑜走遠，他才忍不住對林蒼璿啐了句：「賣萌又賣慘，姓林的，你他媽的可恥出一個新境界了。」

平常都是劉軍秀負責張羅員工午餐，只有微乎其微的機率會由主廚親自出馬。程瑜準備的午膳多半是試做的新菜色，每逢這一天，全餐廳上下的員工總是特別開心。

今日餐點是程瑜拿手的臺版地中海燉菜，用的是來自臺東的山產與野菜。

然而這頓午飯並沒有林蒼璿想像的那麼粉紅色，程瑜很忙，一下子討論餐飲成本，一下子說明競賽方針，有時還得充當評審指出團隊的不足之處。距離比賽剩下不到半個月，程瑜一個人頂著所有員工的期望，壓力之大可想而知。

程瑜舉止自然，將公私領域清楚劃分開來，並不因爲林蒼璿正養在他家而表露曖昧或尷尬。林蒼璿是個聰明人，也沒有刻意彰顯自己的特殊，吃飯的時候和白禮天南地北地胡聊，內心卻冷靜地思考著現況。

他認爲事情的發展對他不太有利，再這樣下去，兩人的關係會變得跟大學室友一樣純潔，純純地欣賞出浴的活色生香、純純地蓋棉被互道晚安。

怎可能忍受得了！

程瑜究竟有沒有心想吊他，儼然成爲非常重要的關鍵，這關乎他在程瑜心中處於何種地位。但這人面對調戲穩得八風吹不動，恐怕就算林蒼璿撩得自己都慾火中燒，程瑜還能在一旁吃齋唸佛。

白禮滔滔不絕講著話，林蒼璿連一句都聽不進去，而程瑜向劉軍秀交代幾件事之後，便對他禮貌地點個頭，返回辦公室繼續與新供應商的報價單奮戰。

林蒼璿笑了笑，滿足了食慾，他毫不留戀地揮手離開Bachique。

晚上，勞碌的主廚總算回家，手上提著餐廳帶回來的剩餘食材。幸好才十點，勉強趕上還能稱作晚餐的時間。

進門的瞬間，程瑜發覺家裡頭有哪裡怪怪的。

褐色木地板彷彿打了一層亮蠟，一塵不染，窗玻璃乾淨透亮，紗窗似乎也洗過，書櫃裡的書籍擺得整整齊齊，按照書脊高低排列。

「啊，你回來了。」林蒼璿剛洗完澡，一身寬鬆的居家服，捧著玻璃杯啜飲，「我在家有點無聊，想幫點忙。我只打掃公共區域，你的私人空間我就沒動了。」

程瑜看傻了眼。這是白鶴報恩，還是田螺姑娘？

雖然他自己算是有潔癖，不過因爲太忙，一週整理一次已經是極限，還眞難得看到家裡如此乾淨。回過神，尺寸比較大的田螺姑娘正對著他搖尾巴，程瑜眉一挑，掛好鑰匙：

「你不用特意替我做什麼，讓你住在這裡不是什麼雇傭關係。」

林蒼璿無害地笑：「你別介意，反正我閒著也是閒著，讓我做些家事吧。」說完，他又啜了一口杯中的液體，程瑜經過他身邊時，嗅到淡淡的甜膩香氣，是令人沉醉的日本精釀，還參雜了雪松的凜冽，想必是香水。

晚餐同樣由程瑜親自下廚，林蒼璿放下玻璃杯，乖巧地布置碗筷，同時替程瑜添了一杯香醇的琉球泡盛。餐點是改良版義式燉飯，除去重口味的濃郁，留存炒洋蔥與白葡萄酒的甘韻，牛米烹煮後釋放出香氣，蔬菜、奶油與番紅花以大骨湯熬燉，清爽而不膩。

在料理的過程中，程瑜盡可能地節省時間，切菜的時候滾湯，熬煮米汁時把豬骨的雜質去除，如此一來，十分鐘一道料理也不是太難的事。鍋碗瓢盆暫放水槽，林蒼璿說，先一起吃飯，等吃完他再洗碗。

酒液配著熱飯下肚，奶油香氣勾人食慾，酒精瓦解了人與人之間的距離。因爲下廚悶熱、因爲精神放鬆，程瑜仰著脖子享用琉球泡盛時拉扯著領口，不知不覺多喝了幾杯。反倒是林蒼璿小心翼翼，小口小口品嘗，畢竟他酒量沒有程瑜這麼驚人，醉倒就沒戲唱了。

對方杯子一空，林蒼璿便殷勤地斟滿，室友升格成賢妻，才能跟老公幹些什麼。

程瑜執起玻璃杯，似笑非笑地又喝了一口。

話題圍繞著Bachique，包含員工的休假制度和最近推出的新菜單。這些事情林蒼璿充其量只是一知半解，尤其在尋找供應商這一塊，他左思右想，腦袋裡的名片只有創投公司，最多認識一個姚麗麗……

程瑜笑著說：「我後來才發現，白觀森的名號比白禮好用多了。」

「那當然。」林蒼璿哈哈地笑，「老白是食品加工業起家的，很多餐飲業的人都得看他的面子。」

程瑜行事有自己的一套原則，雖然有些人揶揄他出塵脫俗，只公事交陪，私約一律回絕，但欣賞他的人也不少。所謂物以類聚，他的人脈雖不算廣，起碼都很靠得住，否則即使倚靠白觀森之名，也不見得能搞定供應商的問題。

酒足飯飽，林蒼璿忙著收拾桌面，程瑜對此有點不適應，然而林蒼璿無論如何就是堅持要負責洗碗，還苦勸他先去洗澡，早些睡覺。

桌上那瓶泡盛一滴不剩，大部分都進了程瑜的胃。程瑜打量著林蒼璿，臉上的笑意越發明顯，酒精瓦解了他冰冷的武裝，那一點可愛從中溜了出來，他說了聲「謝謝」，便從善如流去洗澡。

林蒼璿在廚房哼著歌，用菜瓜布刷洗碗盤。他不是個不擅長家務的男人，單身這麼多年，甚至想過孤獨老死的結局，他早就自己打理習慣了。只是過去太忙，忙得連飯都沒時間吃，自然沒心思打掃，可他自己住的地方藏滿證物，連家事太太都不能輕易放行。

除了不知情的白禮與白樂造訪過，還有一次央求程瑜載他回去，就那一次，林蒼璿忍不住希望自己空蕩蕩的窩能有一絲溫暖入住。

不過現在，他倒是堂堂住進單身男子公寓了。

林蒼璿深吸一口氣。啊，眞棒。

男人洗澡通常花不到十分鐘，除非有特殊需求。無欲無求的程瑜早早吹乾了頭髮等著周公召喚，從主臥室走出來的時候，林蒼璿暗暗嘖了聲，更加認爲昨晚的福利肯定是在吊他。說好的人魚線跟滴水腹肌呢？怎麼今天只有包緊緊的素色棉T跟運動長褲？

喝過酒、洗完澡，程瑜視線有些迷濛，揉著眼說：「明天想吃什麼早餐？」

「我都可以。」林蒼璿慢條斯理擦乾雙手，反問，「明天一樣早起？」

「差不多。」程瑜瞟了眼牆上的時鐘，十二點零五分，「我跟軍秀約好六點在餐廳會合，要去淡水一趟。」

「這樣啊，也太忙了。」林蒼璿轉過身，打量程瑜，「你看起來很累。」

「只有這陣子，比賽過了就能輕鬆點了。」

「對了，以前練柔道的時候，教練教過我怎麼放鬆肌肉，能緩解疲勞，想試試看嗎？會睡得比較好。」

程瑜還沒來得及回應，林蒼璿就拽著他的手，把他往沙發上推。沙發旁有摺疊好的被子和枕頭，散發著陽光的氣味，林蒼璿大大方方地開始替程瑜揉捏肩頸。

程瑜眉眼含著笑意，嘴角微勾：「你說的放鬆肌肉就是按摩？」

林蒼璿低聲說：「慢慢來，循序漸進，一開始太激烈不好。」

他明白程瑜雖然顏好、腰軟，但可不易推倒。

「喔。」程瑜的眼神帶著一絲不常見的曖昧，「是嗎？」

那清澈的目光彷彿看透了他，這一瞬間，林蒼璿明白了。

打從程瑜主動去他家的那一刻，就代表他早已占據了程瑜心中的一角。

程瑜翻了個身，挑釁似的瞧著他，像頭不馴的小老虎，一個不注意就會撲上來咬人。

醉翁之意不在酒，林蒼璿喝酒的目的是爲了讓程瑜酒醉，手段完全被識破，還被壞心眼地玩弄，他有那麼一點羞惱，更恨程瑜把他的心看透。他兩手捏著程瑜的手臂，蠻橫地把人壓在沙發上，翻過來，故意壓制住胯部及肩胛，任程瑜怎麼掙扎都動彈不得。

「背後的肌肉比較僵硬，幫你揉揉，揉開以後會舒服點。」林蒼璿決定要裝模作樣就裝到底，假借按摩之名行吃豆腐之實，低聲在程瑜耳邊說：「別亂動，會有一點點痛，但……之後你會很舒服。」

手上揉捏著背部肌肉，胯下情色地貼著程瑜的臀後，隨著動作輕緩蹭動。程瑜的耳根染上一層豔紅：「林、林蒼璿……等一下。」

「癢嗎？」按摩必須有技巧，他的力道時而足夠弄痛程瑜，時而如指尖輕搔，「忍耐一下，別怕。」

「嗯……」雙肩受到箝制，程瑜把臉埋在柔軟的被褥裡，悶哼著反抗後方胡來的人，「等一下……」

「喜歡這樣嗎？好硬呢，你放鬆點。」林蒼璿低低地笑，大膽地探入衣內，「我會讓你……很舒服。」

手掌不輕不重揉著燙熱的軀體，從肩頸順著背脊來到腰間，程瑜怕癢，頓時想躲，卻被壓在棉被上，只能拚命壓抑喘息，連脖子也染上豔麗的血色。

林蒼璿自己同樣好不到哪去，他的額頭靠著程瑜的頸後，輕輕囓咬，迷得七葷八素。怎麼辦呢？要不要今天就吃了程瑜？可是他什麼都沒準備，程瑜願意嗎？

「哈、痛……」程瑜撥開腰間騷擾的爪子，然而那隻手沒一會又黏上背部與肩膀，他只得用鼻腔弱弱哼著討饒，「嗯……」

良辰美景，機不可失，林蒼璿故作鎮定，心裡盤算著成功率高不高。

程瑜掙扎了一陣，吃痛地皺眉，憋紅了眼眶，側首似埋怨地瞪著他，林蒼璿的理智線硬生生斷裂。

Chapter 32

點點輕吻落在後背，下身貼著臀後煽情地磨硬了，林蒼璿放在程瑜背上的手往下滑，從後方環住程瑜，隔著衣物輕揉乳尖。技不如人，程瑜雙臂被壓在身側，敏感帶被玩弄著，發出不甘願的哼唧，想反抗卻走了調。

林蒼璿的臉蹭著程瑜的背，用牙齒咬著肩後：「程瑜……我想吻你。」

程瑜趁他不注意偷了個空，轉過身來捏著他的下顎，溼潤的眼眸流露出挑釁之意，上下滾動的喉結宣示著雄性赤裸裸的慾望，刺激著彼此。林蒼璿也不客氣了，他單手掀開衣服，直接埋入胸前吸吮精巧的乳尖。

程瑜仰起脖子，情不自禁地發出短促呻吟，又死命扼在喉中。他是個拘謹自持的人，連在情事中都勉力克制，但林蒼璿就喜歡逗弄這樣的他，聽到程瑜難以忍耐的聲音、壓抑的喘息，想著平時矜持的男人高潮時流出眼淚，嘴上求饒，在瀕臨崩潰的那一刻洩漏出脆弱，他便興奮得無法自拔，胯下硬得發疼。

程瑜不服輸地咬住林蒼璿的手腕，雙手拉扯對方的後領頑強抵抗，林蒼璿吃痛，反被激起征服欲，利用在上方的優勢反剪程瑜的雙手，單手扣入指間將手壓至頭頂上，瞇著眼說：「這麼凶？親一下也不行嗎？」

程瑜紅著臉，大口喘氣，凌亂的衣物撩起，露出麥色腹肌，褲襠支起的慾望直衝而上。

林蒼璿沒有給他太多休息的機會，另隻手探入鬆垮的運動褲內，捏緊膨脹的男根，狠狠上下搓動，趁程瑜逸出低吟時湊上他的唇，一次又一次地索吻。

「王八……你他媽的……嗯……」程瑜吭哧著低罵，「沒事噴什麼香水……」

「因為我知道你喜歡這個香味。」林蒼璿吻他的髮鬢，在耳邊傾訴自己的滿腔愛意，「程瑜……我想要你，好不好？」

言語溫柔哄誘，舉動卻像個流氓，掌心包覆著發硬的頂端緩緩劃圈，時不時用指頭刺激。還沒等到回答，林蒼璿的舌尖再度舔上程瑜微張的唇，侵入口中，交換一個深吻。

林蒼璿從沒想過自己是如此喜歡親吻。

程瑜環上林蒼璿的脖子，被揉弄得呼吸不暢，纏人的吻一結束，他立即喘了口大氣。理智一恢復就想造反，程瑜的眼眶欲求不滿地發紅，揪著林蒼璿的衣領，像缺氧的魚不斷緩氣，而後一扭身掙脫掌控，掃腿差點把對方踹下沙發。

可惜林蒼璿的柔道不是學假的，他輕而易舉扯住腰側的兩條長腿，翻個身往肩上扛，程瑜腰部倏地懸空，雙腿倒掛在林蒼璿肩上，只能靠手臂支撐沙發維持平衡，衣襬捲到顎下，露出一截勁腰與結實的胸膛。

林蒼璿壓下身體，用自己鼓脹的前端貼著程瑜的臀後，隔著布料磨蹭，一心想往更溫暖的地方尋求慰藉，另一隻手則順著肋骨撫上，揉撚小巧的乳頭。程瑜招架不了撩撥，慌張地摳住沙發側邊穩固身體，血液直朝臉上竄，有如熟透的番茄。林蒼璿頂了頂，居高臨下地哀聲問：「程瑜……你不喜歡嗎？」

「王八蛋。」程瑜咬牙切齒地說，「明明就是流氓還裝可憐。」

林蒼璿勾起笑容，放開程瑜俯身吻他、舔他的下唇，舌尖抵著舌尖，搔刮口中敏感的神經。這樣的姿勢使兩人燙熱的性器更加貼合，簡直像隔著衣物做愛，林蒼璿捏著程瑜的下巴，迫使他張嘴，輕輕吸啜，引領他享受深吻帶來的快感。

他們專注地親吻彼此，用嘴唇傳達眷戀與依賴，林蒼璿扣住程瑜的手，兩人十指交扣，一顆心都送到對方手上了。

抽離親吻，他們距離近得能聽見彼此澎湃的心跳，林蒼璿的理智所剩不多，被慾火燒得心神紊亂。他呢喃了幾句，親親程瑜的臉頰，雙手圈緊程瑜的腰，直接往上一擎抱個滿懷。

程瑜及時攫住林蒼璿的肩膀，身體離地，腿也順勢纏上對方的腰。這姿勢就像所謂的火車便當，程瑜臉都黑了，下身某處戳著林蒼璿的小腹，林蒼璿的同樣戳著他，雙手還揉著挺翹的臀。程瑜害羞難堪到極點，彆扭地喊：「喂，放我下來。」

「別怕，相信我。」林蒼璿安撫地親了下他的臉，撐起身子朝臥室邁進。

他們額抵著額，林蒼璿走得緩慢，眼神熱切並依戀地注視程瑜，不時瞇眼去吻眼前的人，用舌尖品嘗喉結與鎖骨。他並不急著進門，在離臥室還有一步之遙時便將人壓在牆邊，用手掌感受程瑜背部的肌肉，熱情地吻上。

在接吻的同時，林蒼璿撫摸著程瑜的腰線，故意弄癢他，程瑜扭著身子，後腦貼在牆上推出一點距離，灼灼的眼散發出噬人的危險，令林蒼璿深深著迷。

「小老虎。」林蒼璿含糊地說，「我好喜歡你……」

對林蒼璿來說，性原本只是用以滿足慾望，他從沒想過在深愛一個人的情況下，慾望與鍾愛的結合會令他如此動情。林蒼璿再度將自己的唇貼上程瑜的胸膛、喉結、下巴，最後是嘴唇，彼此交換一個深刻綿長的吻。

寢室的門打開，林蒼璿又一次躺上程瑜的床，但不同的是，他正與清醒的程瑜纏綿。

窗外下著雨，帶點寒氣，寢室內只有一盞暖黃色小燈，掛在頂上發亮。柔軟的床陷了下去，發出抗議的聲音，迷糊之間，程瑜盯著天花板，突然急忙煞車，抓住褲頭往上拉，慌張地退到床頭前。

林蒼璿覺得莫名其妙，心頭微微失落，緊隨而來的是莫名的恐慌：「怎麼了？」是事到臨頭才反悔？還是自己太急躁，摔破了碗？林蒼璿手足無措，「我……你不想要嗎？抱歉，我……」

程瑜搖頭，低著腦袋不讓林蒼璿看見表情，耳根子紅得能滴出血。他支吾了半天，總算開了口：「關燈行嗎？」

他彷佛費盡了所有羞恥心才講出這句話，即便兩情相悅，要程瑜坦裎相見甚至張開雙腿，依舊需要點勇氣。

關於他們之間的旖旎，前兩次都是在伸手不見五指的黑暗中，第三次則是動情之餘，程瑜仍要用一隻手遮住林蒼璿的眼。這純情的要求差點穿破林蒼璿的心臟，他不敢笑，反倒被感染了害臊。今晚是兩人的第一次，當然要慎重，他得全力以赴留下美好的印象。

林蒼璿吻了吻他的額頭，輕聲說：「乖，你等我。」

老式公寓的壞處就是設計不夠貼心，電燈開關遠遠地設在門旁。林蒼璿速戰速決，但燈一滅，他驀地靈光一閃，朝臥室內的程瑜說：「等等我，馬上來。」

當初帶來的行李箱裡物品並沒有準備齊全，畢竟他以為自己只能住幾天，也想過或許連程瑜的指頭都碰不到。不過大概是身爲投資顧問的職業病，除了懂得風險分散，也深明抓準機會炒短線的道理——他在行李箱裡面放了一個保險套。

打開放在客廳的大行李箱，這萬分之一的機率竟然被他碰上了，林蒼璿整個人急得像熱鍋上的螞蟻，拚命翻找，把所有衣服掀得亂七八糟，弄得滿頭大汗。最後，小小一只且附有潤滑液的保險套赫然出現在行李箱角落，他只想讚揚自己實在太睿智了！

林蒼璿硬著下半身摸黑回到臥室，空氣猶如帶著蜜一樣甜膩，暗示著接下來即將發生的羞臊之事。他在床沿搆著了人，順著手臂往上摸，傾身低喃：「等很久了嗎？」

程瑜發出沉穩的呼吸聲，早就跌入夢鄉了。

林蒼璿晴天霹靂，頓時想起程瑜有個厲害的技能——千杯不醉，醉了就睡，還能睡得很安穩。

他深吸一口氣，握著保險套的手微微顫抖。關燈躺床是什麼耗體力的大絕招嗎？剛剛不是還生龍活虎的？高僧不愧是高僧，敢情睡覺比做愛還重要！

程瑜呀，關燈不是讓你睡覺啦，醒醒！醒醒！

熟睡的程瑜打著一串小呼嚕，林蒼璿心裡面有再多的話也不敢喊出口。屋宅起火，救火隊睡得雷打不動，怎辦呢？自己解決？林蒼璿哀怨地想，怎可能嚐到甜頭以後還回過頭吃素！他含恨輕推床上睡死的人，頂著硬得發疼的下半身嚶嚶嚶地想哭——程瑜醒醒啊！

這一夜，林蒼璿睡得不太踏實，但他懷中的帥哥累垮了，整晚沒翻身，睡得香甜。

程瑜醒來的時候，腦袋有些昏沉，溫暖的棉被讓神智無法立即完全甦醒。他想起身，卻發現身上纏著一條長腿與手臂，側頭一看，林蒼璿把他當成了抱枕，令他連翻身都有困難。

窗外天色透著淡紫，還未亮，程瑜側身扯了扯箍著自己的手臂，淺眠的林蒼璿蹙起眉，更加收緊四肢的束縛，嘴裡含糊地哼唧，用臉頰磨磨程瑜的頸後。

程瑜伸手撈到床頭的電子鐘，他比預期的還要早醒，本想悄悄下床，卻沒料到林蒼璿越攬越緊，撒嬌似的直蹭背後，遲遲不肯放手，這種感覺大概就像原本睡在地毯上的狗狗某天突然爬上床，還賣萌裝沒事。程瑜縮回溫暖的被窩，低聲詢問：「我該起床了，你早上想吃什麼？」

「哪有人自己先睡著的。」林蒼璿啞著嗓子埋怨，半夢半醒地嘟囔，「難得氣氛這麼好……」

程瑜不禁失笑，昨晚他也不曉得自己怎麼睡著的，只能對林蒼璿說抱歉，下次再來了。但對方接下來的舉動馬上讓他笑不出來，懷裡的手不安分地往下摸，扒開褲頭深入裡頭，直接揪住男人不受控的地方，同時程瑜感受到背後那人某個部位神采奕奕，正硬梆梆地頂著他。

「唔……早安。」林蒼璿瞇著眼，親吻程瑜的脖子，「既然這麼有精神，就不要浪費了。」

清晨五點顯然不是個發情的好時機，只要想到工作，程瑜就能一秒清醒。他毫不領情地推開黏在身後的人，林蒼璿像隻幼犬一樣胡亂蹭著，死活不肯放手，邊哀號邊要求：「再躺躺，好、好冷，起碼早上讓我溫存一下。」

程瑜乾脆地從被窩脫身，拉緊褲帶：「我今天六點就要到餐廳，現在都幾點了。」他斜睇了床上的人一眼，「給你十分鐘夠嗎？」

「簡直沒人性……」林蒼璿還在被窩打滾，可憐兮兮，「光前戲就不夠了，十分鐘怎麼夠用！」

程瑜朝他一笑：「那就改天。」

主浴室的門鎖起，洗把臉不用十分鐘就能解決，程瑜抹乾臉上的水，換了件保暖的毛衣。當他走出臥室時，醒神的咖啡香鑽入鼻尖，林蒼璿裹著一條薄毯窩在廚房中島，提著手沖壺繞著咖啡粉劃圈。原本乾淨整齊的客廳地上躺著打開的行李箱，像隻展翅的大蝴蝶，裡頭衣物翻得亂七八糟，幾乎溢出來。

「吃麥片嗎？還是外面的早餐？」林蒼璿的眼眶充著血絲，明顯睡眠不足，他衝著程瑜笑，「還是吃我也行。」

程瑜嘴角差點失守，指著行李箱，明知故問：「找什麼找成這樣，到底找到了沒有？」

「今天晚上再跟你說我找到了沒。」林蒼璿哼哼兩聲，不忘補充一句，「包你滿意。」

程瑜打開櫥櫃取出麥片，順便拿出冰箱裡的水果，他切起奇異果，林蒼璿就在旁邊幫忙剝香蕉。琺瑯鍋煮熱牛奶，沖入碎麥片、投下水果，程瑜途中喝了口溫熱的咖啡，順便誇獎了下林蒼璿的手藝。

林蒼璿窩在他身旁，低聲說話時不經意地觸碰他的手臂，用來保暖的小毯子輕輕磨擦毛衣。兩人挨得很近，程瑜並不介意，反倒覺得這種黏糊糊的依偎有如大狗狗在撒嬌。

五點十分，天還未亮，時間並不急迫，在家吃早餐是種享受。他們倆站在中島旁，肩靠著肩，享用香甜的水果燕麥粥，然而這種氣氛維持沒多久，就被一通電話打散了。程瑜從口袋拿出手機，上頭顯示是劉軍秀的來電。

電話那頭的軍秀不停哭泣，程瑜頓時明白大事不妙了。

在地獄式訓練之下，劉軍秀通常都比別的員工早一步進餐廳，除了先開門點貨以外，也能讓自己提前進入工作狀態。今日她與程瑜約好六點碰頭，於是照例早了半小時抵達，可是還沒進門，眼前的景象就把她嚇壞了。

清晨的市區已有稀稀落落的行人，他們裹著大衣，經過Bachique時無不側目。警車閃著刺眼的藍紅燈光，當年輕的警察遞給劉軍秀一包面紙擦眼淚時，一臺時髦的ＳＵＶ閃出街口，一個大迴轉停在店門前。

從駕駛座下來的人是程瑜，這臺ＳＵＶ自然不屬於已經破產的林蒼璿，而是白禮的。程瑜緊蹙著眉，面容比平常更加冷硬，另一名年資稍長的警察見主廚來了，立即抬手打招呼，原本還掛著笑容，但見了程瑜那張冷臉便硬是把玩笑話給吞回肚裡。

Bachique大門處的深藍色牆面上，被潑了一道又一道怵目驚心的紅漆，猶如血淋淋的傷疤。

年紀較長的那名警察湊過來，咳了聲，正經八百地詢問：「程主廚最近有與誰結怨嗎？」

雖然想到了李若蘭，程瑜還是搖搖頭。依他對李若蘭的認識，李若蘭跋扈歸跋扈，可還做不出這種地痞流氓般的行爲。

程瑜拍拍劉軍秀的肩膀，說了幾句安慰的話，大概是最近壓力過大，再加上今日的刺激，劉軍秀突然埋入他胸前嚎啕大哭，一旁的年輕警察被她嚇得手足無措。

「程哥——」劉軍秀哭得稀里嘩啦，「是不是李若蘭！是不是！她怎麼可以這麼過分……」

「別哭了。」程瑜低聲安撫，「不會是她，以李主廚的個性不會這麼做。」

兩名警察面面相覷，經驗老道的那個嗅到不對勁，嘖嘖兩聲。八成是餐廳與餐廳之間的糾紛，民事案件，沒完沒了，趕緊閃開最好。

「那就調閱一下路口的監視器。」年長的警察寫著筆錄，興致缺缺地說，「看看能不能查到是誰幹的嘍。」

「咦，這不是老詹嗎？」林蒼璿不知何時從副駕駛座下了車，摟著圍巾走近。見到名爲老詹的年長警察，他開心地與對方握手寒暄，「久不見啊！你兒子應該八歲了吧？」

老詹一秒拋棄方才那副假正經的模樣，嘻嘻哈哈地說：「林協好久不見，我兒子這個月剛滿八歲，你的記性還是一樣厲害！時間過得眞快，我們好多年沒見了呢。哎唷，你都沒變，最近過得怎樣？」

「這個嘛……」林蒼璿支著下巴，打趣地說，「破產算好嗎？」

說完，兩人哈哈大笑，年輕警察夾在他們之間，顯得有些不自在。

程瑜依然安慰著不停抽泣的劉軍秀，每個人紓壓的方式不同，愛哭的人不見得脆弱，劉軍秀只是需要一點時間平復情緒，而她選擇的方式就是哭泣。

林蒼璿瞟著程瑜，接著拍拍老詹的肩膀介紹：「這位是程主廚，認識嗎？」

「認識，怎會不認識，和吃有關的我都認識！」老詹上下打量林蒼璿，「話說林協怎會在這裡？這麼早就來餐廳吃飯呀。」

「這家餐廳跟我有點淵源，以前是我投資的。」林蒼璿勾起嘴角，「大概是我跟人結怨了。」

老詹不敢笑了，收斂起輕浮的態度：「這個嘛，應該不可能啦。」林蒼璿最近惹出的一身腥鬧得滿城風雨，他的仇家不就是周氏企業嗎？周氏若要搞報復，肯定不止如此。他揩著冒油光的額頭，吶吶地說：「先不要亂揣測，這個吼，還是調監視器比較準。」

「那就麻煩你了。」林蒼璿笑著說，「對了，幫我跟嫂子問聲好，改天我再送你兒子一支上學用的手錶。」

他兒子喜不喜歡是其次，重點是老詹開心就行了。

之後，Bachique臨時公告今日暫休，緊急請來油漆工處理。休息室內的程瑜一一致電向預約客致歉，結束的時候，哭腫雙眼的劉軍秀送來一杯熱奶茶：「程主廚，喝點熱的吧。我們等等就出發去淡水嗎？」

程瑜道了聲謝，啜一口熱飲，對劉軍秀露出難得的笑容：「改天再去。」

今天預定的行程是到供應商那裡挑選肉品，方才程瑜打電話去取消行程，而對方卻告知，由於Bachique所需的依比利亞燻肉未能完成預訂，因此將被別家餐廳標走，程瑜當下不禁苦笑，想也知道所謂的「別家餐廳」是哪家餐廳。畢竟他是從那裡出來的，挑選肉品的眼光自然也相似。

程瑜不想讓劉軍秀太早得知壞消息。

劉軍秀蹙起眉問：「這樣好嗎？」

「沒關係。」程瑜又喝了一口奶茶，「休息一下也好。」

休息室的門被推開，林蒼璿一進門就往電暖器前面鑽：「好冷啊！」

劉軍秀趕緊替林蒼璿拉開椅子、添上熱茶：「大、大老闆，警察那邊有消息了嗎？」

「嗯，警察辦事效率挺高的，調閱監視器後，一下子就查出了兇手。」林蒼璿搓著手，喝了口熱茶，發出嘆息，「案發時間大概是今天深夜三點左右，據他們調查，對方應該是個精神異常的遊民，那傢伙半夜提著一桶油漆四處叫囂，附近也有幾間賣場遭殃，只是他們沒這麼早開門，所以還沒報警。」

「這樣啊。」劉軍秀鬆了一口氣，「也太可怕了。」

這樁小事迅速宣告破案，警察樂得開心，因為接下來就是社會局的事了。電話那端老詹語氣悠哉，掛斷前還不忘邀林蒼璿一起吃頓飯。

林蒼璿笑了笑，又輕啜熱茶，偷偷觀察著程瑜的反應。程瑜僅是默默捧著熱飲，眉頭深鎖，不知在想些什麼。

「大老闆，辛苦你了。」劉軍秀抹掉眼角的淚花，「不過你今天怎麼會來這裡？」

平常能言善道的林蒼璿，一時竟被突如其來的問話給噎住。程瑜不喜歡將自己的私生活暴露在他人面前，因此他還真不好回答。

林蒼璿思索了一會，程瑜卻搶先說：「他現在住我那。」他放下馬克杯，坦蕩蕩地表示，「所以就跟過來了。」

劉軍秀點點頭，輕易接受了，林蒼璿隨即給她一個善意的微笑。

與其說謊，倒不如老實坦承，這是程瑜保護自己的方式，用最直接的態度去回應疑問。畢竟兩個男人住一塊並不算太奇怪，況且程瑜像個鐵錚錚的直男，任誰都不會往那方面想。

接觸到工作時的程瑜，林蒼璿這才眞正意識到，程瑜面對他的時候展露了不輕易示人的那一面，這是多麼難能可貴。

愛一個人就不該強求對方改變，所以林蒼璿已經決定，往後的日子裡，對外他會表現得和程瑜像一般朋友。這是他愛程瑜的方式，他不會因此而感到寂寞或不平。

Chapter 33

門鈴響了，樓下有人喊著，程瑜從窗戶往下望，見到油漆師傅拎著工具在門口等候。劉軍秀拍拍手上的餅乾屑，急忙起身離開，隨著腳步聲遠去，休息室沒了小哭包，一下子安靜不少。

門一關上，程瑜呼出一口長息，往後靠在椅背上，沒有笑容、沒有怨怒，還是那個平靜的他。林蒼璿倒了杯水，開口說：「別擔心，Bachique不可能發生什麼尋仇的事情。」他喝了口水，眨眨眼，「有人上門找白禮當爹還比較有可能。」

程瑜笑了笑，稍稍放鬆下來，這人總能敏銳地察覺他冷靜之下的心煩意亂，想辦法逗樂他。

「還好，我沒事，反正警察都說潑漆只是意外了，我也沒太放在心上。」程瑜拿起一塊餅乾，是劉軍秀昨天烤的義式脆餅，「只是供應商的問題比較難辦，下午我得去一趟桃園。」

「該不會是李若蘭？」林蒼璿把椅子稍微挪前，認真地說，「真麻煩，用這種伎倆也不怕被人唾棄。」

程瑜咬了口餅乾，抬眉，劉軍秀不在場，林蒼璿便挨近了些，一瞬間空氣彷彿帶著微醉的旖旎。程瑜揚起嘴角，也鬆懈姿態：「不是李若蘭的問題，是我不該跟她搶資源。對她來說，我就是她養的那隻咬破布袋的老鼠，處處跟她作對。」

畢竟打從踏入社會開始，程瑜就一直都在李若蘭的羽翼之下，知道的所有供應商資訊全是出自她的教育。當初離開得太難看，李若蘭又不是個寬宏大量的好上司，程瑜只能怪自己太無能。

「是嗎？」林蒼璿放下水杯，收回手指時刻意觸碰程瑜，羽毛般輕搔過手背，「虧你能這麼不計較，要是我鐵定跟她撕破臉。」

「有時候是挺想翻臉的，但業界很小，這樣只會兩敗俱傷。」程瑜靠著椅背閉目養神，嘆了口氣，「我只怪自己開發新廠商的速度太慢。」

程瑜從不在別人面前嘆氣，林蒼璿伸出手替他揉按太陽穴，輕聲說：「累了就休息，別讓自己太忙。」揉著揉著就變了調，游移的指尖摩挲著髮鬢，手背輕撫臉頰，林蒼璿低聲曖昧地說，「還是回家讓我幫你按摩也可以。」

程瑜露齒一笑，沒有拒絕。笑容太誘惑人心，林蒼璿很想在這裡吻程瑜，可畢竟是工作場所，於是他縮回手，正經八百重新端正坐姿，生生忍住。

喀的一聲，休息室的門被打開，林蒼璿表面上不動聲色，心裡卻嚇了一跳。劉軍秀握著門把，氣喘吁吁地說：「油漆師傅在處理前院，剛剛江子豪也來上班了，呼……程、程主廚，我們要去拜訪另一個供應商了嗎？」

「等一下去。」程瑜看看劉軍秀，又看了一眼林蒼璿，「我得走了。」

程瑜當仁不讓一肩扛起所有責任，林蒼璿不禁一笑，認真工作的好男人果然很帥。他找了個藉口先告辭，走出門口時，跟江子豪打了聲招呼。

程瑜在樓上窗邊目送他的背影，直到轉出路口。

沒多久，程瑜接到了白觀森的電話，老白爸爸聽起來著急又擔心，說是從白禮那裡得知這件事的，程瑜要他別放在心上。結束通話後，同在休息室的劉軍秀隨即接到白禮的來電，講沒幾句，劉軍秀的眼中便蓄滿了淚水。手機那頭傳出絮絮叨叨的話音，劉軍秀吸著鼻子，打起精神回應。

白禮太過煩人，劉軍秀費盡九牛二虎之力才總算掛斷電話，把手機放在桌上，揉著眼睛稍作休息，但鈴聲又忽地響起，這次竟是白觀森打來慰問了，老白老闆的關懷幾乎令劉軍秀從椅子上跳起來。

程瑜靜靜翻著報紙，注意力卻緊黏在劉軍秀的手機上。

江子豪在樓下監督油漆師傅們施工，個性熱情的他很快跟師傅們熱絡起來。程瑜推門而出，江子豪從矮凳上起身，戰戰兢兢說他也接到了白家父子的關心。

程瑜點點頭，與劉軍秀向江子豪揮手，兩人雙雙上車，絕塵而去。

車過高架，一路往南，期間白禮連封訊息也沒給程瑜。

白觀森都親自關切了，白禮卻一聲不響，而林蒼璿走得匆忙，絲毫不拖泥帶水。以程瑜的個性原本是不會想太多的，但熟悉林蒼璿以後，他對這種狀況就留了點心眼。

離開餐廳後，林蒼璿在街上遊蕩，先去買了一份禮物，接著熟門熟路地回到以往輝煌時代的工作場所。

照理說他已經沒了公司的感應卡，可能連踏入ＣＢＤ這棟大樓的資格都沒有，從萬人之上的無限風光一瞬間跌入煉獄，鳳凰成了雞，人人都能嘲弄。走進高聳的門廳時，林蒼璿感受到四面八方射來的目光，門廳的接待員甚至沒有替他按電梯的勇氣。

穿的不是合身的三件式訂製西裝，只有一件禦寒的毛呢大衣，看起來十足寒酸，但林蒼璿並不在意別人的眼光。他悠哉地拿出感應卡，上頭是楊實的名字，自己按下了七十七樓。

走入老東家時，只有Selly還喊他協理。

公司裡的休息室不多，Selly不避嫌地將他引領至自己的辦公間，一進門便把玻璃轉成不透明，阻絕大辦公室直射而來的窺探。

林蒼璿脫下大衣，把禮物交給Selly：「楊實最近好嗎？」

「太太比以前更忙碌了，忙得沒日沒夜。」Selly順手掛好大衣，「檢調還沒放過她，時不時來找碴，要不然就是拿著搜索令闖進來，煩都煩死了。」

「是嗎？不是還有二組的彩月？」林蒼璿在沙發上舒服地坐下，好似自己依舊是這間公司的協理，「我培養她就是爲了今天，至少能替你們分憂解勞一下吧？」

「您可眞敢說。」Selly怒視他一眼，「您前腳一走，齊劭就垮了，彩月的確可以幫忙處理齊劭底下的客戶，但除了彩月以外，一組和二組的人沒一個可以擔當責任，客戶放著不管，生意跑了大半！」Selly居高臨下地瞪他，把玻璃杯重重砸在桌上，「幸虧還有彩月！」

「不要怪我拋下你們，有失必有得，不然我怎麼保護太太全身而退？」林蒼璿漫不經心地說，「齊劭蠢到涉入周家，底下的客戶當然會吵著換人，我也沒辦法。」

林蒼璿悠哉地品茶，Selly頓時不敢再說一句話。打從這人踏入公司起，她便揣測著到底是誰把這尊大佛請來的。請神容易送神難，她希望林蒼璿只是來敘敘舊，不是來殺人放火的。

「齊劭呢？」林蒼璿抬起頭，笑了一下，「我有事找他。」

來了。Selly 如臨大敵，渾身汗毛豎起，林蒼璿果真是來算帳的。

Selly 閃了出去，很快換齊劭走了進來。許久不見的他消瘦許多，青白的臉蛋令他更顯弱不禁風。林蒼璿開門見山地說：「你很清楚我來的目的吧？」

齊劭愣了愣，搖搖頭：「我不知道。」

林蒼璿放下玻璃杯，淡然表示：「分局裡面有個警察是我的老朋友，他說有些遊民專門靠拿錢鬧事過活。今天來潑漆的那個遊民身上有八千元現鈔，整整齊齊、乾乾淨淨，像他們那類人通常不會有這麼多錢在身上，頂多是些別人施捨的零錢，或者百元鈔。」

齊劭皺起眉，一臉茫然：「學長，你在講什麼？我聽不懂。」

林蒼璿微微一笑，帶著威脅般的邪氣：「你以爲警察只有調閱餐廳前面的那臺監視器嗎？好歹我也花錢買了支昂貴的手錶，讓他們調了十幾條馬路的監視器。」

齊劭的臉色瞬間慘白，雙腿不禁打顫。林蒼璿一瞧，火氣湧了上來，抄起桌上的玻璃杯就往齊劭臉上砸。玻璃杯沒殺傷力，齊劭胳膊一抬擋了下來，然而杯中的茶水淋了他滿袖，臉龐也濺上一點。

砸歪了的玻璃杯撞在玻璃上，發出巨響，碎了滿地。

齊劭像隻受驚嚇的小白兔，他不敢看林蒼璿，嘴唇哆嗦著：「學長……我喜歡你……但你爲什麼不接受我？爲什麼是程瑜……」

「我給過你很多機會。」林蒼璿坐在沙發上，雙腿交疊，陰著臉笑，「你如果乖乖退出，不要再出現，我給你的甜頭不會少。」

「什麼意思？」齊劭抬起頭，怒火染紅了整張臉，「你故意介入我跟他之間，目的是爲了……他？」

「誰叫你不珍惜。」林蒼璿往後一靠，兩手一攤，「你只是消費他、浪費他的生命，用兒戲般的態度需索他的愛，你憑什麼值得？」

「我跟他之間的感情容不得第三人說話！」齊劭崩潰大吼，漲紅的脖子浮出青筋，「你假裝對我有意思，其實根本是故意介入？爲什麼要讓我誤會！」

「你覺得是因爲我假裝喜歡你，才害你做錯事？」林蒼璿站起身，笑容全無，一步一步往前踏，「被揭穿了就擺出受害者的模樣，把錯統統推給別人。我原本的計畫是讓你在這場風波中，跟彩月一起支撐起這家公司，沒想到你貪戀權力，一腳踏入了周家。我警告過你多少次了？你知道我原諒你多少次了嗎？本想留你一點餘地，結果你反而磨光我所有的仁慈。」

林蒼璿毫不留情地撕碎齊劭的假面，齊劭臉色一陣青一陣紅，羞愧中帶著恨意。

「選擇權在你手上，到頭來你還是因爲貪心落得這種下場。」林蒼璿在距離齊劭只剩一步時，停下腳步，「你喜歡我？是我背後的金錢跟權勢讓你欲罷不能吧，所以你才和周宜川搞上不是嗎？假如你沒有對不起程瑜，或許我現在連他的手都碰不到，說起來我還眞該謝謝你。」

「所以你就利用我？」齊劭眼眶通紅，牙根快咬出了血，「當初在夜店裡，那張紙卡也是你給我的，我想怎樣對待程瑜你管不著！」

林蒼璿立即揪住齊劭的衣領，用力地把人拉起，齊劭掙扎著抵抗，把扣子都扯開了。窗外陽光透入室內，林蒼璿背著光線，面容藏在陰影之中，冷聲說：「你沒資格喊他的名字。」

齊劭愣了好一陣，突然猙獰地笑：「怎樣？吃醋了嗎？你憑什麼不甘心？憑什麼吃醋？要怪就怪你自己！我告訴你吧，程瑜的第一個男人是我，我就喜歡他跪在我腳邊讓我操，怎樣……」

「閉嘴！」心窩的痛處被戳中，林蒼璿猝然向齊劭的臉揮出一拳，齊劭瞬間失去氣燄，跪在地毯上摀著臉，眼淚和著口鼻湧出的鮮血灑落在地。

Selly察覺不對，急忙推門而入，她被眼前這幕嚇得花容失色，趕緊扯住林蒼璿的衣袖：「住手！」

「你眞以爲我拿你沒辦法嗎？」林蒼璿臉上毫無波瀾，眼中充滿令人恐懼的冷靜，「你等著瞧好了。」

眼淚與鼻血不停湧出，模糊了視線，齊劭跪在那裡啜泣求饒：「對不起、對不起、放過我……學長，求你放過我……」

林蒼璿推門離去，沒回過頭看齊劭一眼，一旁的Selly如墜冰窖般地發冷，背後全是冷汗。齊劭發出悲鳴，終於痛哭失聲，然而離去的林蒼璿再也聽不見了。

程瑜回到家時是晚上六點，今日他難得排了半天休假。他提著去市場買回來的蔬菜，打開家門的時候，室內一片昏暗，只有窗外沉紫色的天空透進一點光線。

客廳沙發上隱約躺著一個人，程瑜開了燈，亮白的光芒刺入眼簾，林蒼璿嘟囔了聲，隨即從沙發上彈起：「啊……幾點了？」

程瑜把食材提到廚房，朝著他微笑：「我回來了。」

睡眼惺忪的林蒼璿裹著毯子，揉揉眼，像隻黏人的大狗跟了上去。

「今天工作累嗎？辛苦你了。」大狗把臉頰湊到肩上黏膩地蹭蹭，隔著毯子從後方摟住程瑜，「歡迎回家。」

「別鬧，去客廳待著。」程瑜被弄得發癢，扭著身擺脫不安分的手，同時不經意地低頭一瞧，笑容瞬間凝結。他疑惑地問：「你的手怎麼了？」

林蒼璿細白的手背上有一道駭人的瘀青，彷彿被猛力撞擊過。林蒼璿低下腦袋，裝可憐地說：「我下午去地檢署不小心受傷了，都怪他們地板太滑。」

程瑜把食材擱在一旁，認真地琢磨那道傷：「是嗎？」

林蒼璿靠著程瑜的頸後，把手抽開：「不要看得這麼仔細，這樣我一點都不帥了。」

程瑜轉過身，直視他的眼睛：「痛不痛？」

神情太過真摯，林蒼璿那信手拈來的偽裝差點剝落。他笑著：「不痛，別擔心。」

程瑜應了聲，又把地上那袋食材拎起，從裡頭挑出洋蔥、柑橘，以及漂亮的牛骨，一邊開口：「今天忙什麼？」

「我去找楊實聊聊天。」林蒼璿跟著把另一袋水果拿出，「回家順便拖地，啊，我還洗了衣服，也把我的幾套西裝領回來了。」

程瑜啞然失笑：「你可以等我放假再一起打掃。」

「不行，我現在是家庭主夫。」林蒼璿露齒微笑，「我喜歡這麼做。」

「嗯。」程瑜剝開蒜瓣，「如果很累的話，也不用勉強自己。」

「不會的，我不累。」林蒼璿搖搖頭，把柳丁放到中島的籃內，「心甘情願做的事，怎麼會累呢？」

「白老闆……我是說白觀森。」程瑜手上動作未停，低著頭，像自言自語，「因爲潑漆的事，他打了電話慰問我，也一一關心公司的其他人，還有白禮也是……這方面他倒是繼承了白觀森的優點。」

「是嗎？我覺得差得有點遠。」林蒼璿不以爲然。

「可是白禮沒打給我。」程瑜轉身洗手，沒有正眼看林蒼璿，怕對方的眼神會讓自己心軟，「我想他不會忘記這種事，八成是發生了什麼，他怕自己露出馬腳，所以才不敢打給我。」

空氣短暫凝滯，林蒼璿盯著手背上的瘀青，低聲佯裝無辜地說：「是我不好，潑漆的人是針對我才這麼做的，是我工作上的風波引來的麻煩，我……我不想讓你知道，所以叫小白別說。」

程瑜應了聲，嗓音聽不出情緒。

林蒼璿一搬出工作當擋箭牌，就代表他沒了得知眞相的機會，眞高明的招數。有時程瑜總會心想，要是這個人能把萬分之一的狡猾變成坦率，那該有多好。

話題不是林蒼璿想要的方向，因此他轉了話鋒，詢問程瑜該怎麼處理水果。程瑜回以簡單的指令，然後抬起頭，給予林蒼璿一個溫暖的笑容：「今天晚上我們吃好一點。」

比賽將近，程瑜每天不停地研究新菜色，一次次地調整，只爲將美味提升到頂點。白禮說程瑜做菜的方式太過執著，簡直跟他的個性一樣難纏，而程瑜只是笑笑，把鑽研料理當成磨練意志力。

他把牛肉分切、拍軟、塑形，臺灣氣候潮溼，以客家的手法進行醃漬最能夠呼應天氣變化，在冬季這個時節，味道聞起來像充滿鹽分的凜冽海風。接著，用來平衡的陽光選擇了新竹的柿餅，撥開執拗的外層後是軟嫩的內心，最適合熬出雞湯的甜。

了解林蒼璿就和剖析料理一樣，需要層層仔細研究，才能發覺藏在內心的眞實，然後溫柔包容。

程瑜模擬比賽的分秒必爭製作著料理，因此林蒼璿不敢多言。程瑜聚精會神之餘偶爾會冒出幾句話，問林蒼璿今天中午吃了什麼，抑或是告訴他，那間堆滿雜物的小書房如果想使用就盡量用。

牛肉從煎盤夾起，表面上漂亮的火烙紋是美味的印記。金澄的湯品注入白瓷碗，點綴一片新鮮菊瓣，林蒼璿擺好盤子，在程瑜的指示下打開一瓶 Pinot noir 紅酒。

今天的晚餐超乎林蒼璿的想像，大概是他此生嚐過最美味的一餐。程瑜看穿了他的想法，微微一笑：「再讓我多參加幾場比賽，以後有的是機會吃大餐。」

銀叉與瓷盤相觸發出輕響，兩人碰了碰酒杯，林蒼璿放下的手掌心朝上，程瑜隱約察覺這是爲了避免露出手上的瘀青；林蒼璿說著玩笑話，營造輕鬆愉快的氣氛，程瑜明白這人是刻意想抹去早上那件事的痕跡。這是一種僞裝，曾經他也被這樣的僞裝欺騙過，剝開以後卻看見林蒼璿的滿身脆弱。

何苦呢？程瑜笑了一下，回應林蒼璿的話：「根本就是預謀，還敢裝傻騙我。」

「記得我生日那天嗎？在Drambuie的那天晚上。」林蒼璿喝了一口酒，「看見你來了，我還以爲你會跟我說生日快樂。」

程瑜回想著那晚的場景：「想要我說生日快樂，爲何不找我一起去？」

林蒼璿垂下頭，不太好意思：「叫你來的話，我一定會玩國王遊戲拐你脫衣服，讓你坐在我的大腿上，然後用嘴巴餵我……」

程瑜質問：「等等，原來你們聚會都玩這種遊戲？」

「也不是啦……」林蒼璿哀怨地說，「結果你來了，卻連句生日快樂都沒對我說，轉身就走，害我好難過。」

程瑜不禁想笑：「喔？那你希望怎樣？」

「你要補給我生日禮物。」

「要什麼禮物？」

「一頓晚餐。」林蒼璿毫不猶豫地回答，臉上微微紅潤。

這要求簡直像小朋友的撒嬌，程瑜莫可奈何地笑，覺得林蒼璿怎麼這麼可愛。

林蒼璿腦袋越垂越低，又赧著臉說：「裸體圍裙的晚餐。」

不，這絕對不是可愛。

「給我等等。」程瑜臉黑了，捏著一跳一跳的太陽穴，「廚房不是給你這樣玩的。」

林蒼璿長長地「喔」了聲，邪念還在腦中打轉：「那……你想怎樣玩？」

「玩個頭，吃飯！」

程瑜怒罵，漲紅的臉出賣了他的害臊，林蒼璿嘿嘿一笑，裝回無辜的模樣。

話題多半由林蒼璿引導，他談起過去的事皆是雲淡風輕，隻字不提第三人，好像從沒有過遺憾。他表現得太完美，反倒像障眼法，隱藏起傷口，假裝疼痛不存在。

其實程瑜曉得這人一點也不坦然，林蒼璿千方百計避談的事多半跟他有關，而能扯上他且讓林蒼璿非得欺瞞，又還會有什麼事？即便林蒼璿不說，程瑜也可以自己猜出來。這是何苦？追根究柢，林蒼璿依然過不去心裡那道檻。

抿著紅酒，程瑜瞇眼打量：「所以，你以前做的那些事，例如邀約看球賽之類的，只是爲了討好我？」

「如果說沒有討好的成分，你應該不信吧。」林蒼璿挾了一片嫩肉，「不過我是眞的喜歡棒球，不喜歡的話客戶也不會送我票。我愛路邊攤美食，也愛看帥哥做菜，說是討好，其實我挺樂在其中的。」他頓了一下，繼續說，「如果不喜歡，我就不會去追求。」

程瑜勾起唇角：「你上次說還剩下什麼沒做過？電影跟夜景？」

林蒼璿愕然，眼中滿是驚疑。

「夜景早了點……但看電影還可以。」程瑜瞧了眼手錶，笑說，「等等一起去看電影吧。」

最近並非熱門電影檔期，只有幾部浮濫的愛情片與B級恐怖片上映。他們選了其中一部，放映廳裡僅有寥寥數人，劇情描述一群大學生在森林裡遇到惡徒，女主角在湖畔哭著奔跑，編劇果不其然就讓她跌倒，黑暗中有人笑出聲，破壞了氣氛。

電影演了什麼，林蒼璿根本不記得了，他只記得那隻手的溫度，始終緊握。銀幕的光打在程瑜臉上，描繪出漂亮的輪廓，林蒼璿不時偷覷程瑜的側臉。

程瑜也在討好他嗎？滿足他心中願望的舉動究竟是喜歡，還是施捨？但無論是哪種，這個男人始終這麼溫柔，溫柔得讓人感動。

手上冷不防一緊，身旁的程瑜低聲說：「看電影，不要看我。」

重新把目光轉移到前方，林蒼璿的注意力仍放在兩人交握的手上。他從沒跟誰一起看過電影，也不覺得這類約會有什麼意思，長得帥、身材合胃口，勾個手指便能拐上床各取所需，誰還管感情。

林蒼璿摩挲著程瑜掌心的粗繭，感受著指尖的觸感、指甲的細膩溫潤，心頭升起一股足以令他熱淚盈眶的觸動。他把這隻手的美好仔細記錄在腦海，無比珍惜。

電影散場後，觀眾三三兩兩離去，林蒼璿不禁失笑：「沒想到跟你看的第一部電影竟然是這種片，我以後一定會後悔。」

「電影演什麼很重要嗎？」程瑜跟著笑了，「我走出來就忘記劇情了。」

夜晚的街道熙來攘往，兩人的手不再牽著，林蒼璿把手藏在外套口袋裡，在寒風中與程瑜並肩前行。難得休假，他們索性一次解決所有待辦事項，一起買了各種生活用品，新的毛巾、新的馬克杯，還在酒櫃前面挑選許久，總算挑中滿意的濃烈紅酒。

他們雙手掛滿提袋，穿過捷運站，在街上晃蕩，肩擦著肩，有一種默契的親暱。林蒼璿呼出寒氣：「哎，好冷，聽說明天又有一波寒流，不知道會不會下雨。」

「今晚開心嗎？」

林蒼璿像孩子一樣踢著柏油路上的小碎石，燦爛一笑：「當然開心，會開心到睡不著。」

「那就好。」程瑜仰望高樓間的狹窄天際線，輕輕地說，「以後不要再爲了小事難過，都過去了。」他刻意揶揄，「你手上的傷，當我沒跟別人打過架嗎？」

腳步停頓，林蒼璿一瞬間忘了該怎麼回應，痛楚隨著心跳流入胸腔。他低下頭：「對不起……我眞的恨我自己，這已經無解了。」

程瑜轉過身，佇立在原地。

「程瑜，我好希望這一切能重來，重新來過……」林蒼璿啞聲說，「或許讓我一輩子對你好，我才有辦法釋懷。」

給出去的電話把程瑜推入了一段不愉快的戀情，林蒼璿心中那道最深的傷，就是過去程瑜所承受的委屈，每當想起，便一刀一刀刺入心裡。

「傻瓜。」在城市稀薄的月光下，程瑜對他微微一笑。

打開公寓大門，手上的提袋還來不及安置，兩人便迫不及待地擁吻。

他們如同餓極的狼，用唇齒啃咬彼此，程瑜被林蒼璿按在門前，也不甘示弱地扯著林蒼璿腦後細軟的髮絲，一下一下地輕拽。林蒼璿的手伸入程瑜的毛衣裡，因爲手太冰，程瑜張口想抗議，對方靈巧的舌卻鑽了個空，濃烈的吻再度席捲而來。

晶亮的唾液沿著嘴角染溼下唇，林蒼璿情不自禁地喘息，捧著程瑜的臉，彼此紊亂的呼吸交纏。

「程瑜，我想要你。」直視那雙溼潤的眼眸，林蒼璿吐出了帶血的真心，「讓我一輩子對你好。」

Chapter 34

臺北的冬夜微帶潮氣，冷得刺骨，這間小公寓內卻像點著了火，兩人的擁抱緊貼而熱燙，纏綿而熾烈。

親吻有如令人上癮的毒藥，程瑜在意志上早就輸了大半，他勾著林蒼璿的肩，放軟身子任林蒼璿啃咬下顎至頸項的線條。嘴忙著親，林蒼璿手也沒閒著，輕輕一勾便往衣裡鑽，一下子攢住胸口的敏感點。

「嗯……」程瑜發出舒服的輕哼，蹙起了眉，又悶住聲音。

林蒼璿誘導程瑜自己撩起衣擺到下巴處，展示漂亮的肌膚與肌肉，精瘦的腰掐不出贅肉，林蒼璿從鎖骨一路往下咬，輕舔乳尖後一口含住，用牙磨蹭、以舌勾引，另一隻手隔著布料揉捏程瑜蓬勃的頂端，輕輕劃圈。

一邊是火辣的索吻，一邊是小心翼翼的碰觸，程瑜靠在牆上仰著腦袋，死命克制自己。他在性方面幾乎是初學者，也不熱衷這方面的求知，只能自暴自棄地想，反正自己就是笨拙，被嫌棄就嫌棄吧。

黏膩啃咬從胸前逐漸往下，來到腹肌時換成了親吻，程瑜瞬間漲紅臉，連忙彎腰掙扎，不顧林蒼璿是否正在解褲頭皮帶，趕緊揪住對方的衣領求饒：「林、林蒼璿……等、等等！」

性器巍巍頂出高聳的帳篷，林蒼璿扯住程瑜遮掩的手，故意用牙齒咬開布料，張口含住胯下的男性象徵。

「啊……」程瑜抓住林蒼璿的衣服，哼出略帶哭腔的鼻音，靈巧的舌太熱太柔軟，懂得怎樣讓人欲仙欲死，快感陣陣麻酥了腰，程瑜簡直招架不住。林蒼璿宛如虔誠膜拜的信徒，跪在程瑜腳邊專注地吞吐炙熱的器官，盡心盡力地執行神聖的任務。

程瑜不敢隨意挪動，臊得全身僵硬，勉力憋著氣息，林蒼璿只覺得他可愛極了。程瑜平常含蓄有禮，連在床上都這麼矜持，這時不是該在他的嘴裡衝刺嗎？

林蒼璿刻意吞吐得更賣力，嘴角淌下晶亮的唾液，雙手不忘揉捏充滿彈性的臀部，間或使勁一攏，將程瑜的下身含得更深，把程瑜逼出了呻吟，渾身發顫。

「等、等一下，拜託！」程瑜忍不住求饒，林蒼璿抬起頭，面露疑惑，程瑜隨即拉起褲頭，「暫停，拜託……我們去裡面好不好？」

一下子太香豔刺激，程瑜有點吃不消，雖然他們互擼過幾次了，他依然沒辦法適應林蒼璿說來就來的高昂性致。他是認真務實的土象星座，說得難聽點就是老古板，凡事講求循序漸進沒啥花招，親親抱抱、脫衣服再上床睡覺。

小情人可憐兮兮地求饒，林蒼璿也沒打算在這裡就把程瑜給辦了。下面硬得快衝破褲襠，他親親程瑜的臉頰，溫柔地說：「別怕，交給我就行了。」

程瑜整張臉快燒起來，一分神，林蒼璿已經攔腰托著臀部把他抱起：「別動。」

程瑜離地幾十公分，半掛在對方身上，兩人貼得太緊，每跨一步都能感受到彼此性器的摩擦。

這傢伙肯定是故意的。程瑜扣著林蒼璿的肩膀，把臉埋入髮絲悶聲抱怨：「他媽的……

用走的不行嗎？放我下來……」

「那你親我。」林蒼璿仰望程瑜，誠摯地說，「我想要你主動吻我。」

意識到林蒼璿喜歡接吻，程瑜捧著他的臉，連啃帶咬吃著他的唇瓣，技巧不算高明。而林蒼璿根本沒把人放下的意思，走沒幾步路就將程瑜壓在牆上一陣猛吻，又趁著喘息的空隙把人拽到床上。

林蒼璿沒開燈，他知道程瑜怕羞，只扭開了床頭那盞蛋黃大小的燈，勉強能看清對方的輪廓。

程瑜端正姿態的時候，總是一副不可侵犯的禁慾模樣，如今卻前髮凌亂遮著眉眼，怯怯地靠著床板，吐出顫抖的氣息。林蒼璿想著程瑜包裹在制服底下的肉體，慾望脹疼他的下身。

「小燈關掉，拜託。」程瑜按捺不住地想熄燈。

「別想再叫我關燈。」林蒼璿扣住他的手，親了親，曖昧地說，「反正沒打算睡覺，也不用關燈。」

花前月下，怎能放棄視覺享受。林蒼璿沒等程瑜回應，吻上對方的唇，舌頭侵入口中，程瑜顯然有些緊張，放不開。

林蒼璿笑了笑，直起身解開自己胸前的扣子，解到一半露出半片胸膛，乾脆直接脫掉。他的身材挺拔、肌理勻稱，手指從白皙的鎖骨上往下撫摸，滑過胸膛與漂亮的肌肉，既俊帥又撩人，程瑜差點忘了呼吸。

手指停在褲頭的拉鏈上，林蒼璿嘴邊掛著一抹若有似無的挑釁：「關燈你就看不到了。」

「你……」程瑜覺得自己好像被妖精勾了魂魄，連話都說不好。林蒼璿領著程瑜的手貼在自己的胸膛，用掌心感受心跳，沿著美好的線條慢慢琢磨，等他的手離開後，程瑜還捨不得放，傻愣似的黏著腰。

晶亮且無辜的眼神裡寫著無助，林蒼璿疼惜地傾身啄吻程瑜的臉龐。程瑜臉很燙，腦子的思考能力大概也被煮熟了，他趁程瑜還在恍神，引導那隻手解開皮帶，握住自己昂揚的下身。

「嗯……」林蒼璿輕輕哼聲，吻了程瑜的髮鬢與下巴，沙啞地說，「別怕，慢慢來，你幫幫我……」

耳邊的嗓音飽含情慾，程瑜嚥了口唾沫，兩人四目相接的同時，林蒼璿再度吻住他，並趁其不備扯開褲頭，握住程瑜同樣勃發的性器。

炙熱的陽根互相抵碰，追求快感這點小事程瑜還做得來，只是有些喘不過氣。林蒼璿總愛索吻，咬完了乳尖，接著便討甜頭想親嘴，陽根的前列腺液細細泌出，溼了兩人的手，偶爾林蒼璿還會像戲弄一樣刻意搓揉軟囊，讓程瑜發出壓抑的悶哼。

程瑜仰著脖子直喘，髮絲凌亂，毛衣雖然仍穿著，然而下襬已經捲到了鎖骨處，腹上有幾滴透亮的液體。這副模樣性感得不得了，又悶又騷的。

林蒼璿沒讓他射，換個姿勢三兩下就把程瑜的褲子扒下來，扛起雙腿掛在肩上。兩條長腿毫無遮掩，程瑜委屈又害臊，林蒼璿親上閃爍著水光的雙眼，一把握住程瑜的下身狠狠一揹，一陣電流從尾椎往上竄，逼得程瑜哼出鼻音。

「交給我，放輕鬆就好。」林蒼璿連哄帶騙地親吻，手上增加了力度，一下子緩一下子急，折磨得程瑜額上冒出細細的汗，「小老虎乖乖，聽我的話。」

「啊……」莖身被不斷揉弄，指腹劃過敏感的尖端，程瑜整個人沉浸在肉體的歡愉中，全身都是酥的。林蒼璿趁亂咬開藏在床頭的潤滑液，擠了一點在手上，探往後方幽祕的穴口。

程瑜幾乎驚醒，慌忙之中扭腰掙扎，林蒼璿壓著他的腿不讓亂動，輕聲細語地哄誘：「看著我，程瑜，看我。」

聲音充滿柔情，林蒼璿討好地輕吻程瑜的臉龐，只進去了一根手指便不動。兩人交纏著唇瓣與舌尖，林蒼璿慢慢地替程瑜舒緩腫脹的慾望，等程瑜呼吸緩了點，才又將手指推進一些。當手指整根沒入穴口，他才逐漸加快速度抽動。

昏暗的寢室內只剩喘息與淫蕩的滋滋水聲，潤滑的幫助令程瑜很快適應了手指的進出。前端被束縛著不放，後穴不停累積快感，他禁不起折騰，一口咬上林蒼璿的肩膀，連啃帶舔，撒嬌的意味明顯。林蒼璿也不客氣了，再加入第二根手指，程瑜哼了聲，雙腿微微發抖。當林蒼璿的手指滑過某處凸起的小點時，程瑜奮力掙扎，呻吟頓時變了調：「嗯、嗯……嗚……」

「乖，放鬆，我怕你受傷。」林蒼璿嘴上溫柔，但實際上一點也不想放過程瑜，「忍忍，不舒服嗎？」

「混帳……嗚……哼……」程瑜哼哼唧唧地罵，罵一句便得到一次折磨性的關愛，只差沒被臨頭卻硬生生掐斷的快感給逼瘋。

「你不喜歡嗎？」林蒼璿換了個姿勢，退開身體，「那這樣子呢？」說完，他立即將自己的陽物抹上一層潤滑，推了進去。

「啊啊……」前端才插進一點，程瑜便渾身顫慄，薄唇吐出細微的哭音。

熱汗直流，林蒼璿煎熬的程度不比程瑜小，想貫穿而入的渴望幾乎快摧毀所有意志力。他俯下身吻程瑜，勾著舌頭，一面撫摸蓬勃的陰莖與敏感的乳尖，趁程瑜稍微放鬆時再次推進一點，緩緩劈入對方體內。

「放鬆，小老虎，放鬆點。」言語只剩下片段，林蒼璿同樣被折磨得腦袋發燙，理智所剩不多。他想吃了程瑜，想立刻貫穿程瑜，可是又擔心傷了他，「乖，寶貝，看著我，親我。」

「哈、哈……」程瑜側過臉，小口地喘氣，突然間勾住林蒼璿的脖子拉近兩人的距離，雙腿環緊林蒼璿的腰，「沒關係……你來，我……我忍得住。」

情慾染紅了程瑜的臉龐，眉梢鼻梁沁著一層薄薄的汗，察覺林蒼璿眼神的變化，程瑜馬上抬手遮住自己的眼，不敢再看。林蒼璿哪能放過這個機會，渾身細胞都叫囂著想擁有眼前的人，他低頭咬住程瑜的鎖骨，細細親吻，下半身一挺，齊根沒入程瑜體內。

「啊……好熱，又熱又緊。」汗水從林蒼璿的額頭淌下，他發出舒服的喟嘆，「程瑜，你的身體裡面……好舒服，實在是……太棒了。」

雙腿之間的甬道又窄又熱，潤滑過後彷彿包著一層絲絨，爽得林蒼璿差點繳械。他每日每夜地思慕，不知幻想過多少次與程瑜溫存，如今終於如願以償，無論心靈還是身體都得到無比的滿足。

「嗯、哼……」程瑜緊緊咬著下唇，把半張臉藏在自己的手臂內，不敢呻吟。

林蒼璿俯在他身上享受了一會，抬頭哀求：「讓我吻你，讓我看看你的臉。」

對方默不作聲，林蒼璿沒來由地心慌起來，抓著程瑜的手腕拿開手臂，硬是要看程瑜的臉。不看還好，一看他就後悔了，程瑜的臉紅著，俊眉扭成了結，溼潤的眼角掛著淚水，一副被欺負得狠了的模樣。

「很、很痛嗎？程瑜、程瑜……」林蒼璿手足無措，連忙親吻程瑜的臉，「抱歉，我、我太急了。」

程瑜用袖子抹掉淚水，委屈似的搖搖頭。

「啊，我……」想退出去卻捨不得，又怕程瑜眞的受傷了，林蒼璿頓時白了臉，以爲自己出師不利，把人給弄痛了。

滿臉通紅的程瑜彆扭地用雙腿把腰夾得更緊，重新環住林蒼璿的脖子往下壓：「就跟你說不是痛，聽不懂嗎！」

林蒼璿「唔」了聲，呆呆盯著他，程瑜只想找個地洞鑽進去：「都跟你說關燈了……你他媽的。」

「我還以爲……」林蒼璿愣著，眼淚先掉下來了，「搞砸了……」

淚水起先落了一滴，接著像不用錢似的啪搭啪搭地掉，程瑜瞪大眼，一時間不知該如何是好。他慌張地說：「幹麼哭，我又沒說你有錯，而且你以爲搞砸了什麼？」

「我以爲……第一次搞砸了……」林蒼璿啜泣不已，用手背擦著淚，委屈得像小媳婦。

下身的穴口被撐到極致，林蒼璿每抽一次氣，深埋在體內的巨物都跟著頂弄，彰顯著存在感。程瑜簡直快昏了，原來游刃有餘都是裝的，林蒼璿把這種事情看得如此重要是怎樣，做爽了又不能上臺領獎！這是另一種折磨嗎？他媽的什麼鳥情況。

身體還沉浸在情慾之中，程瑜眼角的淚卻已經從極端愉悅的象徵變成「乾脆讓我死了算了」。小媳婦哭得委屈，但彼此的第一次得溫柔體貼，不能罵人，於是程瑜嘆口氣，軟了心，摸摸林蒼璿的腦袋：「乖，別哭。」他撐起上身，捧著林蒼璿的臉頰親了親，「不要追求奇怪的自我要求了，我沒事。既然都……幹麼不好好享受？」

這話擺明是在說好好享受大餐趕緊來操我，在這種情況下還得安慰別人，程瑜豁出去了，耳朵臉頰羞得起火。

惶然的林蒼璿彷彿得到了一絲救贖，眨著晶瑩的雙眼，程瑜有種中招的感覺。果不其然，林蒼璿擦擦說停就停的眼淚，傾身埋在程瑜的頸窩，小動物般綿軟撒嬌，熱燙的眼淚滾落在鎖骨。

林蒼璿閉著眼，淡淡地說：「如果有哪裡做得不好，你要體諒我。」

淚珠掛在眼睫上，林蒼璿扶著程瑜的下巴，交換一個綿長而溫柔的深吻。

說實話，程瑜的對照組只比沒有多一點，根本無從比較做得好不好，這句體諒大概就類似開動前說的「請多多指教」，身爲俎上肉的程瑜卻毫無危機意識。林蒼璿溫熱的唇緩緩往下溜，停留在胸口，舌尖在乳上舔拭，下半身猝然挺得更深入。

「嗚……」電流般的酥麻感從尾椎攀升，沿著脊梁竄上腦門，程瑜憋著呼吸不敢亂動，穴口尚未充分適應碩大的尺寸，繃得又脹又痠。陽具先是慢慢抽插，一寸寸地推進，細密的痠麻感把程瑜折磨得頭昏腦脹，直到粗糙的毛髮與腹部的肌肉觸及，他才意識到林蒼璿再度徹底進入，嚴絲合縫的，連心跳都能傳遞。

林蒼璿發出滿足的喟嘆，停下動作，感受那份熱度與溫柔的包覆。

「別擋著臉，我想看看你……」林蒼璿拉開程瑜遮住臉龐的手臂，狠狠地往敏感點頂弄，由淺而深，逐步加速。

「你他媽……慢點、慢點！」程瑜十指揪著林蒼璿光潔的裸背，差點喘不過氣。他不敢喊叫，覺得不好意思，只在按捺不住時哼出惹人憐愛的委屈音調。

連續幾下強而有力的猛攻，程瑜頭皮發麻，被貫穿的地方沒有想像中的疼，反倒是快感越來越鮮明，幾乎淹沒了他的意識。

寢室內只剩喘息與肉體的撞擊聲，夾雜著細微哭音，兩人悶著不說話，抽插間的黏糊水聲在安靜的室內特別清晰，林蒼璿時不時用親吻表達自己的溺愛。

他直起身軀，扣住程瑜的腳踝由上而下欣賞美景，麥色肉體覆著一層薄薄汗水，在燈光下透著曖昧的粉紅，乳尖也閃著淫穢的光澤。矜持和害臊早已失去約束力，程瑜被慾火燒得渾身哆嗦，本能地回應快感。

腳扛在肩上，林蒼璿咬著程瑜勻稱的小腿肌，粗長的陽具不斷進出，猛烈搗弄甬道中最敏感的地帶。程瑜的反應比他幻想中的還要迷人，他似乎太低估自己的占有慾了，他想要讓程瑜快樂，讓程瑜無法克制地呻吟，只為他一個人瘋狂——

程瑜失神地抓著被單，薄唇吐出呻吟：「嗯……」

「喜歡嗎？」林蒼璿持續挺動腰桿，長期的柔道訓練使他的每一下衝刺都極具力量，以爆發性的強猛不停齊根進出。

在床上，林蒼璿往往喜歡用技巧折服人，一點一點地迫使對方哭喊求饒，享受讓人屈服於腳下的快樂。可是現在，他一點也捨不得這麼對待程瑜，比起折辱式的性愛，他只想親吻程瑜，令程瑜開心，單純地追求肉體與愛慾的結合，這樣反而更能獲得極大的滿足。

汗水沿著背脊下淌，衝擊的速度越來越快，在短暫的回神中，程瑜只覺又被騙了，不禁恨自己太過心軟。林蒼璿平常在他面前一副柔弱狗狗樣，他剛才還愚蠢地安慰他，沒想到這人骨子裡根本是頭飢渴的畜生！

尺寸不小、色澤豔麗，和主人一樣漂亮的陽物正不受控制地泌出淫液，隨著動作甩成一條條銀亮的水漬。林蒼璿不忘給點甜頭，替程瑜撫摸前端的硬物，用拇指撥弄軟縫，程瑜低喘一聲，林蒼璿旋即被抓住手腕。

程瑜雙頰酡紅、眼角溼潤，難爲情地討饒：「你這樣……我很快就不行了……」

性愛的時候浪語能增添情趣，但這句眞心話比林蒼璿以前聽過的所有床笫情話還要撩人，像一桶汽油潑在身上。

能別這麼老實嗎？林蒼璿把持不住，單手擰著結實的臀部更深地一插，毫不吝嗇地埋頭猛幹。

眼淚不受控制地掉落，程瑜把臉別過去埋在枕頭裡，前後的弱點被夾擊，快感與痠麻直衝腦部，林蒼璿感受到腸壁一陣銷魂的緊縮，伴隨著一聲長吟，程瑜先射了。

精液射在兩人的腹上，程瑜的胸口和下巴也沾染了一些。林蒼璿俯身親吻程瑜安撫，親著親著，就一點一滴把下巴與胸前的精斑給舔掉，統統吃進嘴裡。

「別鬧，欸……你不要什麼都吃，別舔……」程瑜擋著他的臉，大口匀著氣，腿根微微發抖，後穴仍銜著熱鐵般的硬物，提醒他事情還沒結束。

「我要把它們都吃進肚子裡，只要是你的都好吃。」林蒼璿刻意舔過敏感的乳尖，程瑜又是一顫。

兩人在床上鬧了一小會，你擋我舔的，程瑜一邊要抵擋攻勢，下半身卻異常敏感，細小的動作都能弄得他面紅耳赤。林蒼璿當場笑出聲，抓住程瑜的雙腕，埋頭送上一吻：「表現如何？」

「厲害厲害，給你滿分，滿意了嗎？」程瑜有些彆扭，被吃乾抹淨的是他，回過頭還得幫人打個上床分數，林蒼璿真他媽不要臉。

林蒼璿笑靨如花，滿臉春風：「謝謝主廚賞識，那換我開動了。」

程瑜無比震驚，原來不要臉是沒有極限的。

平常工作累得夠嗆，沒什麼時間開葷，這回程瑜總算長經驗了。林蒼璿再次伏在他身上，左右壓開長腿以便順暢進出，動作溫柔體貼，只是行爲不太檢點，又像怕程瑜受傷似的，在他即將到達臨界點時三番兩次換姿勢，讓人喘口氣——

喘個屁！

程瑜含恨地想，早知道就打零分！

他把臉龐埋入枕中，卻被掰正過來吸吮舌尖與唾液。意識基本上和糨糊差不多，程瑜的悶哼開始斷斷續續，最後徹底忘了害羞這回事，越來越忘情地呻吟。

林蒼璿話也少了，抽插發出咕滋水聲，身下的人後穴夾得又緊又熱，程瑜俊眉緊鎖，瀏海凌亂，側首露出性感的喉結，爽得發出夾雜哭音的喘息。

前端在妥善照顧之下重振雄風，硬得滴水，這回高潮沒有第一次來得輕易，過程漫長，痠爽酥麻的快感把程瑜逼得流淚，忍不住張嘴啐罵：「幹！你快點射行不行！」罵別人還沒達陣，程瑜自己又洩了一次，而林蒼璿也哼出聲，趕緊抽出陽具迅速手淫，最後全數射在程瑜的腿根上。

事後處理是表現體貼的最佳時機，但程瑜不想管了，他只覺得自己像被惡犬追著跑完四十二公里的馬拉松選手，渾身無力。林蒼璿拿溼毛巾替他擦過全身，又扛著人去浴室洗了個澡，程瑜全程任由對方拿肥皂搓揉，累得瞇眼直打盹。

林蒼璿嘴角微勾，一副心滿意足的模樣，幫程瑜洗澡的時候，大多數時間都用肥皂泡在胸口與腹肌畫圈，一邊捏捏彈性極佳的臀腿。

洗澡的時候林蒼璿又硬了，卻忍著不敢碰，只是要程瑜背過身去，不讓他看。從浴室撈出人，林蒼璿替程瑜吹乾頭髮，換上舒適的睡衣，程瑜已經累癱拉著棉被準備睡了，而林蒼璿只穿一條睡褲，跟著鑽進柔軟的被窩。

一雙手輕輕攬住程瑜的腰，從後方緊緊抱住，臉頰貼著背，表露出依賴與珍愛。迷糊之中，程瑜拍拍林蒼璿的手腕，伸手撓著他的髮絲：「乖。」

「程瑜……」微溼的冰冷鼻尖貼在頸後呼吸，又蹭著臉頰，林蒼璿的嗓音略帶鼻音，「程瑜……我好喜歡你。」

程瑜想轉過身看林蒼璿的臉，林蒼璿卻更快一步熄掉床頭的小燈。程瑜想笑，好個奸詐，又不是沒看過你流眼淚。

他捧起林蒼璿的臉，吻著溼熱的雙頰，黑暗中看不見林蒼璿的表情，只有帶著不安的一句話響起：「……我可以和你在一起嗎？」

林蒼璿依然怕自己沒資格待在程瑜身邊。

程瑜笑了笑。蠢蛋，人都給你吃了，還在斤斤計較。

打從徹底明白這個人的心意之後，程瑜就已經接受他了。

程瑜拉過他的手，環住自己的肩，面對面，摟緊了林蒼璿的腰，貼著一吻：「乖，除非你願意跟我一輩子。」

兩人深深地擁抱，林蒼璿的眼淚滴在枕上，沒入了程瑜的髮梢。

程瑜磨了磨對方的肩膀：「我只是覺得眞他媽失策，你體力這麼好，以後八成會常常睡眠不足。」

林蒼璿破涕爲笑，吸了吸鼻子：「那就換早上做，這樣如何？」

程瑜勾著嘴角，笑罵：「去你的。」

Chapter 35

咖啡比鬧鐘還有效，程瑜是被香氣喚醒的。

他瞇眼拿起鬧鐘，上頭顯示清晨五點半，時間還早，距離他預計起床的時間還有一小時。客廳傳來動靜，程瑜抱著被子掙扎，尚未從床鋪脫離，林蒼璿就先進了臥室，躡手躡腳的，有如作賊心虛。

一隻手從腳踝摸上來，掠過小腿、大腿，接著掐了下緊實的腰肌，狠狠抱了一把。養寵物的壞處就是放飯時間到了，狗狗便開始不安分了，不停搔他癢咬他的肩頭，程瑜鼻頭微皺，轉過身抵擋調戲。林蒼璿親了親他的臉頰，脖子，胸口，逐漸往下，程瑜的意識在迷糊間打轉，突然倒抽一口氣，溫熱的口腔包覆住晨勃的性器，在被褥中上下吞吐。

「等、等等！我要起床了！」這個晨喚服務太刺激了點，程瑜緊急扣住林蒼璿的頭討饒，腦子還沒能靈活運轉，呻吟倒是先逼出口了，「啊、啊哈……你不要一早就弄我……嗯……今天還得上班……」

程瑜來不及害羞，毫無抵抗力的他只能跟著本能走，呼吸逐漸變重，腰也跟著細微抽動。林蒼璿一瞧可開心了，草草含溼了一根手指便探入後面的小穴，細細摩挲，窄熱的甬道經過昨夜的拓張，仍保持著柔軟，毫不費力就能吞吐。

「啊、住手……可惡。」程瑜臉上像炸開了般紅透，喘不過氣，只能咬著手背悶哼。指頭屈起，反覆地按在突起的點上，轉圈讓穴口適應。林蒼璿一面咬開保險套戴上，

有幾戶人家指證，大概深夜三點的時候，他們聽見突如其來的巨響，但因爲時間太晚，所以根本沒人起床查看發生了什麼事。車子的警報器先被剪斷才被砸壞，程瑜與林蒼璿望著破爛的大車，目瞪口呆，警察掃了林蒼璿一眼，輕描淡寫地說：「對方大概是專業的討債老手，處理債務糾紛用這種手段算是見怪不怪。」

警察寫著筆錄，嘆了口氣，轉而看向程瑜：「你跟車主是什麼關係？」

「朋友。」程瑜遲疑了一會又改口，「我老闆。」

警察振筆疾書，再問：「老闆有債務糾紛，還是與人結怨嗎？」

程瑜愣了下，指指林蒼璿：「……與人結怨的應該是他。」

林蒼璿噗哧一聲，緊接著捧腹大笑，程瑜被他嚇了一跳，和看見寵物發瘋一樣驚慌，連警察也用關愛走投無路市民的眼神瞧著林蒼璿。

「不好意思、不好意思，這我朋友的車……他硬要借我的。」林蒼璿笑得飆淚，「最近我在打官司，得罪了不少人，結果他的車就被砸了。哈、哈哈哈哈！」

警察滿臉黑線，當他是打擊太大，咳了聲：「你朋友對你挺不錯的，只是討債集團不會查車牌，把你朋友借你的車當成是你的了，運氣眞差。」

「還好啦。」林蒼璿抹著眼角的淚，「之前我也被我朋友害得挺慘的，還因此被人揍了一拳呢，一來一往剛好扯平。」

林蒼璿一抽一抽地忍笑，連路人都好奇地側目，程瑜暗地裡扯著袖子要他閉嘴，彆扭地說：「別笑了，這不好笑。」

「總之，你們自己得多注意人身安全。」警察啪地合起筆記本，語重心長補了句，

「切記不要違法私自解決，喔對了，自殺也沒辦法解決問題。」

程瑜押著林蒼璿跟警察道謝，在路邊等拖吊車來把車子給拖走時，程瑜才意識到林蒼璿的處境可能遠比他以爲的更危險。投資顧問手中握著多少人的錢脈？林蒼璿這麼一亂，恐怕斷了不少人的財路，危機之大顯而易見。

程瑜的臉色沉了下來，身旁的林蒼璿卻笑得如春天小花。程瑜憂心忡忡地說：「今天要不要來餐廳待著？起碼安全點。」

「啊？爲什麼？」林蒼璿買了杯豆漿，插著吸管喝，「別怕、別擔心，我最近運氣好得不得了，等等還想去買張樂透呢。」

程瑜沒有繼續勸說，只是蹙起了眉，整張臉陰沉沉的。備受關懷的感覺挺好，林蒼璿有點高興，反正今天也不用去地檢署報到，他乾脆就順著老公的要求，夫唱夫隨。

打了幾通電話給白禮，對方都沒接，傳訊息也不讀不回，林蒼璿心想，白禮大概還在睡覺，這份驚喜還是晚點讓小白知道吧。想著想著，他幸災樂禍地想笑，一路上都勾著嘴角。

對於老闆的朋友來餐廳吃飯這件事，沒人感到奇怪，畢竟大家已經曉得林先生跟小白老闆是哥倆好。餐廳正在營業中，員工休息室來去的人不少，劉軍秀與江子豪都和林蒼璿打了照面，之後又回到崗位上認眞工作。

林蒼璿在休息室支著腦袋，灼熱視線掃過程主廚全身上下，那身制服合身而帥氣，高高的領口充滿禁慾感。穿著衣服是神聖不可侵犯的姿態，脫下以後卻是誘人的性感，不枉費他之前挑制服挑得眼睛快脫窗，連鈕扣的位置和樣式都要計較，他只覺得今天賺翻了。

他一整天都在白禮專屬的休息室打混摸魚，偶爾出門去後巷抽抽菸，還不忘拿著手機刷股市，賺賺小錢。對於老闆的這位閒人朋友，員工們沒什麼想法，反正物以類聚，小白老闆的朋友很勤奮反而奇怪，只有幾名資深老屁股才曉得林蒼璿其實是前老闆。

但八卦恆久遠，爆料永流傳，這件事後來莫名其妙傳開了，連甫來兩個禮拜的實習生也知道林蒼璿是何許人物，難怪主廚那麼悉心招待這位林先生。

率先察覺情況不對的是管帳的財務小姐，午間休息時，她嘴裡嚼著蘿蔔乾，語重心長地發話：「我覺得怪怪的。」

整桌的人紛紛抬起頭看她，劉軍秀緊張地叉掉了一塊雞胸肉。

「我有個老朋友在金融界待了很久，林先生是誰他認識。」她喝口水，清清喉嚨，接著壓低音量，「他說，林先生早就出櫃了，所以不會有女朋友。」

急著想嫁的女員工們紛紛惋惜地嘆了聲，財務小姐卑劣地邪笑。只有江子豪跟劉軍秀你看我我看你，臉色十分精采，說不出的彆扭。

財務小姐故作神祕地繼續說：「可是林先生今早跟主廚一起來上班……」

「不可能啦。」劉軍秀率先舉手，「我看過一個女生來找程哥，長頭髮，身高大概一百六，長得挺可愛的。」

「那個我知道，是他妹啦，妳別亂傳。」財務小姐揮揮手，一臉嫌棄，「我就是感覺怪怪的，才會跟你們討論嘛。」

氣氛重回凝重，彷彿某某節目正在討論連科學家都沒辦法解開的外星人之謎。

「以我的男性直覺來判斷，我認為程哥不是。」江子豪認真地說，「程哥最近認識了一個叫姚麗麗的女人，跟她講話的時候還會臉紅。」

「嘖！誰跟你說這個！」財務小姐拍桌怒斥，「等等告訴姊姊那叫姚啥的長什麼樣子，老娘才不信拚不過她！」她順了順頭髮，風情萬種，「我是說，林先生跟白禮關係匪淺，好像從小就認識……我猜是白禮金屋藏嬌，先讓直男主廚照顧著林先生，其實白禮身邊的那些女性根本全是煙霧彈！」

所有人一副恍然大悟的樣子，連江子豪與劉軍秀都傻了。

對於這個奇葩的結論，躲在倉庫找某個設計款餐盤的程瑜差點跪下叫大姊。另外，姚麗麗是火眼金睛把他給看透了，所以他才臉紅！程瑜拿盤子的手顫抖著，渾身冷汗直冒，只覺眞他媽有夠刺激。

「唷呼！」財務小姐突然高呼一聲，連忙說，「林先生，快來這邊吃飯！」

程瑜的冷汗又瞬間集中在腦門上。

「哎，我剛抽完菸，眞不好意思。」林蒼璿的聲音飄進程瑜耳裡，「今天的午餐是什麼？」

「小米雞肉冷盤。」劉軍秀殷勤地替林蒼璿挾菜，笑容滿面地說，「林先生嚐嚐看，這是主廚爲了比賽做的練習作品唷！」

擺盤不甚精緻，但美食的香氣依然勾起林蒼璿的食慾，他的臉上有如綻著光芒，笑起來特別迷人：「謝謝，看起來很棒，程主廚眞的很厲害。」

當然要誇一下躲在倉庫偷聽的自家老公。

職業病犯了，劉軍秀開始介紹起眼前這道菜。基本上程瑜比賽用的菜色都是由他親自發想，劉軍秀充其量只是聽過主廚說明，但也把概念銘記在心了。最近程瑜熱衷於在臺菜的基礎上創造變化，選用的皆是臺灣的當季食材，且烹調技巧越發高明。

「好吃，程瑜的手藝越來越棒了。」這是林蒼璿吃下這道佳餚後的心得，他是由衷地佩服程瑜，甚至有點感動。

「林先生，問你件小事。」財務小姐傾身向前，目光先掃視四周一圈，才神神祕祕地問，「你現在有沒有男朋友？」

程瑜的一顆心幾乎吊到了嗓子眼。

林蒼璿挑眉：「怎麼突然問這個？」

「沒啦，就好奇。」財務小姐擺擺手，「想說林先生長得這麼帥，應該會有男朋友，不然我可以幫你介紹。」

一桌子的目光全部集中在林蒼璿身上，包括隔壁桌的實習生小妹都投以熱切的眼神。

林蒼璿面不改色地說：「我空窗很久了，現在是單身。」

程瑜的心緊了一下，聽見林蒼璿又說：「以我目前的狀況，單身會比較好，省了很多麻煩。」

這話在場眾人只懂了一半，但在倉庫偷聽的程瑜相當明白，說有伴侶肯定會被追著問是誰，大家也會意圖揣測是不是周遭的哪個人。

其實林蒼璿一度壞心眼地想陷害白禮，但他還是選擇了少惹點事，多給程瑜一點空間。

「就是說，我也覺得一個人比較好。」財務小姐嘟著嘴，「那你早上爲什麼跟主廚一起來上班？」

所有人捏了一把冷汗，財務小姐向來有話直說，有時顯得口無遮攔。林蒼璿一派輕鬆地答：「我現在暫住在程瑜的公寓，因爲從三重過去臺北地檢署比較近。」

氣氛急轉直下，從興致高昂地聽八卦變成了誤揭別人瘡疤的難堪，就算是向來大剌剌的財務小姐也懂得看氣氛，連忙轉移話題。林蒼璿擅長操弄人心，三兩下便讓對方自討沒趣，自己則不疾不徐地嚼著盤中美食，偶爾才插嘴加入話題。

程瑜何時開溜的，林蒼璿並不曉得，直到下午的班即將開始，他才瞥見在廚房試吃餐點的程瑜。程瑜監督著烹調的流程，抬頭時不經意地隔著玻璃門看見林蒼璿，於是點個頭示意，隨即又進入認眞工作的模式。

比賽的壓力急速增加，率領團隊的程瑜必須穩住人心。他鮮少發怒，同時不苟言笑，在工作上近乎冷酷嚴肅，即便他焦慮不安得無所適從，也只能選擇在私底下揮棒擊球洩憤。

老公認眞的模樣很帥，不過林蒼璿滿腦子都是今早程瑜喘息著的模樣，心裡有點爽。意淫結束，林蒼璿拿著手機去後巷講電話，躲在葛藤蔭下避暑，講沒幾分鐘就看見白禮神色惱怒衝著他來。

「怎麼回事？怎麼被砸車了？」白禮的下巴冒著青色鬍渣，眼眶充血，明顯是玩了通宵才剛起床，「不是說地檢署跟警察都會保護你嗎？怎麼會發生這種事情！」

聲音之大，令經過的路人頻頻回首，還以爲是有人在吵架。

「抱歉，等等再打給您……是的，是白禮，總經理您別擔心。」林蒼璿掛斷電話，朝著白禮皺眉，「小聲點，是打算昭告全天下你的車被砸了嗎？」

「總經理？你在跟誰講電話？」白禮雙手環胸，焦躁地說，「你現在還在搞投顧？別鬧了吧大哥，你想死嗎？萬一被周家抓到你還在搞這玩意兒，到時怎麼死的都不知道！」

「吵什麼吵，你是把智力全部給嗓門了嗎？」林蒼璿抽出一根菸叼在嘴裡，低低地笑，「不用怕，我不會這麼輕易被人抓去賣掉的，我爲國爲民除暴安良，地檢署保我都來不及了，怎可能又落到周家手中。」

「呿！」白禮兩眼一翻，「除你老母，講得好像自己是正義隊長。你以爲你的敵人只有周家嗎？還有跟周家一丘之貉的那些人好嗎！商場上最忌諱斷人財路，你自己也很明白，別想跟我打迷糊仗。」

「只要你閉上嘴巴，就沒人會知情。」林蒼璿瞟了他一眼，「車怎麼辦？不過不好意思，我破產了，沒辦法還你。」

白禮搔搔頭，欲言又止。愛車被砸了還眞有點肉痛，可又是他自己非得要借林蒼璿的，這傢伙眞他媽臉皮厚。白禮一張臉青紅交加，牙癢癢地逼出幾個字：「算了，當我倒楣！」

林蒼璿點菸，賊賊一笑：「那就謝謝小白了。」

白禮神情嫌惡，有意噁心林蒼璿：「有生之年用肉體償還哥吧你。」

不找死不會死，後巷和廚房只有一門之隔，樓上就是員工休息室。肉體償還這句話當晚立刻傳遍了整個餐廳內部，兩人的故事越編越離奇，從多年老友演變成黑心總裁強逼落魄帥哥，白禮本人完全始料未及。

劇情未演先轟動，好事的員工們興奮莫名，程瑜徹底坐實幫忙照顧林蒼璿的好人配角，沒人往其他地方多想。

夜幕低垂，餐廳熄燈後，程瑜還和副廚及其他團隊成員討論著比賽菜單，劉軍秀每試吃一口便認眞寫下心得，眾人圍在餐檯邊，專注地研究擺盤與味覺光譜，程瑜也透過他們的回饋不斷進行調整。

M.O.N. 第二階段的競賽名單已經出爐，除了長年占據臺北市餐廳排行榜一、二名的Camélia與Hiver以外，更有在第一階段競賽中脫穎而出的黑馬——茶宮，與呼聲極高的La Taipei，個個實力堅強，不容小覷。上週出刊的美食評鑑雜誌更搶先預測第二階段競賽的排行，大大的版面上是李若蘭的美照與茶宮主廚的國字臉。

Bachique並未被關注，只有美食記者戴燦德稍微提及，充其量只是將程瑜的名字列在十大潛力排行內。

工作正式結束，拉下鐵門的時候，已是午夜十二點。程瑜向最後離去的劉軍秀道別，洩了口氣，轉身對旁邊的林蒼璿說：「你可以先回家的，不用等我下班。」

「一個人在家很無聊。」林蒼璿搖搖頭，故作委屈，沒了在眾人面前的優雅自持。

「在這裡也很無聊吧。」程瑜一笑，穿上外套。

無人的暗巷只剩他們倆，朦朧月色撩人心弦。程瑜替他戴上安全帽，再扣好扣子，林蒼璿忍不住就往柔軟的唇送上一吻。

「別鬧！」程瑜立刻炸毛，臉色比番茄還豔紅，「別在外面瞎搞……」

偷襲得逞，林蒼璿開心地嘻嘻笑，沒等程瑜上車，他自己先跨上後座，拍拍前方的椅墊：「自己上來。」

眼神充滿曖昧，言語暗藏淫穢，程瑜紅著臉罵了聲髒話，跨上機車的同時被從後方緊緊攬住腰際。程瑜怕癢，幾乎快從車上彈起來：「放開，不要抱這麼緊，你到底想不想回家！」

林蒼璿先是憋笑，最後忍不住大聲笑出來。

月光被陰雲遮蔽，程瑜好不容易搞定性騷擾高手，發動引擎，結果還是敵不過良心，體貼地拉過林蒼璿的手臂環住自己：「冷的話就放口袋，抓穩了。」

檔車疾駛而去，一縷白煙被寒風吹散，躲在暗處的劉軍秀一顆心撲通撲通狂跳，她把筆記本忘在餐廳，折返回來卻撞見了這一幕，差點嚇出心臟病。她匆匆躲到暗處，摀著嘴以免失控尖叫，不敢相信自己的眼睛。

程主廚跟林蒼璿……不會吧！

深夜的馬路上車輛稀少，從市區回到租屋處沒花太多時間，一打開門，鑰匙都還沒掛好，黏人的大狗狗便纏了上來，非得索討個歸家吻才願意放人。出門也親、進門也親，程瑜覺得自己的底線正逐步後退。

吻越來越放肆，手開始沒規矩地亂摸，程瑜推開林蒼璿的下巴，喘口氣說：「夠了夠了，我想先洗澡。」

林蒼璿毫不猶豫地鬆手：「沒問題，我等你。」他的眼神充滿期待，閃閃發亮，還不忘補一句，「記得洗快一點。」

「你在期待什麼。」程瑜彆扭地說，「洗洗睡了，累不累啊你。」

程瑜說完就踏入寢室，毫不理會流著口水等待的大狗。林蒼璿此時發自內心地感謝程瑜的小公寓有兩套衛浴，自己也拎著乾淨的衣服，快速過了水。

當程瑜冒著熱氣從浴室出來時，林蒼璿已經在床上等候了。

林蒼璿笑著拍拍床鋪：「老公快來睡覺。」

程瑜無言以對。這種不祥的預感大概是《絕命終結站》的等級，他覺得自己哪天可能會在床上鞠躬盡瘁。分不清究竟是殘餘的水珠還是冷汗從額上緩緩流下，程瑜退了一步，遲疑地說：「呃……那個，我能提議嗎？」

「嗯？」林蒼璿一瞬間坐直，緊張起來，「花力氣的事情還是我來吧，聽說當Bottom比較不累，我怕你太累了嘛，你躺好，我來伺候你……」

程瑜扶額：「沒人跟你討論這個。」

這王八蛋之前餓太久，導致現在滿腦子奇怪的幻想。程瑜坐在床沿，雙手環胸，嚴肅地說：「你也知道，剩沒幾天就要比賽了。」

完了——這是第一個闖入林蒼璿腦海的想法，要從大口吃肉變回苦行僧了。林蒼璿蹙起眉，再癟嘴，一副賣萌賣慘的可憐樣：「可以不要這樣嗎？」

程瑜摸摸他的頭：「乖，忍忍，我得把所有精神放在比賽上。」

沒想到天堂般的好日子持續不了太久，沒法吃肉的蜘蛛精要一起和高僧在瀑布底下坐禪了！林蒼璿泫然欲泣：「那兩天，不，三天一次行不行？只吃晚餐不用早餐了！」

程瑜早就摸透這個盧小的招數，拚命忍笑：「不行，我每天光是工作就累死了，沒體力應付其他事情。」

林蒼璿倒抽一口氣，抓著棉被近乎哀求地說：「這太殘忍了，每天在你身邊只能看不能吃，你明白這有多痛苦嗎！不行，我辦不到，程瑜——三天，不然四天一次嘛！」

有什麼比碗裡的肉被硬生生搶走更難過？林蒼璿只想仰天長嘯，程瑜是高僧轉世，專門來度化淫魔的嗎！四天他怎麼能忍！程瑜依舊無動於衷，雙手抱胸微笑，林蒼璿絞著被單悲愴地說：「我怕我強姦你啊！」

「比賽快到了，忍一忍就過了。」硬的不行就來軟的，和盧小談判需要具備多種技巧。程瑜抓準了林蒼璿的弱點，笑說，「這場競賽對我來說很重要，你也不希望我精神不濟吧？」

果然，林蒼璿萎了下來，先是委屈地抱著膝蓋，而後緩緩倒下，枕在程瑜腿上：「我……我沒有想讓你這麼累。」他乖巧得像隻貓，黏在程瑜腳邊撒嬌，躺了一陣，他搔著程瑜的小腿肌，做好慷慨赴義的覺悟，只是嘴上還不肯放棄，「可是我每天都想要你，不做的話我會爆炸，會死掉。」

程瑜快笑出來了，第一次聽到有人不做會死的，又不是青春期的男孩滿腦子只想發洩。他摸摸林蒼璿的腦袋，指尖在溼潤冰涼的髮絲間穿梭：「不然這樣好了，假日前一天晚上解禁，如何？」

「行！一言爲定！」林蒼璿容光煥發，掰著指頭開始算，「媽呀，還有六天，這六天我該怎麼過……」

程瑜彎下腰，在他額上一吻：「不用等六天。」

林蒼璿愣了下，眼裡全是程瑜寵溺的笑容。程瑜說：「就今晚。」

總而言之，經過這夜以後，程瑜發誓從今往後絕不會再挖坑給自己跳。他完全低估了林蒼璿餓虎撲羊的爆發力，得知自己即將餓六天，林蒼璿幾乎整夜不停歇，翻來覆去連啃帶舔，把他整個人吃乾抹淨。

醒來的時候，程瑜有點頭疼，嚴重睡眠不足，不過重情重義重老公的林蒼璿早上倒是眞的放過了他，不吃早餐了。

這幾天林蒼璿都跟著程瑜去上班，一來是老白有交代，二來是程瑜也不太放心。所以除了被地檢署傳喚的日子，林蒼璿最常鬼混的地方就是白禮的休息室，辦公室裡的八卦因此越編越精采，所有人討論得欲罷不能，只有劉軍秀不曾參與話題。

每當聽別人說起時，她往往只是呵呵傻笑，從不發表意見，偶爾在沒人瞧見的時候鎖著眉頭沉思，不如先前開朗。

第五天，林蒼璿窩在休息室看書，程瑜提著一袋新的口布從頂樓往下走，定睛一瞧，林蒼璿居然在讀勞基法，他瞬間覺得自家老公餓到腦子壞掉了。

「你啥時這麼關心民生了？打算轉行當律師是不是？」白禮嗑著瓜子，把瓜殼扔到林蒼璿懷裡，「要不要順便看一下勞基法有沒有寫閒人吃軟飯該怎麼防範？」

「吵死了，滾遠點行嗎？」林蒼璿翻了一頁，自言自語地說，「這休假制度眞他媽不合理……」

程瑜在內心冷笑，頭也不回轉入倉庫。新一季的菜色必須有新的配盤，劉軍秀正從倉庫最深處撈出湛藍色玻璃水紋平盤，臉上沾著灰，衣服也染上塵埃。程瑜把乾淨的口布歸位，隨口問了句：「軍秀，最近還好嗎？」

劉軍秀嚇了一跳，差點把手上的盤子給扔出去。她驚慌地把盤子收好，抬起頭對上程瑜的視線，接著又怯怯地低下頭：「我很好，沒事的。」

「我知道副主廚的壓力不小。」程瑜拿了幾罐橄欖油，只當她是工作太累，「有什麼事情記得跟我說，不要悶在心裡。」

程瑜向來細心，總能察覺每個員工的情緒波動，適時地給予關懷，劉軍秀不禁苦澀一笑。她明白程瑜以爲是工作上的問題，所以才特地找了無人的時機關心她，而不是在眾人面前詢問。

這個體貼的人藏著祕密，一輩子不想被發現，卻意外被她撞見了。

劉軍秀垂下頭，猶豫地開口：「對了，程哥之前說過的那個曖昧對象……喔，就是你說八字還沒一撇的那個。」

程瑜被這突如其來的問題弄得一怔，疑惑地瞧著劉軍秀。

劉軍秀不敢看他，假裝整理餐盤：「你跟他……最近還好嗎？」

Chapter 36

「怎麼突然問這件事？」程瑜略感驚訝，畢竟劉軍秀從來不在工作之餘探問私事。

「啊，沒事、沒事。」自知唐突，劉軍秀趕緊揮手，「是我太無聊了，不、不用回答也沒關係！」

態度如此慌張，任誰都看得出來劉軍秀心裡有鬼。程瑜彎下腰取了另一瓶香料，淡淡說：「狀況有點變化。」

「變化？」劉軍秀頓了一下。

「目前……好吧，就是在一起了。」程瑜有點不好意思，壓低音量，「身邊多了一個人也挺不錯的。」

劉軍秀望著他發愣，程瑜不太習慣在別人面前提及私生活，不自覺紅了耳根：「怎麼會想問這個？妳最近發生什麼……」

話還沒說完，劉軍秀的眼淚就掉下來了，她眨著大眼睛，淚水如大雨滂沱：「對不起，主廚，我不是故意要探你隱私的……我只是想知道你過得好不好……」

程瑜嚇了一大跳，隨手抽出一包紙巾，急忙拆開：「怎麼哭了？軍秀，妳怎麼了？是因爲結婚的事嗎？」

劉軍秀哇地大哭，一邊擦眼淚一邊說：「我沒事，只是、是、是我最近……主廚別擔心我啦！」

如果不回頭去拿筆記本就好了，劉軍秀是這麼想的。這些天以來她無數次後悔撞見主廚的祕密，與其如此，還不如什麼都不知情來得無憂無慮。她曉得程瑜是家中長子，也是唯一的兒子，他曾經在眾人面前說過自己與伴侶分手了，大家都認為對方是女孩，而程瑜並沒有糾正，選擇了隱瞞自己的性向。

她想說對不起，她不是故意的，她單純只想知道程瑜是否幸福，以消弭自己的愧疚。倉庫的牆壁只是薄薄的隔板，外頭的人很快發覺不對勁，首先探頭進來的是向來愛湊熱鬧的白禮。他挑挑眉，看好戲地說：「唷，主廚，在這裡欺負人家，嘖嘖，不應該唷。」

程瑜漲紅了臉，還沒開口辯解，劉軍秀率先發怒：「才沒有！你少在那邊亂講話！」

「噎！」被母老虎一吼，白禮馬上縮了回去，不小心撞到左側的門扇。跟在他後方的林蒼璿閃身迴避，伸手搭著門邊，在離去前狀似不經意地向內一探，扣著門框的手指白如玉蔥，一閃便不見了蹤影。

劉軍秀大哭並不是什麼稀奇的狀況，而且她還能邊哭邊剽悍地罵人，因此員工們早就見怪不怪。她很快恢復狀態，俐落地指揮工作，她做好了一輩子都不能說出去的打算，於是總算平復了心情。

反倒是林蒼璿內心不太平靜，整個下午都悶不吭聲地滑手機，絲毫不理會在一旁吵鬧的白禮。白禮眼看沒戲，只好閉上嘴戴起耳機，一邊和新認識的美女線上聊天，一邊翻雜誌。要是打擾正在研究股票的林蒼璿，恐怕會連怎麼死的都不知道。

距離比賽僅剩四天，新出爐的評鑑誌刊載了第二階段競賽的評審團名單，以及李若蘭與各大餐廳主廚的合影，白禮看了一眼就皺眉，把翻沒幾頁的雜誌扔在桌上，跑出門外情話綿綿。

吵鬧人物消失，室內瞬間鴉雀無聲，只剩斷斷續續從樓下餐廳傳來的弦樂演奏。林蒼璿拎著包離開，並傳了封簡訊給程瑜，說自己有事先去忙，晚點一起回家。

等程瑜看到訊息時，已是關門時間，他打開休息室的儲物櫃換好衣服，拿著手機心不在焉地回覆累積的訊息，同時與下班的同事們道別。

劉軍秀收拾好自己的小包包，照例去鎖樓下的正門。Bachique的前庭有座精緻的小花園，她正準備拉上前院的黑鐵柵，卻與林蒼璿打了照面。

林蒼璿在馬路旁抽菸，像是在等人，見到劉軍秀，他略感意外地挑眉。

「啊，晚安，原來是林先生，嚇死我了，還以爲是誰呢。」劉軍秀拍著胸口，展露笑容，「你在等主廚一起回去嗎？感情眞好呢！」

語畢，她赫然一驚，彆扭全寫在臉上，連忙改口：「我的意思是你們作伴回家，比較有個照應啦，哈哈。」

林蒼璿抽了口菸，面容隱藏在雲霧之中，捉摸不出神情。他突然輕輕地笑，像羽毛搔過耳際，劉軍秀忍不住紅了臉。他把菸按在石牆上，垂著頭吐出一口長氣：「軍秀……最近要比賽了，程瑜的狀況還好嗎？」

瞬間被拉回現實，劉軍秀思索沒幾秒便答：「嗯……目前狀態不錯，主廚的自我要求很高，專業能力也很強，比賽應該沒問題。」

「這樣啊。」林蒼璿望著二樓仍亮著的窗，「我幫不上餐廳什麼忙，幸虧軍秀妳很聰明，這陣子得靠妳協助他了。」他笑了笑，「如果最近有什麼不好的風聲……我希望不要讓他知道，以免影響他的心情。」

劉軍秀愣了一下。

「軍秀。」林蒼璿姿態放得極低，近乎懇求，「我只能拜託妳了。」

他從來不曾如此擔憂害怕地乞求別人，在劉軍秀慌張的當下，他立即想到了許多可能，也做好了以最糟的手段來力挽狂瀾的覺悟，但那樣只會傷了程瑜的心，畢竟好不容易才培養出一位優秀的副廚，在這個節骨眼離職等於是雪上加霜。

「不會的。」劉軍秀搖搖頭，漲紅了臉，「我不會影響他的心情，林先生您放心吧。」

二樓的燈滅了，他們不約而同地抬頭。

場面靜默了一會，劉軍秀喃喃自語似的說：「因爲李若蘭的關係，害餐廳失去許多優良的供應商，有時她還明裡暗裡地嘲諷我們，好幾次我都承受不住壓力大哭，或是情緒失控咒罵Hiver。但程哥只是努力尋求解套的方法，從不抱怨，也不曾流露出什麼負面情緒……每次看著他，我都十分希望自己能追上他的腳步，眞的很慶幸我的上司是這麼優秀的一個人。」她轉過頭，直視林蒼璿的雙眼，「我比任何人都還盼望主廚能贏得比賽。」

林蒼璿笑了，輕輕地說：「謝謝妳。」

回到家時，林蒼璿照慣例索吻，把人摟在懷裡汲取溫暖，只是節制了許多，僅是點到爲止地滿足渴望。

林蒼璿蹭著程瑜的頸窩：「再兩天就放假了。」

狗狗乖巧得沒話說，還不忘提醒主人放飯的時間快到了，程瑜心虛得冷汗直流：「呃，時間也不早了，先去洗澡整理整理吧。」

渾然不知即將迎來噩耗的大狗狗背景灑著小花去洗澡了。

當程瑜也洗完澡出來時，只見室內燃著溫暖的檀木香，床上的人羅衫輕解、微露胸膛，支手托腮，拍了拍棉被：「老公來睡覺。」

唐僧感受到危機，深吸一口氣，本能地背過身，揮手示意自己要先吹乾頭髮。這陣子林蒼璿的勾人技能火力全開，時時刻刻散發過剩的費洛蒙，如果費洛蒙能賣錢，林蒼璿鐵定能東山再起，幾天就成爲全臺首富。

室溫有點高，程瑜抬頭一看，發現空調溫度簡直能媲美熱帶非洲，難怪有人可以穿條小短褲跟一件布料薄得能見性感奶頭的上衣。

究竟是爲何啊蒼天？程瑜吹頭髮吹得生無可戀，早上是肉體與精神的奮戰，晚上還是肉體與精神的考驗，眞他媽折騰人。

蜘蛛精招數還沒用完，翻個身就滾到床邊，賢慧地替程瑜吹頭髮，一下子揉揉耳廓，一下子捏捏肩膀放鬆肌肉，程瑜渾身僵硬，包括拳頭還有不可言喻的部位也都有點硬。敢問這位妖孽，替人吹頭髮用不著貼在背後猛往身上蹭吧？

「好熱，你體溫也太高了。」程瑜悶著嗓音。

「喔。」林蒼璿俐落地收起吹風機，笑著說，「我慾火焚身嘛。」

救命啊，爲什麼降伏妖孽總得用上降魔金剛杵！香氣撩得心神不寧，程瑜有些頭昏腦脹，他半推半就地被推到床上，不解地埋怨：「都準備上床睡覺了，還噴什麼香水……」

林蒼璿停下動作，嘿嘿一笑，神情頗像邪教美男奸計得逞，一臉猥瑣。他笑著問：「有沒有聽過約會撲倒香？」

「什麼香？」臉埋在枕頭裡，程瑜皺起眉頭，身爲僞直男的他無法理解。冷不防被按到痛處，他不禁呻吟：「啊……你輕點……」

「是這裡嗎？」林蒼璿刻意用力，再放緩力道，「喜歡我弄你這裡嗎？」

「啊、啊啊、痛！」程瑜叫了出來，而後緊皺的眉又鬆開，長吁一口氣，「嗯——輕點就很舒服。」

程瑜趴在床上，不想去了解爲什麼林蒼璿連按摩都能講得如此情色，直接把意識拋開，全心沉浸在其中。林蒼璿的手勁與揉按的位置恰到好處，舒服得程瑜哼哼唧唧，一下子要這裡一下子要那裡，渾然不覺背後的野狼差點鼻血流滿面，下面硬得發痛，不時趁程瑜不注意的時候蹭著臀部解饞。

按摩伺候得太過舒適，累垮的程瑜很快進入夢鄉，打起一串小呼嚕。

雖然早知會有這種結果，林蒼璿的內心仍是有點受傷。自己的魅力難道就敵不過床鋪嗎？程瑜醒醒！

他嘆口氣，揉揉程瑜的頭頂，輕輕地在額上一吻。

隔天起床，林蒼璿才得知了晴天霹靂的消息：「什麼？你不休假了？」

「快比賽了，所以我……」程瑜滿臉愧疚，但嘴角抽動著，似乎在憋笑，「我把休假往後延了。」

「法律規定每週工作時數不得超過四十個小時……」林蒼璿楚楚可憐地趴在桌上，險些把端著的咖啡灑出來，「我要申請職災賠償！」

林蒼璿熟讀勞基法就是要用在此刻，然而程瑜微微一笑，摸著他的髮梢：「乖，抱一個。」

根本不用程瑜開口，林蒼璿就自動黏了上來，摟著他的腰趁機唇舌交纏，令寒冷的早晨升溫成曖昧無比的熱度。程瑜摸摸林蒼璿的頭，任由對方撒嬌：「抱歉，再過幾天就要比賽，我現在實在沒辦法靜下心享受假日。」

比賽壓力如巨石壓頂，餐廳的名譽全由程瑜一肩扛起，他怎可能放得下心。林蒼璿埋在程瑜的頸窩，感受身體的溫熱：「沒關係……我尊重你的決定，以你爲優先。」

關上大門，獨自一人出門的程瑜有些茫然。林蒼璿這盧小今天反常地不吵不鬧，他有種寵物突然間不黏人的怪異感。

等程瑜回過神的時候，已經搭上了捷運，他不禁失笑。林蒼璿才不過陪他上班幾天，他竟然就被制約了。

早上搭車的人潮眾多，一群學生妹湧進車廂，把程瑜擠到角落。他望著車廂內的廣告，斗大的「M.O.N. 競賽」幾個字配上深灰和淺金色的設計，轉眼只剩下兩天。

手機震動，他低頭一瞧，是林蒼璿的訊息：「等銀行的問題解決，我就去找你。」

昨天李若蘭在一家餐飲界極富盛名的網路媒體報導中透露，她最擔心的是她的副主廚。李若蘭指的當然不是現任副廚，而是程瑜，且報導中還用了「邯鄲學步」、「鸚鵡學舌」這種字眼，形容她有多「擔心」人才被抹煞。

程瑜戴起耳機，但並沒有播放音樂，只是藉此將喧鬧隔絕開來。

雜誌內的另一篇報導是有關餐飲業的百大龍頭，其中之一正是白氏企業。多虧白觀森這尊大佛的光輝，Bachique也沾上了一點庇佑，程瑜的名字被提及了：「Bachique的主廚出身自Hiver，備受矚目，白觀森執行長毫不諱言相當看好程主廚，挹注了大量資金……」

老實說，程瑜不在意別人怎麼看他，只是涉及Bachique的名譽，與暗指白觀森蓄意挖角的話，這口氣他就忍不太下去了。

競賽會場提前公布，剛好在CBD的一間知名飯店內。

M.O.N.競賽有別於學院派的廚藝大賽，說穿了就是著重商業營利的推廣，賽事結束以後，M.O.N.將會把排名公告出來，藉此使獲獎餐廳打響名號、締造業績。

第一階段Bachique不幸落在十五名之外，但不幸中的大幸是，第二階段比賽取二十名餐廳主廚，而Bachique正是第二十名。

程瑜在飯店門口與劉軍秀和江子豪會合，兩人十分緊張，不時地搓揉指尖。比賽用的瓷盤、器皿必須由參賽者自行準備，江子豪扛著塑膠箱，難掩興奮之情。他們一起踏入飯店，M.O.N.的大會人員早在三天前就開始進行各項前置作業，包含器具的擺放以及食材的暫存等等。

程瑜將菜譜卡遞交給工作人員，對方是一名綁著馬尾的女性，她把注意事項宣讀過一遍，接著跑去接待另一組參賽者，程瑜順著她離開的方向瞧去，對於自己挑了個好時段感到無奈。

李若蘭一身幹練的便裝，頭上頂著太陽眼鏡，她一見程瑜就嗤笑，嘴角斜斜地勾出鄙夷。程瑜瞇起眼，當年被李若蘭罵到臭頭的回憶，以及實習生跌坐在被推翻的食材上哭泣的模樣浮現，不好的記憶像湧泉一樣瘋狂冒出，讓他有點懷疑自己是不是壓力太大了。

冤家路窄，李若蘭主動靠過來，劉軍秀與江子豪如臨大敵，渾身僵硬。李若蘭紅唇一勾，抬頭四十五度角，標準的鄙視姿態，只是程瑜比她高出一顆頭，她無法完美做到由上往下睥睨，看起來有些尷尬。

「嗨，程瑜。」李若蘭紅唇輕啟，言詞刻薄，「現在你身邊也有跟班了，主廚不太好當對吧？」她的目光掃過劉軍秀與江子豪的臉龐，最後落回程瑜身上，「你的副廚資歷太淺，不過就是個飯店餐廳出身的小咖，跟我們還是有差別的。」

劉軍秀臉色漲紅，死命地抓住肩包背帶，止不住地發抖，努力忍住破口大罵的衝動。見她不敢反駁，李若蘭得意地笑，程瑜暗地嘆了口氣，拍著劉軍秀的肩對她說：「資歷淺沒關係，妳天賦不錯，是個可造之才，光憑這一點就值得了。去幫子豪搬餐具吧，結束之後在外面等我。」

劉軍秀紅了眼眶，在眼淚掉落前趕緊擦掉，臨走前瞪了李若蘭一眼。

李若蘭悠哉地端詳著自己的指甲，尖酸批評：「你當初選了Bachique就是錯的，白禮不過是個掛名的廢物，手下全是資歷短淺的小朋友，還自不量力來參加比賽……拿到第二階段的參賽權其實是僥倖，你自己很清楚。」

程瑜相當了解她的個性，就如同李若蘭也很明白他的痛處。程瑜揮手要劉軍秀與江子豪離開，目送他們悻悻然地離去。

「我知道，謝謝若蘭姊提點。」程瑜說得淡然，李若蘭皺起眉，他繼續說，「我確實很清楚Bachique的問題在哪裡，不過這些問題並非不能克服。」

「跟你講話完全是浪費我的口水。」母夜叉直接變臉，毫不客氣地飆罵，「不要以爲用聖母心態就能挽救那間爛餐廳！你以爲開餐廳很簡單是不是！別小看別人了！」

聲音之大，驚擾了在場所有人，戲謔的目光紛紛投注在程瑜身上。

本已走遠的劉軍秀聽到罵聲，惱怒地衝了回來，氣勢洶洶想要與李若蘭理論，江子豪抱著塑膠箱慌忙跟在後頭，想阻止也阻止不了。程瑜單手攔住了劉軍秀，摀住她的嘴，對李若蘭說：「抱歉，失陪了。」

李若蘭冷眼看著程瑜離去，方才的工作人員正好引導三名記者過來，她恢復巧笑倩兮的模樣，與記者們交換名片，記者拿出錄音筆，旁邊的攝影師隨即開始拍照。他們問了幾個關於賽前心理建設的問題，接著自然沒放過方才的衝突，李若蘭輕攏髮鬢，氣燄高張：「剛剛有衝突？沒這回事，你們想太多了。我只是和程先生聊聊以前的事，給他一點指導罷了，希望他未來能大展宏圖，面對後天的比賽能放寬心，不要被挫折擊垮了……」

「程哥！」被帶到角落的劉軍秀掙脫束縛，怒氣沖沖地說，「爲什麼不讓我罵她！爲什麼！她太可惡了！」

江子豪緊張地東張西望：「噓！妳小聲一點！」

程瑜雙手按著劉軍秀的肩：「冷靜下來。」

劉軍秀眼眶發紅，把自己的不滿一口氣傾吐出來：「我明白你是怕我闖禍，跟她吵架會讓公司很難看，可我就是嚥不下這口氣！她憑什麼汙衊我們是爛餐廳！」

「軍秀。」程瑜直視著她，「這是我跟李若蘭之間的矛盾。」

劉軍秀憋紅了臉：「如果因爲得罪李若蘭讓其他餐廳不要我又怎樣！以後沒有工作的話，我就回新竹去！」

程瑜難得嘆了口氣：「聽好了，無論如何，我都是你們的主管，害你們受委屈是我的錯。」劉軍秀與江子豪同時望著程瑜，他們的眼神太過認眞，程瑜不由得笑了下，「她說的很對，開餐廳的確不簡單，所以與其在這裡吵架，不如把心思放在比賽上。」

劉軍秀愣住了，江子豪也是。

程瑜拍拍江子豪的肩膀：「別想這麼多有的沒的，準備完畢我們就回去吧。」

記者們接連採訪了三位在場的餐廳主廚，最後總算把目光轉向程瑜。江子豪與劉軍秀乖乖地在旁邊與工作人員清點物品，默不作聲，而年輕漂亮的女記者把錄音筆遞到程瑜面前，笑著提問：「程主廚，您是怎麼調適比賽前的壓力呢？」

程瑜輕描淡寫地答：「持續鑽研食譜，讓自己安心。」

「在第一階段的評比中，Bachique的表現並不理想，請問針對這部分，您有打算做什麼樣的調整嗎？」

記者的問題尖銳，連旁邊的工作人員都略感不妥。

「沒什麼，繼續努力精進。」

「那麼第二階段賽事，您最看好的是哪位主廚？啊，順道一提，方才Hiver的李主廚說最看好的是茶宮的主廚，希望您不要太介意。」

程瑜放下手中的盤器，對她笑了笑：「介意的恐怕是李主廚，希望她不要再針對我離職這件事做文章，我不會回去當她的副主廚。」

這番回答頗爲犀利，女記者頓時啞口無言，如果她再問下去，就顯得李若蘭小肚雞腸了。幸虧女記者腦筋轉得快，皮笑肉不笑帶過了這場可能會惹毛金主的專訪。

再次遇到李若蘭，已經是比賽當天的清晨了。她從昂貴的公務車下來，一見到程瑜就擺出臭臉，不過對付無理取鬧之人，最好的方法是視而不見。程瑜一面與大會人員核對菜譜卡，一面向身旁的劉軍秀交代事項，今天的他比以往更加寡言，連個多餘的字都不想說。

競賽會場的前半部是宴會廳，後半部則是比賽場地，宴會廳布置得猶如品味高尚的藝術派對，樂聲悠揚，侍者來往穿梭，來賓皆是身分高貴的不凡之人。

白禮難得穿上三件式西裝，看起來比上場比賽的主廚更加緊張，時不時詢問林蒼璿接下來該怎麼做。而林蒼璿穿著簡單的深灰高領毛衣搭配大衣，翻著大會的介紹手冊，心不在焉地找了個位子。

宴會區中央有四道大型螢幕直播賽場動態，參賽者已陸續就位。

「蒼璿你看！」白禮從沙發上彈起，指著螢幕，「是程瑜，還有子豪跟軍秀！」

比賽場地劃分為四區，每區共五組參賽小組，那套熟悉的高領制服十分顯眼，林蒼璿輕易地認出他的小情人，一顆心懸了起來。待在角落的程瑜正在洗手，鏡頭太遠，很難看清他的表情。

生平好像從沒這麼緊張過，林蒼璿注視著程瑜的身影，心情隨之激動不已。

Chapter 37

比賽規定必須有冷盤、前菜、主菜、湯品四道菜，每道八份，於兩個小時內完成，分秒必爭。

打從第一次拿起刀具，踏上廚藝之路的那刻，程瑜就沒懷疑過自己的人生方向。他對料理的熱情超乎自己原先的預期，然而長路漫漫，高壓的工作環境淘汰率極高，來來去去的人看多了，程瑜也從最初的滿懷熱情，逐漸變得冷靜而沉著。

這條路很難，難在忍耐與堅持。

日復一日重複制式流程，檢查菜色、品質、細節，但其實在餐飲業工作，每天都有不同的挑戰。

程瑜選擇的主題是在地飲食，臺灣的在地菜系複雜多元，很適合發揮。

冷盤主要呈現熱帶花果的意象，洋梨去皮、切成長條塊，火炙至表面乾燥，讓多餘的水分蒸發，再包裹一層浸潤過威士忌的烏魚子泥——威士忌是雪山窖藏，醇厚而富有亞熱帶氣息。溫火使酒液中的泥煤味散去，烤出一點微苦，進一步令外層的烏魚子泥凝成片狀，然而內層仍保有洋梨的脆度與甜味，甘醇藉由熱度化成香氣。

烏魚子是由日盛丸的少東所提供，自家日晒。漁人一年的開始與結束都伴隨著赤澄的卵塊，像金子一樣漂亮。

太單純的組合無法成爲引領饕客的鑰匙，另一邊搭配的小盤呼應春天的氣息，程瑜選了冰鎮野莓與新鮮螺貝。螺肉以混入甘草的熱水川燙去除腥味，起鍋後剁碎，再點綴上臺東洛神醬，然後用透明涼皮將螺肉與野梅捲成適當大小，口感清爽、微酸鮮甜，最是開胃。

在料理的過程中，程瑜偶然想起了一件事。李若蘭曾說過，經營餐廳最難的部分是人。這是四年前首席侍酒師離職時，她無意間流露的失落。

對程瑜來說，李若蘭是他的恩師，他從沒想過要與她為敵。

可惜天總是不從人願。

米食原是臺灣這個海島最主要的能量來源，但為了追求口感，程瑜選擇使用珍珠麥浸泡鐵觀音炊煮，將香氣注入每一顆麥粒之中。香味是引發食慾的關鍵，且鐵觀音獨特的強勢能壓下過分雜亂的氣味。

炊熟的麥子混合些許鳳梨與薑末，以義大利燉飯的手法收乾，鳳梨的酵素中和了茶單寧與薑末的辛辣，適合當作前菜，挑戰饕客的味蕾。配盤是蘆筍、乾蛋黃與昆布，蘆筍用昆布湯熬煮，保有其脆度，昆布中的麩胺酸正是鮮味來源，而蛋黃的屑末點綴上鹹香，將鮮味的甘甜襯托得淋漓盡致。

食慾在冷盤的刺激下甦醒，而淺嚐一口前菜便如臨夏季的田野，香氣在口腔中擴散，又不知不覺轉為清冷的高山氣息。

程瑜每下一道指令，劉軍秀與江子豪就緊接著動作，這樣的配合他們模擬過無數次，彼此之間不需過多言語，與時間競賽不容任何差池。

賽場寬闊，競爭隊伍之間的空間充足，減少了干擾。李若蘭的團隊被安排在第一階段排行前五名的區域，以利直播確保賽事的精采程度。

競賽評比採取盲測的方式，評審並不會觀看各組隊伍的狀況，送至評審面前的料理也不會標注參賽團隊的名稱。

與李若蘭同區的是臺北市餐廳排行第一名的La Taipei，與最近崛起的茶宮，旁邊頂著光頭的是Camélia的法籍臺裔主廚，曾在饕客美食雜誌上獲得極高的評價；最後一位是開業六十載的元春樓第三代女主廚，獲獎呼聲也不小。

鑽營日式料理的鬻則由日裔主廚出馬，擅長以極爲精簡的手法創造無限的遐想空間，被譽爲最接近上帝的料理人。

臺北餐飲界數一數二的諸位主廚齊聚一堂，各自展現華麗炫目的技巧。

主餐程瑜選了宜蘭櫻桃鴨，擷取軟嫩的鴨胸部位抹上龍眼蜜，用松針葉及檜木煙燻，讓木質香氣滲入，再以純淨的鴨骨湯涮洗掉多餘的糖分，然後表層煎出金黃色，將蜜糖封印在裡頭。

煙燻的手法極爲挑戰，程瑜在一次次的失敗中尋出了門路。

每個廚師都有自己擅長的手法，他正試圖突破自己的框架——那道名爲「李若蘭」的枷鎖。前方沒有了引導，程瑜不曉得自己將會走到哪裡，然而他也該往前走了。

清酒開瓶，帶著瓜果味的清香衝入鼻腔，程瑜將干貝逐一洗淨。海產是清晨時產地直送而來，品質上等，程瑜覺得自己運氣不錯。干貝擠上微量柑橘汁，並用乾稻、泥殼密封，接著裹上海鹽，鹽焗至內部熟透。精準掌握時間是廚師的必備技能，六分三十秒後，銀叉小心地撥開乾稻泥塊，避免沾染，酒氣、稻香、鹹味中透著海洋的鮮美。程瑜把干貝揉成絲狀，擺放在鴨肉旁。

四道菜同時進行，從開始製作到上菜至評審面前大約花費十分鐘左右，而打從競賽起跑的第一秒，程瑜就始終關心著湯品的狀況。

鴨骨、瓜果蔬菜以澄清湯的手法熬煮，途中程瑜加入了客家梅干，藉由酸質釋放鴨骨中的肉膠，以發酵的甘甜引領味覺。酸菜鴨湯的陪襯是溼豆豉與腐皮，使湯品的口感更加溫和，替這場盛宴留下完美的餘韻。

早在鈴響前便陸陸續續有團隊完成作品，四道共八份，取其一放置於宴會廳供貴賓欣賞，其餘的則推入評審室。

繁複的手法稍稍拖累了進度，湯品注入深黑陶碗，程瑜總算完成最後一個步驟。四道料理的盤器選擇了煙藍岩頁盤，配上淺白、深褐與豔紅，頗有Bachique的情調。構思料理的美學時，程瑜總會想到林蒼璿，畢竟Bachique的裝潢就是他親自選定的，表面上高雅低調，走進去才知道內裡無比悶騷。

當程瑜將料理與菜譜交給工作人員時，李若蘭也完成了。李若蘭的左右手是程瑜認識的人，他們面露尷尬，不敢打招呼，而李若蘭用睥睨的眼神掃了程瑜的料理一眼，志得意滿地勾起唇角，下巴昂起，頭也不回地轉身就走。

人非聖賢，即使熟知李若蘭的個性，程瑜依舊略感不是滋味。工作人員收走李若蘭的餐牌，程瑜瞧了一眼，同樣掉頭走人。

參與競賽的人員不得與宴會廳的賓客交流，他們在指定的休息室內等候，期間也不能使用手機。劉軍秀和江子豪緊張得手心冒汗，程瑜則靠著沙發沉思，昨夜就開始進行這場賽事的前置作業，他已經一天一夜未闔眼，但高度緊繃的精神卻感受不到肉體的疲倦。對他來說，料理是種挑戰，也是種樂趣，更是展現自身成果的時刻，因此他現在似乎還沉浸在亢奮之中。

鴨胸、茶葉、花果，他與李若蘭的菜譜雷同度極高，真不知是否該高興自己九年來把李若蘭那套學得淋漓盡致，或者其實根本是李若蘭透過了供應商，刻意打聽他的食譜配套。

不過事已至此，接下來也只能聽天由命。

想著這一路以來的經歷，程瑜輕輕一笑。沒想到自己也能站在舞臺上跟頂尖主廚們一較高下，也算是拜林蒼璿所賜了。

三十分鐘後，評審初步完成試菜，參賽團隊總算能踏入宴會廳了。

宴會廳的展示臺上，參賽料理依照完成時間排序，一字排開，色香味俱全，光是視覺效果就令人大飽眼福。Bachique在中末段，與Hiver並列，記者們幸災樂禍，程瑜在其中看見了熟面孔，是之前寫出低劣報導的戴燦德。那張尖嘴猴腮在會場中竄來竄去，與其他記者低聲交流訊息。

茶宮的國字臉主廚聲如洪鐘，站在自己的作品旁邊，得意的笑聲響徹會場。程瑜一行人與幾名曾在雜誌上出現的主廚擦身而過，很快找到餐廳的其他夥伴們，向來與劉軍秀關係不錯的首席侍酒師立即給她一個大擁抱，江子豪則連喝三杯水，累得直喊虛脫了。

餐飲總監、廚房團隊以及侍應們等十幾人圍著主廚噓寒問暖，有人倒茶、有人遞水，白禮本來也想給程瑜一個擁抱，一張開雙臂卻被其他人無情地擠出去。

林蒼璿端著酒杯，只是在一旁笑著看程瑜。

在應付同事的空檔間，程瑜也用眼神對他一笑。

距離評比結束還有一小時之久，期間宴會廳成爲最佳的社交場合。往來的名人、名媛、名廚、貴客觥籌交錯，記者們忙著訪問餐廳負責人，互相遞交名片。

程瑜趁同事們酒酣耳熱之際藉故離席，低調地穿過人群，來到了貴賓專屬的休息區，低垂的絨布簾掩人耳目，與熱鬧的宴會區猶如兩個世界。他冷不防被人扯入布簾後方，但不用想也知道是誰，因爲那人打從剛才就緊隨著自己的腳步。

程瑜投入林蒼璿的懷抱，勾著對方的頸子在布簾後方盡情擁吻，痛快地宣洩比賽帶來的壓力。

額頭貼著額頭，林蒼璿朝他寵溺地笑，眼中只有珍愛。程瑜也笑了，緊繃的心情跟著放鬆，忍不住再度緊擁對方。

時間差不多了，來自世界各地的評審逐一上臺就坐，女主持人執起麥克風，一襲純白連身洋裝襯托出好身材。她口齒清晰地朗誦本次的參賽團隊名單，臺下掌聲歡呼不斷。

「經過嚴謹評比，本屆M.O.N.實驗研究室Master Chef & Best Restaurants競賽第二階段結果總算出爐。」女主持人燦爛一笑，「第二階段取前五名，勝出者將成爲臺北地區的Master Chef代表。」

賓客們紛紛將目光投向美豔主持人，程瑜也回到了自己的料理展示處，所有參賽團隊成員列席在臺前右側。

「接下來是隆重的時刻，我們由第五名開始宣布。」女主持人優雅地翻著小卡片，

「第五名是茶宮。」

國字臉主廚哈哈大笑，往前踏出一步，聚光燈立即打在他身上。他向前方揮手，與現場貴賓一一握手致謝，有人卻暗地裡揶揄評比結果跟美食雜誌預測的差不多，看來今年的M.O.N.競賽沒什麼看頭，前兩名八成又是Camélia與Hiver。

掌聲不停，程瑜雖然做好了聽天由命的心理準備，仍是緊張得手心直冒汗，只能告訴自己得失心別過重。

「茶宮今年還拿下了最佳侍酒的殊榮。」女主持人讀著字卡，換了一面，「評審對於茶宮的料理在地化給予極高評價，主廚對食材特性的掌握度非常好，若想要品嘗臺灣料理，首推茶宮。」

女主持人朝著臺下說：「接下來……第四名是Bachique。」

程瑜的心臟漏跳一拍，抬起頭，熾熱的光打在他身上，眼前一片發白。

掌聲震耳欲聾，程瑜一時間還無法回神，連與誰握了手都搞不清楚。他像是被拉上臺的，腳步有些虛浮，女主持人笑著說：「Bachique擅長西式創意料理，手法精湛、技巧完美，料理方式變化多端，同時程主廚也是在場年紀最輕的參賽者，評審破天荒讚揚程主廚前景可期。」

舞臺上的燈光照得刺眼，程瑜卻依然能看見臺下的芸芸眾生。劉軍秀不意外地痛哭失聲，白禮滿頭大汗地安撫，而李若蘭面無表情，雙手環胸，一副無所謂的模樣，她與身旁那名主廚交談，偶爾眼神瞟向程瑜，帶著一絲不悅與恨意。

角落的林蒼璿像個傻瓜一樣紅著臉拍手，程瑜輕輕勾起嘴角。

「接下來的前三名，是本次比賽的重頭戲。」女主持人翩然移動腳步，「獲獎餐廳將成爲引領臺灣餐飲界的指標。」

她翻開字卡：「第三名是La Taipei。」

熱烈掌聲再度響起，程瑜已經穩下心神。La Taipei賽前呼聲極高，獲獎也不意外。女主持人洋洋灑灑說了一連串評比分數，評審也上臺說明得獎原因。

程瑜漫不經心地鼓掌，對於自己的表現，他無愧於心，自認也對得起餐廳的夥伴們了。

接下來多半就是Camélia與Hiver，臺北地區長年占據排行榜前兩名的餐廳。

「第二名是Camélia。」女主持人讓出位置給法籍臺裔的型男主廚，這位主廚酷酷的，似乎不太愛說話。

臺下竊竊私語的音量越來越大，女主持人嫣然一笑，翻開字卡。

「第一名是——鷥。」

這一瞬間，程瑜看見了李若蘭臉上的錯愕，高傲的女王跌落泥沼，姿態狼狽。

這個結果宛如一顆震撼彈，全場一片譁然。

「鷥擅長日式料理，展現出食材最原始的特性與美味。」女主持人彷彿渾然不知臺下的議論紛紛，逕自說著，「透過鮮味的堆疊創造引人入勝的味覺享受，技巧絕佳、令人驚豔。」

閒言閒語逐漸放肆，卻沒人敢與李若蘭對上目光，她臉色鐵青，強撐風度鼓掌，只是眼裡不見笑意，每一下都充滿了不情願。

女主持人把麥克風遞給評審主委，主委高聲宣達競賽宗旨，不過程瑜一句話也沒聽進去。旁邊茶宮的主廚用肩膀推了推他，附在耳旁戲謔地說：「恭喜程主廚脫離苦海，看，沒你撐著李若蘭就原地踏步，這下子金主失去光環，雜誌記者不敢再亂寫什麼嘍。」

程瑜隨口應付幾句，注意力全放在李若蘭身上，有如在看一齣無法入戲的電影，充滿了局外人的不真實感。

得獎者在臺上一一與評審主委握手，程瑜在空檔間瞧見李若蘭難堪的側臉，記者們幾乎將她包圍，嗜血地捕捉她的尷尬窘迫。程瑜笑著接過獎牌，制式化發表感言、儀式性合影，舉止得體合宜。

頒獎結束，記者立即蜂擁而上，程瑜迅速走下臺階與他們擦身而過，技巧性躲避訪問，然而在與李若蘭只剩一步之遙時，有人粗魯無禮地扣住了他的手臂。程瑜回頭一瞧，戴燦德細長如鼠的雙目在眼前眨呀眨。

戴燦德拿出錄音筆，直接就問：「程主廚，請問一下您對這次得獎有什麼感想呢？」

頂著Bachique主廚的身分，程瑜不得不回答：「我很意外會有第四名的好成績，非常感謝評審對我的肯定。」

程瑜卡在臺階上，舞臺的燈光打下，他的聲音自然引起了李若蘭的注意，兩人四目相接。李若蘭很快撇過頭，皮笑肉不笑地與記者對話。

戴燦德追問：「程主廚，你認爲在這次的比賽中，遇到的最大困難是什麼？是發想菜色呢？還是尋找供應商？在這段期間，你又是怎麼更上一層樓的？」

無論是尋找供應商，還是菜色的發想，問題都直指程瑜的難處，戴燦德有意把話題引導至程瑜的前東家。程瑜突然想起林蒼璿曾說過，戴燦德只是想用八卦替M.O.N.競賽打廣告，總有一天會替他平反，因為戴燦德不敢得罪白觀森。

程瑜盯著對方，思索著答案，其他記者也圍過來，錄音筆、麥克風紛紛湊到他眼前。無論是哪個新聞領域，人與人之間的糾紛恩怨永遠都是最吸睛的熱點。

不遠處的李若蘭臉色難看，但她對自己的要求向來嚴苛，因此仍頑強地維持著表面的鎮定。

「困難很多。」程瑜說，「最主要的還是如何突破自我。」

在這次的賽事中，李若蘭的美學依舊令他讚歎，食材的選擇也很完美，然而真正跳脫不出框架的人，原來是李若蘭。

閃光燈此起彼落，強烈的舞臺燈光讓程瑜瞇起眼，模糊間看見白禮向他招手，劉軍秀哭得鼻子發紅，江子豪也抹著淚揮手，而林蒼璿在人群後方，面帶笑容。

「那您是怎麼自我調適的？」戴燦德又把錄音筆遞到程瑜面前，拉回他的注意力，「您之前是Hiver的副主廚，對於Hiver這次的表現，您有什麼評價？」

有人竊竊私語，有人微笑等待爆點，程瑜冷靜地答：「沒有用什麼特別的方法調適，就是努力學習。至於後面的問題，評審已經給出評價了。」

圍繞在程瑜身旁的記者們安靜下來，他們屏著呼吸，似乎期待著下一個問題。

戴燦德笑了笑：「聽說您以前跟李若蘭主廚有過一段情，是不是因為這樣，您才特別珍惜她給予的一切呢？」

這一瞬間，眾人全被這尷尬又尖銳的問題驚呆了，李若蘭的臉色一陣青一陣紅，別的記者問了她什麼，她回答得七零八落，肩膀微微發抖。

囂張沒有落魄的久，虎落平陽被犬欺，戴燦德故意要害李若蘭難堪，做了一顆球給程瑜發揮。

程瑜環顧四周，所有人都等著他的答案。

其實程瑜很明白李若蘭的心情，但緣分盡了，她終究要懂得放手。

「我很開心能在李主廚底下學習。」程瑜把自己的心聲說出口，「感謝過去那段時光的栽培，使我今天能站在這裡，李主廚是我這輩子最棒的老師。」

李若蘭望著他，目光灼灼如火，紅了眼眶。

「至於感情這部分純屬空穴來風。」程瑜的視線掃過每一張臉，最後停留在林蒼璿身上。

茫茫人海，林蒼璿猶如在塵囂之外，孤伶伶的一個人站在遠方，凝視著他。

程瑜向他笑了笑，對著所有記者說：「畢竟我有男伴了，就不要亂說了。」

有人驚呼，有人掩嘴，有人鼓掌吹著口哨。林蒼璿先是驚訝，而後慢慢漾起燦爛的笑，泛著淚朝他而來。

程瑜展開雙臂，緊緊地擁抱自己的愛人。

Chapter 38

「可惡啊——」邱泰湘咬著手帕搥桌子，「你怎麼還是淪陷了啦！」

程瑜喝著咖啡，不理會西裝筆挺卻嗲聲嗲氣發怒的邱泰湘。

「可惡！他到底是哪一點好嘛！」邱泰湘連蓮花指都跑出來了，「你曉不曉得那小子有多討人厭呀！」

「秋香，認命吧。」程瑜漫不經心地翻閱著美食評鑑雜誌，「事實都擺在眼前了。」

邱泰湘壓下雜誌，哼了聲。雜誌正好翻到M.O.N.競賽結果出爐的那一頁，程瑜的身影與其他得獎者並列，然而公開出櫃這件事卻不起眼地安插在文末，只有短短幾行字。

「平常連去GAY吧都不要，這種時候倒有勇氣。」邱泰湘不滿地說，「那個人到底給你灌了什麼迷湯，不過就是幫白禮開家餐廳而已，我看你是被他裝可憐給騙了！」

「難得有一個人這麼喜歡我，願意陪我一輩子。」程瑜笑了笑，「所以出櫃也沒什麼好怕的了。」

邱泰湘一口怨氣憋在嘴裡，遲遲說不出話。半晌，他扣住程瑜的手，認真地問：「爲什麼是他，不是我？」

程瑜哈哈大笑，邱泰湘被陽光笑容閃得小鹿亂撞。他摸摸邱泰湘的腦袋：「你先學會吃路邊攤再說吧。」

「我就知道！」邱泰湘哼了聲，滿肚子委屈，「你就這樣、你都這樣，又說我們習慣不合對不對？哪裡不合了我就搞不懂，我們不是當了很久的好朋友嗎……可惡。」

「我們當朋友才能長久。」程瑜往後一躺，陷進沙發裡，「你願意當我一輩子的朋友嗎？」

「哼哼！」邱泰湘微微臉紅，故作傲嬌貌，「你都這樣講了，我還不願意嗎？」

兩人同時喝了口咖啡，放下杯子，邱泰湘的神色轉為凝重：「不過小瑜，不是姊要警告你，林蒼璿這人心機真的很重。」

「大概吧。」

平價咖啡廳內人來人往，這地方邱泰湘是第一次來。他瞪著手上那杯廉價咖啡，自言自語地批評，又說：「你不明白我的顧慮，你那個前男友，林蒼璿一聲令下就讓他被業界封殺，還莫名牽扯了一條背信罪而吃上官司與債務，這肯定也是林蒼璿搞的鬼！像他這種人，你……我、我只是怕你受傷。」

程瑜愣了下，接著聳聳肩，沒有回應。

咖啡廳中央高掛著一臺大尺寸電視，正在播出最近極為火熱的話題。新聞女主播紅唇開闔，報導著周氏企業內線交易案判決定讞，除了周燮以外的所有涉案人士全無上訴機會，其中判刑最重的是許珠霞與其子周宜川，另外還牽扯出性虐男模致死的案外案，兩人幾無翻身的可能。

而另一則震撼性的大新聞，則是天鼎集團公布最新人事命令，新任財務長由周氏企業前任投資顧問，同時也是本次內線交易案的汙點證人林蒼璿擔任。

誰也沒料到，落入谷底的林蒼璿居然能再度登天，甚至超越以往的成就，成為了天鼎集團一人之下、萬人之上的財務長。

電視畫面中，林蒼璿身穿三件式西裝，合身剪裁襯托出模特兒般的修長身形。他站在天鼎集團執行長邱雪莘身旁，邱雪莘仍像個高貴的公主，舉手投足充滿溫柔。

她微笑著表示：「人才不該被埋沒，知人善用是我的本分。」

一時間，陰謀論甚囂塵上，畢竟周氏垮臺的最大得益者，正是天鼎集團。

有人說周氏傾覆的主因是那名投資顧問的背叛，而轉爲汙點證人的投資顧問能從法律的制裁中全身而退，想必是邱雪莘在暗中操作。收服了敵人最得力的幫手，令周氏所有與天鼎重疊的版圖盡入自己之手，邱雪莘只動了一枚棋子，便不費吹灰之力得到她想要的。

盯著電視看的邱泰湘臉色十分難看，拳頭捏得死緊。他嗤了聲，喃喃埋怨：「我眞不懂我姊在想什麼……」

程瑜識相地閉嘴喝咖啡，把話憋在肚裡。

昨晚林蒼璿告訴他，自己必須報答一位恩人。當初就是邱雪莘通知林蒼璿「白家餐廳的主廚在Ｔｓ俱樂部，可能落入別人手中」，他才有辦法及時趕到。

關於林蒼璿與邱雪莘之間的約定，程瑜並不打算過問。林蒼璿笑說：「原本以爲不會和她合作，結果人家的誠意可眞不是假的。哎，往好處想，從今天起，那些八卦雜誌不敢再亂寫東西了。」

告別了邱泰湘，程瑜走出咖啡廳，春寒散去，午後陽光溫度炙熱。他脫下外套掛在手臂上，在街上閒晃，手機突然震動，他拿起來一瞧，是李若蘭傳來訊息。

「如果你想當爛好人，就繼續留在白家智障開的餐廳，離開是你最好的選擇，Hiver隨時都等你。」

這麼高姿態的示好，也只有李若蘭辦得到。程瑜看著手機一笑，回了一句：「謝謝若蘭姊。」

打從那天失控開除他之後，李若蘭其實不曾再洩露程瑜的性向，或是讓雜誌報導往更惡劣的方向攻擊。畢竟她只是後悔攆走了程瑜，只是想讓他知難而退。

李若蘭大概和林蒼璿一樣，最恨的都是自己。

一對情侶經過身旁，開心地嬉鬧著，程瑜閃身迴避，順著他們的背影望去，遠遠地瞧見林蒼璿，朝他揮手。

「程瑜。」林蒼璿一路小跑步，把程瑜的外套攏在自己手上，「我順利翹班了，一起去買東西吧。」

程瑜笑著說：「上班第一天就翹班，你的新老闆會不會後悔啊？」

「她後悔也來不及了。」林蒼璿哈哈大笑，「今晚吃什麼呢？」

「你想吃什麼？」

「春天到了……不然吃紅酒春雞，你覺得怎麼樣？然後再配一杯大吟釀。」

「聽起來不錯，去東門市場比較近。」

「好啊！我可以順便買甜點嗎？」

「好，但晚餐之後才能吃。」

「太棒了！」

兩人依偎著，心裡有了彼此，一路永遠幸福。

（全文完）

番外一　休假一日

揮棒出去，完美的外野滾地球，直接越過二壘手。四棒打擊者起跑，迅速奔過一壘、二壘，直達三壘，場外觀眾熱血沸騰，歡聲雷動。

「唉。」場邊的女人嘆了口氣，用扇子搧著躺在嬰兒車內的雙胞胎，「聽我老公說啊，他以前都打四棒，對、對，就是場邊那個第七棒，他的身材早就走樣了，你看看他那個樣子，誰信……反而是程瑜從以前到現在帥度都不減，還越來越帥。」

社區棒球比賽選在一個豔陽高照的大晴天，不像冬天，反倒像秋高氣爽的時節。男人蒼白的臉帶著病態的紅潤，撐著一把淡藍色陽傘在觀眾席看球，汗水沿著額際往下流。

他朝女人指的方向一看，牛棚內的男性都長得差不多，頂著啤酒肚高聲吶喊，分不清年紀，除了三壘壘包上的那名跑者。程瑜彎下精瘦的腰桿，陽光地揮掉汗水，簡直是球場上最美麗的風景。

脫掉衣服以後，他的小情人可帥了，昨晚高潮時繃緊了腹肌線條，兩條不安分的長腿緊緊纏著他的腰，蹙眉直喊著不要——到底是要，還是不要呢？

「林先生，你還好嗎？」女人用手帕抹著頸部的汗水，擔憂地問，「你的臉色有點紅，是不是中暑了？要不要喝點水？這天氣實在熱死人了。」

活色生香如泡影消逝，林蒼璿回過神，笑著對女人說：「不了，謝謝，球賽應該快結束了。」

女人嘆了口氣，繼續對著嬰兒車搧風，嘴上不停碎念：「跟你說喔，我家男人說他以前才七十五公斤，現在呢？你看看，就是正跟程瑜擊掌的那個胖胖，完全想像不出來吧！哎唷，明明年紀一樣，怎麼差這麼多……」

觀眾的歡呼掩蓋過女人的抱怨，順利跑回本壘的程瑜拍拍膝蓋上的紅土，摘下頭盔，露出燦爛的笑容，與牛棚內的隊友一一擊掌，還有人擁抱他。

林蒼璿忍不住偷捏自己腰間的肉，男人年過三十後，果然需要注意身材。怎麼辦？希望程瑜不要嫌棄他。都怪程瑜太好吃，噢，是程瑜做的飯菜太好吃了，交往不久林蒼璿就長了不少肉，於是開始擔憂戀愛幸福肥。

雙方球隊的隊員在球場排成兩列，互相鞠躬，社區運動大會圓滿落幕。

女人推著嬰兒車離開觀眾席，直奔丈夫，嘴上嫌棄他滿身汗臭，卻仍攬住他的手。程瑜臉上有陽光親吻過的痕跡，鬢邊掛著晶瑩汗珠，笑出一口白牙，眼睛瞇得可愛。

「哎呀，該說再見了。」女人抱起嬰兒，開心地一笑，「程瑜，改天一起吃飯。林先生，謝謝你幫我一起照顧小孩，祝你們幸福快樂。」

「謝謝。」程瑜揮著手說，「下次再出來玩吧。」

假日的下午一點，菜市場還有喧鬧的人聲。打完球以後，程瑜和林蒼璿照慣例去吃陽春麵，滷菜一碟，配上兩碗麵與一大碗清燉排骨湯。主廚鮮少有不下廚的時候，能滿足刁嘴的選項不多，不過他們依然喜歡在茫茫食物當中，挑選出最合胃口的滋味。

酒足飯飽結了帳，見自己的球衣上滿是紅土、塵沙，以及汗水味，程瑜打算回家洗個澡再出門買紅酒。

大狗狗顯然很開心，外頭的太陽快把他晒死了。程瑜笑了，單邊酒窩跟著浮現，林蒼璿只覺得自己頭更暈了，像愛情海中的小船，搖搖晃晃。

「怎麼？」程瑜挑眉，探了探他額上的溫度，「臉色好紅，是中暑了嗎？果然還是讓你待在內野看臺比較好，今年冬天眞是……」

林蒼璿揚起嘴角，騎車回家時摟著情人的腰肢，覺得特別甜蜜。

拿出鑰匙打開家門，程瑜還沒來得及關門，惡狼瞬間脫掉乖狗狗面具虎撲上來，本性展露無遺。

「喂喂！別鬧！」程瑜拚死抵抗，努力守住皮帶，「放手！球衣很髒，別想亂來！」

四肢纏著對方，把獵物壓在牆上，林蒼璿舔咬領口處的肌膚，用舌頭品嘗汗水的滋味：「難得穿著球衣，你打球的樣子……眞的好帥，我都快硬了。」

「硬什麼，你、別亂來！」

程瑜見識過林蒼璿在柔道場上的本領，很了解這傢伙箝制人的功夫。他不禁懷疑起林蒼璿學柔道的理由，他完全無法掙脫束縛，而且扣子還一顆一顆失守。

「你怎麼還有辦法空出一隻手？」程瑜急得面紅耳赤，「別，不要咬，我全身都是汗！」

方才舔著頸項的舌頭緩緩移至嘴上吸吮唇瓣，親吻著酒窩，又以溼熱的舌尖描繪耳廓。身體越貼越緊，兩處硬得發燙的地方碰在一起磨蹭，程瑜頭皮一陣發麻。

沒意識到下半身那隻不安分的手，當程瑜反應過來時，已經來不及挽救，褲頭失守，拉拉扯扯露出半邊臀丘，任人左搓右揉。

「我常常幻想你打球的模樣。」林蒼璿刻意壓低嗓音在程瑜耳邊說，「怎麼這麼帥呢，真想趁人不注意把你拐到沒人的地方……」

「腦子裡面亂想些什麼。」程瑜悶哼了聲，推著埋在胸前輕舔乳尖的男人，「難怪一說要回家……就開心得不得了。」

兩人摟在一塊，又親又咬，背後貼著冰涼的牆，程瑜想推開人，畢竟滿身汗味不太好意思，可林蒼璿根本不給他出聲討饒的機會。手臂上卡著外衣，內襯捲到了鎖骨處，程瑜連扭動身軀都顯得困難。林蒼璿舔著他的汗水、嗅著汗味，兩隻手不安分地揉捏臀部，唾沫潤溼過的手指不停搔刮後穴，緩緩進入。

自作孽果然不可活，程瑜昏昏沉沉地想，自己恐怕是養了一頭狼，每天都餓得像幾十天沒吃肉。

同居這麼多個日子，林蒼璿早已將小情人的身體摸得一清二楚，哪裡敏感、喜歡被怎麼碰，他閉著眼睛都曉得。他輕輕一摁，程瑜就渾身發抖，內褲襠部溼了一大塊。

「哼……」程瑜悶著聲，抵死不承認自己覺得爽。

對於制服傲嬌情人，林蒼璿很有一套。他的指頭不斷進出，慢慢磨蹭敏感的小凸處，舌尖一邊舔溼胸前誘人的紅點，當程瑜又想罵人的時候，就是快忍不住的時候了。

沒等程瑜開口，林蒼璿便沿著胸口下舔，咬開內褲，形狀漂亮的陰莖彈到唇邊，他一口含入。

「啊啊、啊，髒，很髒，你不要……」程瑜揪住林蒼璿的髮絲，卻不敢施力，深怕傷了對方，「嗯——你、你這個王、八蛋！」

「只要是你的，我都喜歡。」林蒼璿舔舔唇，刻意用舌尖抵住軟縫輕搔，「我就喜歡你這樣。」

小情人的戰鬥力明顯下降，渾身酥軟，連腿根都在發顫。等程瑜適應了兩根手指的擴張，林蒼璿把人翻個身，迫不及待地進入。

陰莖頂入一點，再退出，隨即整根插入。

穴口撐得緊繃，一時半刻無法適應陽具的尺寸，程瑜渾身燥熱，屁股裡面又脹又麻，腦袋也迷迷糊糊。

林蒼璿扶住程瑜的腰輕輕抽動，不敢一下子來得太猛，等到抽插順暢了些，他的動作也跟著放肆起來，先是淺淺插個兩下，再往裡深入，偶爾對準敏感的地方讓程瑜發出誘人的悶哼，最後一下一下地撞擊，毫不猶豫地衝刺。

身上泌出一層薄汗，程瑜無法克制地呻吟，回過神又害羞地吞回嘴裡，把下唇咬得更紅潤。林蒼璿特別喜歡他這種神態，嘴巴說不要，身體卻很誠實，下面那張小嘴插進去軟熱無比，想拔出來還會吸著不放，兩人的身體契合度宛如天作之合。

背肌上的汗水往下滑落，程瑜靠著牆，即使意識昏沉，依舊能聽見室內充斥著淫亂的喘息，與肉體的猛烈撞擊聲。汗水淋漓，腰部滑得扣不住，林蒼璿的雙手肆意在程瑜身上遊走，撫摸每一塊精實的肌肉，手指一會搓揉小巧的乳尖，一會撫弄雙腿之間昂揚的性器，卻刻意不給甜頭。

程瑜站著挨操，大腿不由自主地輕顫，突然抓住腰上的手：「啊、啊哈，蒼璿，我、我……」

剛打完棒球賽，還撐到第十局延長賽，第四棒兼左外野手的程瑜早就累得不得了。林蒼璿挑眉，退出去把人一撈，沒幾步便走到沙發處。

客廳沙發太小，小腿只能掛在扶手外頭，這張沙發程瑜一度想換掉，說兩個男人擠著不舒服，可林蒼璿十分喜歡，執意留下。程瑜的褲子三兩下被脫個精光，只剩黑色襪子還在腳踝上。

「你穿球衣的樣子真帥。」林蒼璿盯著滿臉通紅的程瑜，而程瑜還想閃躲，「以後老公去打球我會很擔心呢，萬一別人看了喜歡，想拐走我的老公，那該怎麼辦呢？」

「擔心、個屁。」程瑜氣喘吁吁地說，「不要亂說話。」

「可憐的我只能在家暗自垂淚，因爲老公連球場都不給我去。」林蒼璿的手指再度推進一些，摁著裡面那處敏感點，「能看到老公的英姿，晒死我都願意。」

程瑜咬牙切齒瞪他，心想早知道就不告訴林蒼璿高中時的事，這個臭小子擺明拿吃醋當令箭，逼他乖乖被幹。

兩根指頭不斷進出裡面，程瑜悶哼幾聲，性器前端滴落淫液，沾溼了腹肌。空間太狹小，林蒼璿將程瑜的兩腳扛在肩上，對準了穴口挺入，一下一下地重重操著底下的人。

身上的人越插越起勁，程瑜渾身哆嗦，冒著熱汗。尾椎下方傳來的快感席捲全身，頭皮跟著一陣發麻，程瑜張嘴想呻吟，林蒼璿抓準時機親吻他，直搔口腔裡的敏感帶，令程瑜哼出可憐又委屈的鼻音，眼眶發熱溼潤，只能像溺水者一樣攀著林蒼璿的肩膀當支撐點。

小沙發嘎吱作響，程瑜感受到深埋在體內的硬物越發脹大，自己的下腹也越發灼熱。

向來喜歡調笑的林蒼璿漸漸沉默，把所有力氣灌注在下半身的動作，加速衝刺，幾乎齊根進出，活像要嵌入程瑜裡面。

「程瑜……」林蒼璿認真地注視身下的人，「我愛你，我願意愛你一輩子。」

「閉、閉嘴……啊啊、啊……嗯……」

林蒼璿傾下身溼吻程瑜，接著移到脖子與喉結處啃咬，強迫他仰起頭。呻吟跟著貫穿的動作逸出喉嚨，程瑜的熱壁陣陣緊縮，預告著即將抵達臨界點，林蒼璿箝著他性器的根部，沉著嗓音：「寶貝，乖，忍忍。」

「嗯嗯、哼……快放手，讓我射……」程瑜蹙起眉頭，快感一波一波來襲，淚水在眼眶中打轉。

「乖，這時候你該說什麼？」

「放……手。」程瑜臉上紅得能滴血。林蒼璿這人就是壞心眼，還玩這招！他咬牙切齒，最終還是只得投降：「老公……我、我想要……」

林蒼璿頓時滿意了，傾身親吻又乖又老實的小情人，同時放開手讓對方射個痛快。程瑜射精的時候，肉壁緊絞的滋味銷魂無比，林蒼璿重重地抽插數來下，也全數射入程瑜體內。

結束以後，程瑜仰躺在沙發上喘氣，急急忙忙地把衣服穿好。都同居這麼久了，他的身體林蒼璿不知看過幾百次，然而程瑜依舊怕羞。林蒼璿拿毛巾替他擦拭肌膚，其間兩人斷斷續續交換著綿長的吻。

林蒼璿不曾如此深愛一個人，甚至可以爲了對方付出一切。

程瑜沒來由地笑起來，露出酒窩：「看什麼？」

林蒼璿沒說話，仰著臉龐，再度親吻他。

兩個大男人共用一間小浴室顯得擁擠，淋浴間水花四濺、熱氣蒸騰。身後的男人習慣性地囓咬肩胛上的小黑痣，下身用力頂入，手指調皮地玩弄乳尖，揉得又紅又腫。程瑜撐著牆面，冰涼的磁磚稍稍微喚醒他的意識——果然不該讓林蒼璿進來，醉翁之意不在酒，根本別有居心！

洗個澡花了不少時間，這半天下來，程瑜的體力去了大半，球賽還只是其次，主要是精力旺盛的狗狗纏得要命。林蒼璿替他吹乾頭髮，換上乾淨的衣服，程瑜迷迷糊糊地躺到床上，隨即睡著了。

醒來的時候已是黃昏，外頭倦鳥啞啞地叫，程瑜眨眨眼，發覺自己的四肢纏著別人不放。林蒼璿陪在他身旁，靠著床頭滑手機，室內昏暗，只有螢幕光打在他臉上。

「幹麼不開燈？」程瑜聲音略啞，自己有些不好意思起來，「咳……對眼睛不好。」

林蒼璿挑眉，順手撫摸小情人的瀏海，笑說：「醒啦。」

他傾身，在額上落下一個吻。

黃昏時分，提著購物袋出門走幾步路就可以抵達附近的市場，程瑜選了櫛瓜、辣椒和鮮蝦，又挑了兩包玉米筍。林蒼璿乖乖地幫忙提菜，偶爾跟菜販老闆討論最近的娛樂話題，這附近的攤販他已經混得很熟了，熟到程瑜獨自來選購生鮮蔬果時，沿街的菜販阿姨都會問起林蒼璿。

紅酒是必備的，兩人站在大賣場的酒櫃前面討論了十幾分鐘，最後才終於選出兩瓶紅酒——程瑜的小房子不大，買多了放不下——一瓶是林蒼璿偏愛的 Pinot noir，另一瓶則是程瑜爲了今晚挑的 Syrah。

因爲兩人工作的關係，林蒼璿享用晚餐的地點多半是在 Bachique，白禮也常跟著湊熱鬧，反正老闆想怎樣就怎樣，只要不造成困擾，別人也管不著。雖然都是程瑜親自下廚，但比起在家與程瑜面對面享用晚餐，感受仍是天壤之別。

程瑜烹調起料理相當俐落，認眞的表情很帥，這是林蒼璿最喜歡的時刻。他靠在餐桌旁，用筆電處理公事，抬頭就能看見老公做菜的背影，嘴角忍不住上揚。

林蒼璿注意到程瑜今晚比平常花費了更多時間，晚餐十分豐盛，鮮蝦藜麥溫沙拉、白酒柑橘煎干貝、辣烤香料春雞與義大利醃香腸、奶油堅果濃湯，甚至還有威士忌冰淇淋作爲甜點。

小餐桌幾乎快擺不下，前菜先上桌，程瑜把其他料理放在中島，替林蒼璿斟上一杯紅酒。

「啊，好香，我好喜歡白酒干貝。」林蒼璿笑著問他，「今天怎麼這麼費工夫？」

程瑜笑了笑，跟他碰杯，啜了一口紅酒：「心情好，就忍不住。」

飯桌上的話題除了兩人的工作，有時也會討論附近鄰居、新上映的電影，或者是一件新衣服。偶爾林蒼璿會抱怨新公司的種種，哪個新人倒楣了，邱泰湘又來找碴，邱雪莘指派他做什麼工作等等，但大致上都還算不錯。

而程瑜提及工作時，基本上都是在說白禮又幹了什麼蠢事，林蒼璿每次聽每次哈哈大笑。

「報應啊。」林蒼璿嘖嘖兩聲，幸災樂禍地說，「小白最不該得罪的就是他妹妹，小樂樂鐵定會跟老白說。」

程瑜笑了笑，替他挾了些溫沙拉。

「對了，你上次說過邱小姐要你出差的事情，最後怎麼樣了？」

林蒼璿「唔」了聲，用叉子戳著菜梗，思索了下：「後來取消了，因爲雪莘說過年就好好放假，不要忙工作。雖然她自己也很忙，邱家要她回去，所以去美國看分公司的事可能就我一個人處理。」

「是嗎？你也推了吧。」

林蒼璿應了聲，沒幾秒又猶豫：「可是工作……」

「過年嘛。」程瑜放下酒杯，對林蒼璿說，「除夕夜跟家人吃飯，才算團圓。」

林蒼璿沒有回答。

他知道程瑜每年過年都會回家，至於他呢？每到這種節日，他就痛恨萬分，他承受不了老白的過分關愛。

這麼多年來，他原以爲自己一個人習慣了，沒想到如今竟然會因爲這種家家戶戶團聚的時刻而感到落寞。

「今年我打算初一才回家。」程瑜淡淡說，「因爲除夕夜我想跟家人一起圍爐吃年夜飯。」

林蒼璿抬起頭，疑惑地看著程瑜，程瑜笑瞇了眼：「我有一個老公，他是我的家人。」

眼眶逐漸發紅，林蒼璿捏著鼻梁掩飾自己的失態，連忙起身：「啊——我，我想倒杯水。」

在林蒼璿的眼淚落下之前，程瑜單手將人攬入懷裡，對他說：「我愛你。」

淚水沾溼了程瑜的肩膀，林蒼璿反擁住他，久久無法言語。

最後，林蒼璿低聲對程瑜說：「謝謝你。」

當天晚上，他們擁抱彼此、親吻彼此的唇瓣，林蒼璿再度進入程瑜的體內，汲取那份溫暖與美好。朦朧之間，程瑜想著未來的日子，說不定可以養隻狗，有林蒼璿在，一切都很值得期待。

唔，希望林蒼璿不會跟狗吃醋。

番外二　家族攻略

程瑜的老家在臺中東勢，從臺北開車前往花了不少時間，抵達的時候已是下午兩點。

程瑜的媽媽劉明慧正在把庭前晒的一簍簍蘿蔔乾推進室內，她的髮鬢斑白，遙遙地看見一臺SUV，就急急忙忙喊小女兒快點出來。

未嫁的小女兒前幾天就回家了，從家門口奔出時還穿著居家服，劉明慧趕緊叫她去換一套衣服。

劉明慧有些忐忑不安，隨著車輛停好，她更加地緊張，從駕駛座下來的人是她兒子，另外一人則是兒子先前提過會帶回家的「朋友」。兒子的朋友看起來乾乾淨淨、斯文斯文的，劉明慧懸著的一顆心頓時放下了些。

「小璟呢？」程瑜打開後車廂，抱起一箱乾貨，「媽，讓我來就好，妳不用搬。」

幾個月沒見，好似多年沒見，劉明慧朝兒子笑，從頭到腳仔細端詳：「兒子啊，你媽又不會餓死，怎麼帶這麼多東西回來。」她又打量了下車子，「哇，你換車啦？」

程瑜捧著紙箱，用下巴朝林蒼璿的方向示意：「不是我的，是他的。」

林蒼璿善意地一笑，舉起手中的禮盒：「阿姨，不好意思，來打擾了。」

劉明慧雖然是個鄉下女人，好歹娘家也曾經風光過，瞧得出禮盒所費不貲。她心頭一跳，連忙說：「人來就好，不用這麼客氣。」

這時程家小妹再次從門廳奔出來，雖然換了一身整齊的衣服，腳上卻還穿著紅白拖：

「哥，你回來啦，我也來搬！」

轉頭看到旁邊的陌生男子，她嚇了一跳，臉色一紅，突然想起腳上不像樣的紅白拖，又連忙回去換雙能穿出門的秀氣拖鞋。

「程璟，妳先去幫媽。」程瑜對自己的小妹說，「幫她把晒好的蘿蔔乾拿進去。」

程璟唯唯諾諾地應好，經過林蒼璿身邊時有些羞怯，不敢打招呼。

看著這家人忙進忙出，林蒼璿挑挑眉，程瑜寵老公又疼家裡人，果真是個好男人。劉明慧囑咐了小女兒幾句，隨後對林蒼璿一笑：「哥哥的朋友怎麼稱呼？阿姨老了，剛剛忘了問。」

紙箱堆疊在門廳前面，林蒼璿拍拍手上的灰塵，簡單地說了名字。

「你是誰？」

林蒼璿嚇了一跳，渾然沒察覺身後有人。對方是個大腹便便的女人，一頭漂亮的長捲髮垂到胸前，輕撫著圓滾滾的肚皮，五官和程瑜有點神似。

「程瑩，妳怎麼今天就回來了？」程瑜把紙箱放地上，「不是說初二嗎？」

「聽說大哥會帶男朋友回家。」聞言，劉明慧與程璟同時停下動作，瞪著沒神經的程瑩，程瑩自顧自地繼續說，「所以我就先回來看看了。」

「喔。」程瑜淡然地說，「就是他。」

「喔喔——」看似天真的程瑩正是程瑜的大妹，她的眼中綻放出璀璨星光，眨了眨眼，「大哥的眼光真好。」

林蒼璿朝著她露齒一笑。

「爸呢？」程瑜詢問。

一時沒有人回答他，半晌劉明慧才擦擦膝頭的髒汙，掩飾尷尬似的說：「伊喔，去下田了，傍晚才會回來。」

前一晚的年夜飯還剩下不少，程瑜接手那些料理，將隔夜菜提升爲藝術等級。而林蒼璿認眞做好兒子的好朋友兼乖媳婦的角色，笑臉迎人，忙著替劉明慧擺放成堆的乾貨與禮盒。

「這好貴的。」劉明慧手上拿著人蔘禮盒，尷尬地笑說，「下次人來玩就好，不可以這麼破費，要存點錢。」

「阿姨，妳別客氣。」林蒼璿笑得能競選村里十大好青年，「這是我應該做的。」

程瑜手腕一轉，又一道熱騰騰的料理端上桌。

「好久沒有吃到哥做的菜了。」程璟大嘆，待在餐桌邊嗑瓜子，「完蛋了，這次過年我一定會肥五公斤。」

「可惜妳姊夫不會煮菜。」程瑩撫著肚皮，對自己的丈夫說，「方政信呀，太好了，我們的寶寶總算能好好吃一頓了。」

同樣正在幫忙搬禮品的方政信撇撇嘴，本想反駁，但目光對上旁邊的林蒼璿便硬生生吞入腹裡，不好意思開口。

廚房的氣氛熱鬧，卻仍有種生分的尷尬，劉明慧也不曉得該怎麼和緩。忙著做菜的程瑜把林蒼璿喚來身邊，叫他幫忙拿某瓶醬料，接著又要他去取車上的一件外套，劉明慧明白自己的大兒子心思細膩，顯然同樣戰戰兢兢。

七菜一湯含甜點，統統由程瑜一手包辦，色香味俱全，所有人的眼睛亮了起來。程璟率先就坐，劉明慧替每個人添上一碗白飯，程瑩喚了丈夫過來，而程瑜洗好手，輕輕勾著林蒼璿的袖口拉他來飯桌。

程瑜拉開椅子坐下，隨口再問：「爸呢？」

劉明慧停頓了下，繼續添飯：「你也知道，他就那種脾氣。」

兩個妹妹都不敢開口，連平時沒什麼神經的程瑩也曉得自己該閉嘴。林蒼璿一入座就讚歎連連，笑著對程瑜說：「好厲害，原來你們家團圓飯這麼豐盛，第一次見識到。」

「當然嘍，哥哥很會煮菜的。」劉明慧換了個話題，笑著問林蒼璿，「昨天你們是回林先生家一起吃年夜飯嗎？」

林蒼璿漾著笑容，露出潔白的牙齒：「我很小的時候就沒了媽媽，後來都在育幼院度過，所以對年夜飯沒什麼記憶……啊，抱歉，這時候說這個有點……」

表情一派天真、略帶無奈，悽楚之中隱含堅強。

桌邊所有女性紛紛將目光投注在林蒼璿身上，程瑜被這等高明演技駭得瞪大眼睛。劉明慧心頭一軟，鼻子一酸，後悔自己問了令人傷心的話，連忙說：「來，蒼璿，拿著飯，以後你就把這裡當自己家，不要跟阿姨客氣。」

✔婆婆攻略成功。

程瑜驚呆了，左看看笑得燦爛無比的林蒼璿，右看看紅著鼻頭的劉明慧，完全可以體會白禮說的「賣萌賣慘可恥林蒼璿」。

「哎呀，開動嘛。」程璟大剌剌地插話，「媽，妳也快來吃，不要光顧著添飯。」

飯桌上眾人隨意閒聊，程璟剛出社會，正在找工作，程瑩遠嫁宜蘭，兩個女孩嘰嘰喳喳的，沒完沒了，原本還開心地說著程瑩肚子裡的孩子，然而講起丈夫待的營造業景氣不佳，程瑩便嘆了口氣。程瑜安靜地吃飯，劉明慧聽著孩子們聊天，期間不時給林蒼璿挾菜，偏愛之情盡顯，就連女婿都沒這種待遇。

「對了，呃……」程璟思索了一下該怎麼稱呼，「林先生在哪裡工作？」

林蒼璿嚥下一口飯菜，喝了點水：「天鼎集團。」

「欸——厲害厲害。」程璟退了退，訝異地說，「我也有去那家公司面試耶。」

「真的嗎？是什麼職務呢？」

「人資助理，可是好像沒什麼希望。」程璟扒了一口飯，含糊地說，「都過一個禮拜了還沒接到通知，我跟林先生當不成同事了。」

「這樣啊，說不定我能幫忙說說看。」林蒼璿微笑表示。

程璟瞪大眼睛，眼底滿是驚恐，程瑜用手肘撞了一下身旁人，皺眉說：「不要寵壞小孩子，讓她自己靠實力進去。」

「等等等等……」程小妹抓著自己的短髮，腦中一片混亂，「林林林林先生，你你你——」

林蒼璿笑著安撫她：「沒事的，公司的作業流程有時挺慢的，講了也不改，妳再等個幾天，說不定電話就來了。」

腦海中浮現出久遠以前的一則新聞，她當時還評論過天鼎集團的新任財務長竟然能從谷底爬起來，實在不簡單——程璟倒抽一口氣，朝著林蒼璿畢恭畢敬地鞠躬：「蒼璿哥，請教我職場生存法則。」

✔小姑（意外）攻略成功。

程瑜二度驚呆，筷子上的那口飯差點掉下來。程璟在那裡哈腰奉承，把林蒼璿當成偶像崇拜，林蒼璿淡淡彎著嘴角，說了幾句好聽話逗了下小女孩。

兩邊都令人頭痛，程瑜扶著額喝斥：「不要鬧了，趕緊吃飯行嗎？」

程璟這才吐著舌頭，俏皮地對林蒼璿說：「我哥很凶吼。」

「怎麼會呢。」林蒼璿偷瞄了程瑜一眼。

程瑜悶不吭聲扒飯，眉頭緊鎖猶如打了三個結。

兩個妹妹似乎是習慣了，拚命抓著哥哥問東問西，問新老闆好不好、問得獎感言、問他能不能幫忙買進口香料，但就是不問戀愛方面的事，深怕這類問題會觸怒自己的哥哥。畢竟她們的大哥感情空白了好幾年，如今突然冒出一個男朋友，她們怎樣都想像不到，也不敢過問細節。

程璟倒還好，不怕生的她很快就跟林蒼璿混熟，趁著程瑜不注意對他擠眉弄眼。

接下來的時間，多半都是由程璟開啟話題，有時程瑩會與丈夫拌嘴，飯桌上的氣氛比起稍早來得融洽許多。

劉明慧挾了幾樣菜到碗公內，端著去了隔壁房。程瑜以眼角餘光目送母親，沉默地用餐，林蒼璿這才意識到，原來程瑜的父親是不肯與他們同桌吃飯。

並不是所有長輩都能和白觀森一樣，對同性戀抱持寬容的態度。自從程瑜大方出櫃以後，他們父子的關係便急轉直下。

爭執聲很快傳來，劉明慧尖叫，匡噹一聲，飯菜顯然全灑在了地上。程父吼了一句：「妳不要叫我原諒那個畜生！他那樣像話嗎！」

程瑜捏緊拳頭，狠狠地搥了餐桌一拳，程璟見情況不對，急急圈住他的手臂，程瑜不甘示弱大吼：「不要把氣出在媽身上！不滿的話就來找我啊！」

方政信擋在前面，林蒼璿也從後方攔人，程瑜氣得七竅生煙，腦門爆出青筋，一副想去殺人的樣子。

程璟趕緊勸說：「哥，有孕婦在這裡，你不要跟他吵啦，不要理他啦！」

呆愣在一旁的程瑩雙手護著肚子，嚇白了臉，縮著肩膀像隻受驚的雛鳥。程瑜頓了頓，一口氣憋著，吞也不是吐也不是。

「程志鈞！」劉明慧哭著大吼，「今天是團圓飯，你不來吃就算了，不要破壞我的家庭！難道我兒子有錯嗎！」

餐廳裡的五個人全聽見了這句話，心裡泛酸。程瑜拳頭攢得死緊，牙齒咬了又鬆，反